「わたしに出来ることなら、
何でもします。だから……だから、
わたしのお父さんを
助け《止め》ていただけませんか」

「なんで、ボク達まで
カジノに連れて来られてるのか
さっぱりなんだけど」
ヨルハがジト目でロキへ
責めるような眼差しを向けていた。

Characters

「誰が妖怪クソババアだ。
失礼にも程があろう」

カルラ・アンナベル

王立魔法学院の学院長。
“魔女”の別名を持ち、
『大陸十強』のひとりと
言われるほどの実力者。

「――“神降ろし”をしようとした
馬鹿がいるって話。
それ、本当かよ」

ヨハネス・ユグレット

アレクの父親。
かつて剣の天才と謳われた
イシュガル王国の元王子。

「……全く、とんでもない
ボウヤがいたものだ」

ロン・ウェイゼン

“怠惰”の名を冠する
“闇ギルド”の名持ち。
禁術指定異端魔法である、
夢魔法を行使する。

「さぁてと！
金目のものもとい、お宝もとい、
ギャンブル資金を見つけに行こうか!!」

ガネーシャ

“ネームレス”のメンバー。
ギャンブル好きで、
しばしば借金の
返済に追われている。

「……俄には信じられませんが、
それでも信じる他ないのでしょうね」

ヴァネッサ・アンネローゼ

クラシアの姉。
優秀な研究者だが、
都市国家メイヤードにて
突然姿を消した。

アルト [illust.] 夕薙
味方が弱すぎて補助魔法に徹していた宮廷魔法師、
追放されて最強を目指す
4

Contents

イラスト／夕薙　デザイン／アオキテツヤ（musicagographics）　編集／庄司智

一話　都市国家メイヤード

海上に位置する都市国家メイヤード。

古びた遺跡のような外観のダンジョンから、人影が二つ、姿を見せる。

「――――〝神降ろし〟をしようとした馬鹿がいるって話。それ、本当かよ」

黒曜石を思わせる髪色の男性――――歳《とし》の頃は四十を過ぎたあたりだろうか。

無精髭《ぶしょうひげ》を生やすその男の風貌は粗野で、一見すると冒険家を思わせる。

何より、採掘員を思わせるライト付きの帽子が、その印象を特に強調させていた。

砂塗れの煤《すす》けた衣類。

どこからどう見ても、ただの採掘員か。

はたまた、冒険家と誰も信じて疑わない事だろう。

そして、その側を歩く女性は東方伝来の着物と呼ばれる一風変わった衣服に身を包んでおり、あまりにミスマッチな組み合わせだった。

「……作り話をしに、わざわざお主に会いに来る程、妾《わらわ》も暇でないわ」

「でも、成功はしなかったんだろ。成功してたら今頃、あんたは此処《ここ》にいねえ。対処に追われてただろうな。ヽヽヽアリアが張っておいた保険が発動した形跡もねえ……一体あんたは何の用でおれに会いに来たよカルラ・アンナベル。いや、外では〝魔女〟って呼んでおいた方が良かったか？　王立魔法学院現学院長殿？」

「……呼び方などどうでも良《い》い。どうせ、お主が〝サイレンス〟の魔法を使っておる。余人がいたとて、何も聞こえとらんわ」

カルラと呼ばれた妙齢の女性の言葉に、男は苦笑いをした。

唱えた様子も、魔力を使用した形跡も皆無。

まるで呼吸をするように行使していたその様子は、熟練の魔法師を思わせるものだった。

「────アレク・ユグレット」

カルラが脈絡なくその名を持ち出すと同時に、男の表情がぴく、と僅かに動き引き締まる。

「半神状態の者を、止めた人間のうちの一人がお主の息子と言ったらどうする」

「……おいおい。まさか天下の〝魔女〟が、おれの為《ため》に息子の近況報告をしに来てくれたのかよ。ご苦労なこった」

一瞬の動揺。

しかし、それを言葉に言い表されるより先に、男は戯《おど》けた様子ではぐらかす。

何事もなかったように、くつくつと喉を鳴らす。

ただ、それが本心をひた隠そうとしているが故の虚勢である事は確かめるまでもなかった。

なにせ、メイヤードにこの男がいる理由が、己が息子の為でもあるとカルラは知っているから。

どうでもいいとこの男が思っている訳がない。そう見抜いた上で、彼女は鼻を鳴らした。

「ふん。嘘《うそ》をつくならもう少しマシな嘘をつくか、態度に出さないよう気を付けろ。気になってるという本心が丸分かりだ。意地悪をする気にもならん」

「……ぐ。……でも、関与する気がねえのは本当だ。アレクの人生はアレクのもんだ。アイツにおれの都合を押し付けるのは行き過ぎだろう」

　自分で選んで、摑《つか》み取《と》った選択ならば、それを尊重すべき。たとえ善意から来る行動であっても、助けを求めているならば話は別だが、そうでもないのに世話を焼いて良いのは子供の頃まで。

　男は、そうやって格好良い言葉を並べてはいたものの、頻《しき》りに右へ左へと泳ぐ視線が「気になって仕方がない」と告げており、色々と形なしだった。

「それに、大抵の面倒事には対処出来るように育てて来たつもりだ」

「であろうな。剣の腕は父親譲り。魔法の才は母親譲り。惜しむらくは、剣の師が守る剣しか教えなかった事よな。のう？　元イシュガル王国王位継承権第三位、ヨハネス・ヴァン・イシュガル」

「……ったく、その名前は二十年以上も前に捨ててるっつーの。だから姓をアリアに合わせた事はあんたも知ってるだろ。恍《とぼ》けた件は謝る。だから、生い立ちを掘り返すのは勘弁してくれ」

　ヨハネス・ヴァン・イシュガル。

　かつて剣の天才と謳《うた》われたイシュガル王国の元王子が、ヨハネス・ユグレットと名を変えて生きているという事実を知る者はこの世で三人だけ。

　カルラは、実の息子にすら明かしていないヨハネスの秘密を知る数少ない人間だった。

「それで、進展は」

「だめだ。数ヵ月程度じゃ何も摑めん。もう少し様子を見る必要があるな。向こうも事が事なだけに中々尻尾を出しやがらん。しかし、相変わらずアイツらの思考回路はどうなってんだか。〝賢者の石〟を引っ張ってくるたあ、イカれてるどころの騒ぎじゃない」

　遡る事、一年ほど前。

その頃から、研究者が失踪する事件が世界各地で起きていた。

そして半年ほど前に、その事件の原因が判明した。その原因こそが、〝賢者の石〟と呼ばれる錬金物を生成する事。

ヨハネスは、それについてここ数ヵ月の間ずっと調べていた。

「ただの錬金物なら何も問題はなかった。だが、生成に多くの魔法師の心臓を必要とするアレは、そもそも存在しちゃ」

――――いけないものだ。

ヨハネスが言葉を紡ぎ終わる前に、筆舌に尽くし難《がた》い圧が場に降りた。

どろりと変容する空気。

明らかに尋常とは程遠い何かが、一瞬にして辺りを席巻《せっけん》し、張り巡らせていた〝サイレンス〟の魔法がバリン、と音を立てて破られたタイミングで突如として男が現れた。

まるでそれは、場面を無理矢理に差し込んだかのような唐突さであった。

しかし、そんな状況を前に、ヨハネスは黄金色の瞳を見開いて、あからさまに溜息《ためいき》を一つ吐《つ》いた。

「……現時点で分かっているのは、このメイヤードで〝賢者の石〟の生成が行われている事。加えて、この件に〝闇ギルド《お前ら》〟のうちの誰か……幹部クラスが一枚噛《か》んでいる事だけだったんだがな」

季節外れのマフラーを首に巻き、被《かぶ》ったシルクハットがトレードマークの、マジシャンめいた風貌の壮年男性。

彼の正体を、ヨハネスは知っていた。

〝闇ギルド〟に属する〝怠惰〟を冠する名持ちの男――――名をロン。

「鼠《ねずみ》がこそこそと嗅ぎ回っている事は知っていたが……まさか、キミだったとは」

ヨハネスとロンは知らぬ仲ではなかった。

ただ、間違ってもそれは友好的なものではなく、この男が十数年前にアリア・ユグレットが命を落とす事になったあの場で、テオドールを除いて唯一の〝闇ギルド〟側の生き残りだったが故に、ヨハネスはその顔を知っていた。

忘れられる筈《はず》がなかった。

「単刀直入に聞かせて貰《もら》おうかね。ヴァネッサ・アンネローゼをどこに隠した」

帽子のつばで顔の半分近くが隠れており、感情が読み辛《づら》い。だが、声に滲《にじ》む苛立《いらだ》ちめいた様子から、何かがあったのだと判断。

そして、口にされたヴァネッサ・アンネローゼという名前。

（……ヴァネッサという名前に心当たりはないが）

カルラもその名前には心当たりがないようで、その者が誰であるかの判別は不可能。

ただ——。

「アンネローゼと言えば、あのアンネローゼか」

その姓に、ヨハネスは覚えがあった。

そこからの判断は迅速をきわめていた。

「二手に分かれるぞ〝魔女〟」

名持ちの中でも、その実力は上位に位置する男、〝怠惰〟のロン。

そんな男を前に、戦力を分散させるなど、愚の骨頂と誰もが認識するだろう。

それこそ、実力が伍《ご》する人間がいない限り。

「……恐らく、こいつらが捕らえている研究者の一人が逃げ出した。保護して情報を聞き出せ。おれはコイツの相手をする。何より、個人的な恨みもあるからな」

「妾に指図をするなど百年早い……と本来は言いたいところだが、今回は従ってやろう。全く、最近は面倒事続きで嫌になるわ」

直後、まるで初めからそこに居なかったかのように、跡形もなく霞《かすみ》のようにカルラは姿を消した。

止められないと分かっているのか。

はたまた、追う必要がないと判断したのか。

ロンはカルラの行動を止める素振りすら見せなかった。

「……まさかとは思うが、そのピッケルでワタシを止められると思ってるのかね」

「流石《さすが》にそこまで馬鹿にする気はねえよ。あの時に殺し切れなかった相手だ。小細工でどうにかなる相手とは思ってないさ」

十数年前に相対した男の戦い方は、ヨハネスの頭と身体《からだ》が覚えている。

故に、採掘員を装う為に背負っていたピッケル《オモチャ》が邪魔でしかない事は言われるまでもなく理解していた。実力も見抜かれている以上、不意打ちにも使えないただの荷物である事も。

故に手放し、地面に落下させた。

「……ただ、お前がみすみす他の人間を見逃したのは予想外だったが」

一瞬でもそんな素振りを見せようものならば、その隙を突いて致命傷を与える腹積りだったヨハネスの考えは、実行に移される事はなかった。

「既に此方《こちら》の目的は九割近く達成している。今更、一人に逃げられたからといってどうにもならんさ。万が一を想定して、捕らえて殺そうとしていたが、優先度は低い。故に、後回しでも問題ないのだよ、ヴァンとやら」

家名を捨てたヨハネスは、冒険者として活動していた頃、ヨハネスではなく元々のミドルネームであった「ヴァン」を用いていた。

「……そうかい。なら、おれは〝魔女〟が保護するまで悠々と時間稼ぎさせて貰うさ」

簡単に倒せない相手である事は、十数年前に身を以《もっ》て思い知らされている。

私怨もあるが、冷静さを欠いて倒せるほど、甘い相手でない事は承知の上。

だからこそ。

「────〝霞剣時雨《アステール》〟────!!」

「〝影遊び〟」

一瞬にして浮かび上がる濃密な魔力によって構築された〝魔力剣《ソード》〟。その大群。

天を埋め尽くす程の物量に対して、ロンはたった一言。応手を打つ。

足下に広がる影が蠢《うごめ》き、そしてロンの身体を覆うように膜となって広がった。

そして、雨霰《あめあられ》と降り注ぐソレが黒い膜によって防がれてゆく。

「……相変わらず、厄介な魔法だな」

〝怠惰〟の名を冠する彼は、主に影を用いる魔法を使用する。

その使用方法は、固定概念に囚《とら》われる事なく、変形させて盾として扱うことも。

また、その影を使用して相手を意のままに操る事さえも可能としてみせる。

だがしかし、

「が、その魔法はもう飽きる程見た」

ヨハネスは、その魔法の長所も短所も既に知っている。

未知であったならば、恐ろしい事この上ない魔法だが、既知であるならば対処のしようがあった。

その上で、立て続けの魔法行使。

描かれる魔法陣。

剣士であるヨハネス本来の戦い方を捨てる理由は、あくまで〝時間稼ぎ〟とヴァネッサ・アンネローゼという人間を確実に逃がす為。

「……もしかして、ヴァネッサ・アンネローゼはキミの知り合いだったかね？」

魔力消費を度外視する怒濤《どとう》の攻撃に、ロンは防御しながら嘆息を漏らす。

ヨハネスがロンの戦い方を知るように、彼もまたヨハネスの戦い方を知っている。

彼が、魔法師ではなく剣士である事も。

剣での戦闘をメインに、魔法師としては若干心許《こころもと》ない魔力を織り交ぜ、敵を翻弄する。

それがヨハネスの本来の戦い方だ。

なのに、あえてそれを捨てて魔力を垂れ流しているのは、周囲に潜んでいたロンの手下をこの大魔法で少しでも始末する為。

魔法による衝突音に紛れて、時折苦悶《くもん》の声が聞こえるのがその証左だ。

「さあ。どうだろうな」

主導権を握られる訳にはいかない。

舌鋒《ぜっぽう》で弄し、相手の調子を狂わせるやり方こそがロンのやり口と知っているヨハネスは、取り合う気がなかった。

「まあいいさ。彼女がキミの知己であろうがなかろうが関係はない。なにせキミは此処で今度こそ、死ぬのだからねえっ」

――〝影法師《ドッペルゲンガー》〟――。

そして、ロンの代名詞とも言える魔法が行使される。

影による防御膜が解除されるや否や、分裂するようにロンの姿が二、四、八、十六と増えてゆく。

お互いに実力を知る相手だからこそ、そこに驕《おご》りが入り込む余地はない。

十数年前と全く同じ魔法。

似たり寄ったりの展開。

一度戦った相手に既に見せた事のある戦い方で立ち向かう愚を犯す理由は、単純で明快だ。

己の力量に対する絶対的な信頼がそこにあるから。手の内を知られていて尚《なお》、打ち砕ける自信があるから。そういう人間は、総じて厄介であると相場が決まっている。

「ハ、言ってろ。その言葉、そのまま返してやるよ、このちょび髭《ひげ》野郎」

だが、弱腰になるほどの相手ではない。

そう判断を下し、ヨハネスは嘲るように言葉を吐き捨て、直後。

強烈な颶風《ぐふう》を伴った衝突音が、その場に響き渡った。

＊＊＊＊

レッドローグでの一件の後、迷宮都市フィーゼルへと俺達《おれたち》は戻っていた。

ただ、【アルカナダンジョン】を逃した事で不機嫌になっていたオーネストは兎《と》も角《かく》、問題は解決した筈なのに、連日何故《なぜ》かクラシアが浮かない顔をしていた。

その事が気になってクラシアの下を訪ねると、丁度机と睨《にら》めっこをする彼女が俺の目に映り込んだ。

そこには、封蠟《ふうろう》された手紙が一通。

だが、封を開けていないところを見る限り、内容で悩んでいる以前に、開けるか開けないかで悩んでいるのだろうか。

「クラシア？」

「……アレク？　どうしたの。もしかして、オーネスト《バカ》との鍛錬のし過ぎでまた怪我《けが》でもした？」

振り返りざまに、机に置かれていた手紙を隠すように仕舞いながらクラシアは答える。

「……いや、今回はそういう用件じゃなくて。最近、浮かない顔をしてる事が多いから何かあったのかと思って」

訪ねたのはそういう用件故と伝えると、観念するようにクラシアは深い溜息をついた。

そして、隠しても仕方がないかと言わんばかりに、仕舞った筈の手紙を俺に見せるように差し出す。

「……姉から手紙が届いたのよ。十年近く前に家を出て行った姉から、突然手紙が私に、ね。音沙汰なかった姉から急に手紙が届くのも不自然だし、仲もそんなに良くはなかったから」

だから最近、浮かない顔をしていたのだと教えてくれる。

「そんなに身構えずとも、偶《たま》には顔が見たいとか、そういう用件の可能性もあると思うけど」

「アレクの言う通りの可能性もあるんだけれどね……どうにも気が乗らないのよ。だから、このまま内容を見ずに捨てようかと思ってたの」

十年近くも音沙汰がなかった家族からの手紙だ。

仲が良くなかった相手だとしても、折角届いた手紙である。中身を確認せずに捨てるのは、流石に送り主が可哀想《かわいそう》だった。

「なんだ。〝潔癖症〟、お前そんな事で悩んでたのかよ」

「家族は大事にしなきゃだめだよ、クラシア」

俺と同じで、クラシアの事が気になっていたのだろう。

何処《どこ》からともなく、ひょこんとオーネストとヨルハが顔を出し、二人してクラシアを責め立てる。

リクの一件で一時期は落ち込んでいたヨルハだったが、立ち直ったのか。

落ち込んでいた様子は既に鳴りを潜めていた。

「貸せ。そんなに抵抗があるンなら、オレさまが代わりに読んでやるからよ」

「……分かった。分かったわよ。読めばいいんでしょ。読めば」

オーネストに読まれるくらいなら、大人しく観念して自分で読んだ方がまし。

投げやりになりながらも、クラシアはそう言って封を開けた。

中には、一枚の紙。

そして、折り畳まれた紙には一言だけ。

『都市国家メイヤードには近づくな』

差出人だろう、ヴァネッサ・アンネローゼの名前と共に、それだけが書き記されていた。

二話　ガネーシャ

「都市国家メイヤードに行きたいだあ？」

ノースエンド王国に位置する迷宮都市で知られる街、フィーゼル。

ギルドマスターを務めるレヴィエルは、声を上擦らせながら俺達の言葉を繰り返した。

冒険者の中でもSランクに位置付けされるパーティーには、【アルカナダンジョン】と呼ばれる特殊ダンジョンへの参加の権利が与えられる。他にも、特権と呼べるだけの権利が与えられるがその反面、制限というものも存在する。

メリットがあるならば、必然そこにはデメリットが付《つ》き纏《まと》う。

制限の内容は複数あるが、今回俺達がこうしてレヴィエルに話している理由こそがその内容に丁度当《あ》て嵌《は》まってしまった。

事情は問わず、国を出る場合にはギルドマスターにその旨と行き先を告げなければならない。

有事の際、力のある冒険者が軒並み留守でした、という事がないように設けられた制限であった。

「……もしかしなくても、ロキの奴《やつ》からなんか聞いたか？」

「ロキ？　どうしてあのクソ野郎の名前がここで出てくンだ？」

「三日後にロキもメイヤードに行くんだよ。ガネーシャの奴を迎えにな。ったく、こんな事になるんなら、ガネーシャの迎えはおめえさんらに頼んだ方が良かったか……？　いや、土地勘がねえと逃げられるだけだな。やっぱりロキは向かわせなきゃならんか」

聞き慣れない名前だった。

「ガネーシャさんは、〝ネームレス〟の四人目のメンバーよ。腕は立つけど、人間性に難があるの」

眉間に皺《しわ》を寄せ、どうにか記憶を掘り返して心当たりを探す俺を気遣ってか、クラシアが教えてくれた。

「ただ、ロキとはタイプが違うわ。ロキはあれで一応協調性はあるけど、ガネーシャさんに協調性は皆無だから。よく言えば欲望に忠実に生きてる。悪く言えば究極の自分本位」

「……メイヤードに向かうってんで、あの自己中に頼み事をしたオレが馬鹿だった……」

「どーせ酒でも飲んでたんだろ」

まるで見てきたかのように口にするオーネストの言葉に、レヴィエルはぎくりとする。

「……既に散々、アイファに絞られた後だよクソッタレ」

要するに、図星だったらしい。

相変わらず、レヴィエルは副ギルドマスターに怒られていたようだ。

「でも、だったら〝ネームレス〟の面々を向かわせるのが普通じゃないのか？」

言い方からしてレヴィエルは、ロキが所属しているパーティーごとではなく、ロキ一人を向かわせるつもりなのだろう。

あの性格からして、ロキと特別仲の良い人間がいるとは思い難い。

なのにあえて〝ネームレス〟の残りのメンバーを向かわせない理由は何だろうか。

「理由は三つある」

三つもあるのか。

「一つ、あいつらに協調性はねえ。二つ、リーダーのルオルグが色んな意味で甘過ぎる。三つ、前回は連れ帰ってくるのに一ヵ月掛かった。もう二度とアイツらには頼まんと決めた」

指折り数えながら、げっそりとした様子でレヴィエルは語ってくれた。

「で、ロキを向かわせる理由は単純だ。あいつは餌をぶら下げれば大抵の問題は解決してくれる。そんでもって、メイヤードはアイツの故郷だ。連れ帰る人間としては、これ以上ない適任者だろ」

……それで、土地勘だなんだと言っていたのか。

「まぁ、おめえさんらがメイヤードに向かうのは構わねえんだが、何の用でメイヤードになんか向かうんだよ」

「……遅れに遅れた卒業旅行を気晴らしにするかって話になってね」

事前に話し合って決めた嘘であって、嘘ではない理由だった。

当初、あの手紙を見てメイヤードに向かう事を決めた俺達だったが、やはりと言うべきか、クラシアは一人猛反対していた。

姉とはあまり仲が良くないのか、必要ないと一刀両断。

あの手紙も、ただの嫌がらせか何かと信じて疑っていないようだった。

だが、三人でどうにか説得した。

折角だし、俺が宮廷魔法師の道を選んだ事で叶《かな》わなかった卒業旅行でもここらでどうだ、というオーネストの意見もあり、名目としては卒業旅行。ついでに手紙の件を。

それで決着がついていた。

「あー。ヨルハの嬢ちゃんらは三人でずっとパーティー組んでたくれえだしな。四人で卒業旅行もしてなかったか。まぁそういう事なら構わねえよ」

俺達が魔法学院に通っていた事はレヴィエルも知るところ。

俺という人間の枠を空けて活動をする事を貫いていたヨルハ達の行動も知っているからこそ、レヴィエルはあっさりと信じてくれた。

「でも、だったら他に良いとこあったろうに。メイヤードなんてなんもねえぜ？　名物らしいもんはカジノくれえしかねえからな」

都市国家メイヤード。

海上都市で知られるメイヤードは別名、カジノ特区なっとも呼ばれている。

要するに、カジノの街。

人を食ったような態度を好むロキの故郷としては、これ以上なくピッタリに思えた。

「ふ、ふふふふははは!!」

不気味な笑い声が聞こえて来る。

何処からともなくやって来たその声には、聞き覚えしかなくて。

「……何の用だクソ野郎」

「話は聞かせて貰ったぁ!!　メイヤードに向かうならこの僕が、途中まで案内役を買って出ようじゃないか」

「ああ、それと。最近、〝闇ギルド〟連中の動きが活発でな。一人でメイヤードに向かうのはちょっと不安だから護衛つけて欲しいってロキが五月蠅《うるさ》くてよ。途中まで付き合っちゃくれねえか」

「僕が格好つけてる隣で本音をバラすな!!」

突然現れたロキの建前を、逡巡《しゅんじゅん》なく木っ端微塵《こっぱみじん》に砕いたレヴィエルにロキが猛抗議を始める。

とはいえ、ロキがそういう申し出をする場合、間違いなく裏がある。

その共通認識が既に根付いているので、レヴィエルもこうして話してくれたのだろう。

「……Sランクの人間なのに、護衛いるの？」

ロキの実力を認めているが故のヨルハの言葉。しかし、その言葉は鋭利な刃となってロキの心をぐさりと抉《えぐ》る。

「一応、僕補助魔法師だからね？　剣とかからっきしだから。アレクくんと違って襲われたらヤバイから。あと、自分で戦いたくないの」

「……最後の本音が理由の九割くらい占めてンだろ」

「そんな事あるか。精々、八割五分くらいだよ」

――――ほぼ変わらねえよ。

俺達の心境は、ものの見事に一致した。

「ああ、それと頼まれてた件なんだがな」

ロキの相変わらずの性格っぷりに呆《あき》れる中、レヴィエルから厚みのある紙の束を差し出される。

一体これはなんだろうか。

「一応、調べて纏《まと》めてはおいたがよ、まさか戦う気じゃねえよな？」

「……気をつけた方が良いって言われたから、警戒してるだけさ」

「それなら良いんだがな」

受け取る。

中身を確認。

そこには、〝嫉妬〟〝怠惰〟と呼ばれる〝闇ギルド〟の人間の情報が記載されていた。

……そうだった。

レッドローグの一件の後、俺達はリクが残した言葉を信じ、レヴィエルに調べて貰っていたんだった。

――お前ら、〝魔神教〟の連中には気をつけろ。特に、テオドールと名持ちの人間。〝嫉妬〟と〝怠惰〟には特にな。

「片方については噂《うわさ》だけ聞いた事があった。調べた上で助言を与えるとすれば、その二人と出くわしたら真っ先に逃げろ、だな。おめえさんらとじゃ、相性が悪過ぎる」

「〝嫉妬《ブックメーカー》〟に、〝怠惰《影法師》〟だあ?」

覗《のぞ》き込《こ》んで中身を確認するオーネストが、胡散臭《うさんくさ》そうに口にする。

「特に〝怠惰〟って呼ばれてる奴とは戦うべきじゃねえ。実際にオレが見た訳じゃねえから確証はないが、そいつは殺せないらしいからな」

「は?」

言っている意味が分からなかった。

「……もしかして、人間じゃないって事?」

「そこまでは知らねえ。だが、〝怠惰〟は殺せねえんだと。〝嫉妬〟って呼ばれてるやつは更によく分からなかったが、幻術を使う人間っつー噂だ」

一応、それっぽい記録や資料は纏めといてやったから、気になるならそれ見て勝手に予想してくれや。そう言葉が締《し》め括《くく》られる。

「殺せない、か」

レヴィエルの物言いを前に、脳裏に一人の男の姿が思い起こされる。

レッドローグで相対した〝闇ギルド〟の男。

ヴォガンに首を落とされて尚、絶命しなかったノイズと呼ばれていた人間。

血飛沫《ちしぶき》をあげ、一切の容赦なく飛ばされた首が嗤《わら》い出したあの光景は忘れられない。

何より、まるで時間を巻き戻すかのように元の状態へと肉塊と大地を濡《ぬ》らす血液が逆行したあの光景は、異様でしかなかった。

「その上、純粋に強《つえ》えともなると……やってられねえな」

〝影法師〟と呼ばれてる以上、〝怠惰〟という人間は、そういう戦い方をするのだろう。

「死なない」という不死性が付随しているものと仮定すれば、オーネストの言う通りやってられない。

強い人間を前にすれば、打ち勝ってやるという強い意志や気概を持ち、闘志を燃やすオーネストが珍しくやる気を見せないのも、アレが生理的嫌悪を催す得体の知れない何かであるからだろう。

人間でもなければ、魔物でもなく。

そもそも、生き物と形容して良いのかも悩んでしまう程。それ程までに、気持ち悪く、吐き気を覚えた。

「つーわけで、戦うな。オレから出来るアドバイスはそんくれえだ」

それを最後に、レヴィエルは俺達に背を向け、手をひらひらとさせて退室してゆく。

直後、仕事を溜《た》めていたのか。

副ギルドマスターのアイファから、怒鳴られる声が聞こえてきた。

相変わらず締まらないギルドマスターだった。

「ギルドマスターもいなくなった事だし、もう良いかな」

周囲に人がいない事を確認して、ロキは口を開いた。

「で。キミ達はメイヤードへ何しに向かうの？」

会話は聞いていた筈だ。

なのにあえて尋ねる理由はなんだろうか。

こちらの心の奥底まで見透かそうとするような蛇を思わせる瞳は、何もかもを知っているのでは。

そんな錯覚さえをも此方に抱かせる。

「何か訳アリなんでしょ。僕は嘘吐《うそつ》きだから、他人の嘘も大体分かる。メイヤードは僕の故郷だし、これでもそれなりに顔が利くからさ。キミ達にとっても、決して悪くないんじゃない？」

ロキの同行の件については断るつもりでいた。

オーネストは、気に入らないから、なんて理由だろうが、ヨルハやクラシアもきっと同じ考えだった筈だ。

でも、それすらも見透かしてロキは俺達にメリットを提示してくる。

狡猾《こうかつ》というか、抜け目がないというか。

目配せをして、確認する。

「…………人を捜す予定なの」

「人？」

「ヴァネッサ・アンネローゼ。あたしの姉よ」

どうするかを、当事者であるクラシアに委ねると、ロキにへたに隠し事をすると後々が面倒臭いからと割り切ってか、話し出す。

「人捜し、ねえ。なら、良い場所を知ってるよ。なぁに、僕に任せときなって。わははははは‼」

ロキの「任せときな」ほど信用の出来ない言葉はなかったのだが、黙っておく。

ロキが気分良く笑っているから、何か碌《ろく》でもない事が起こる。

周囲の人間がそう察し、そろりそろりと距離を取り始める行動は最早《もはや》見慣れたものだった。

そして、三日後。

俺達はフィーゼルを後にし、都市国家メイヤードへと足を運ぶ事になった。


「────で」

喧騒《けんそう》に機械音。

耳を聾《ろう》する音が絶え間なく聞こえてくる。

目の前は遊戯を楽しむ人で溢《あふ》れていた。

「なんで、ボク達までカジノに連れて来られてるのかさっぱりなんだけど」

ヨルハがジト目でロキへ責めるような眼差《まなざ》しを向けていた。

服も、ロキの言われるがままにフォーマルなものへ着替えさせられていた。

「顔が広いといっても、タダで情報を教えてくれる知人はいなくてねえ。ま、タダで得られた情報は得てして碌でもないから願い下げであるんだけども。そんな訳で、ここで金を稼いでついでにガネーシャの奴も見つけ出すってわけ」

「……そう言えば、あんたは〝ネームレス〟のメンバーを連れ戻しに来たんだったか」

「でも、ガネーシャはすぐに見つかるだろうけどねえ」

「というと？」

「ほら、見つかった」

ロキが口にした直後、叫び声のような泣き言のような声が聞こえて来る。

喧騒の中にあって尚、鼓膜に届くその声は、

「わぁぁぁぁあ!!　ちょ、あと十万!!　十万ギル貸してくれ!!　次こそ大当たりがくる筈なんだよ!!　な⁉　な⁉　いいだろ⁉　な⁉」

金をせびるただの碌でなしの声だった。

「アレクくんは会った事はなかったっけ。あの緑髪の女が、ガネーシャ。まあ、魔法の腕は兎も角、性格を一言で表すなら、ただの碌でなしだねえ。あっはっはっは!!　あ！　目は合わせない方がいいよ。あいつ、平気で金をせびってくるから」

ロキのその一言に、確かに系統は違うだろうが、周囲から〝クソ野郎〟呼ばわりされているあんたが言える事なのかと思わずにはいられなかった。

三話　胡散臭い謎の男

「……でも、大丈夫なのか」

「なにが？」

「いや、何がって、アレのことなんだが」

積極的に目を合わせる気は毛頭なかったが、視線の先には先程教えられたガネーシャの姿。

威勢よく叫び散らしてはいたが、それも最早、既に過去の話。

スタッフらしき黒服に、あれよあれよという間にガシリと拘束され、奥へと連れていかれようとしていた。

どこからどう見ても自業自得なのだが、連れ戻すべき人間があんな事になっていて大丈夫なのだろうか。

「ああ、アレね。まぁ大丈夫でしょ。前回もおんなじ目に遭ってたらしいし」

「……前回っていうと」

「レヴィエルが〝ネームレス〟の他のメンバーを寄越したものの、連れ戻すのに一ヵ月掛かったとか言ってたアレだよアレ」

「そういや、ジジイがそんな事言ってたな」

「あんな碌でなしでも、一応は優秀な冒険者だからね。ガネーシャだけ特例で、メイヤードにあるダンジョンに連れてって借金を返済させるって手法が取られてたらしい」

ただ連れ帰るだけで一ヵ月も時間を要した理由が判明した。

レヴィエルがルオルグは甘過ぎると言っていた理由は恐らく、その返済を手伝ったから。

そんなところだろうか。

「でも、幾ら借金の返済っていっても一ヵ月も掛かる？」

仮にもSランクの冒険者。

しかも、ルオルグ達も手伝っていた可能性が高い。にしては、一ヵ月は掛かり過ぎだろうというヨルハの疑問はもっともなものだった。

「そりゃ、五回も繰り返してたら一ヵ月掛かるでっしょ」

「……完済した直後にまたカジノに入り浸って、借金を作ったたってこと？」

信じられないものでも見るような様子で、クラシアが問う。

流石にそんな馬鹿な真似《まね》をする筈はないだろうと思ったが、ロキの返答は肯定だった。

「そゆこと。もっとも、ルオルグ以外の二人は一回目だけは渋々手伝ったらしいけど、その後は好き勝手観光してたみたいだしね。そりゃ一ヵ月掛かるがなって話さ」

「流石は〝ネームレス〟。ルオルグ以外、相変わらず自由人の集まりね」

棺《ひつぎ》型の〝古代遺物《アーティファクト》〟を背負った男性――――ヒツギヤとは殆《ほとん》ど会話をしていないが、オリビアの性格はよく知るところ。

「一生返済してろ」と口にして、一人行動に切り替える光景が目に浮かぶ。

「でも、これで二つも手間が省けた」

「……二つ？」

ガネーシャを捜す手間が省けた事は分かるが、何故二つなのだろうか。

「そりゃ、あっちにお目当ての情報屋がいるからね。どうやって接触しようか悩んでたんだけど、これなら話は早い」

嫌だぁぁあ！　働きたくないぃぃい！　ギャンブルで楽して儲《もう》けたいぃぃい!!

などと碌でもない事を叫び散らしつつ、ずるずると奥へ運ばれてゆくガネーシャの行き先らしき場所をロキが指差していた。

恐らく、連行されるガネーシャをダシにして接触するつもりなのだろう。

「……もしかしなくても、情報を持ってる人ってカジノ《ここ》の関係者なのか？」

「関係者も関係者。というか、このカジノのオーナーだね。名前は、チェスター。本人は情報屋って名乗ってはないけど、少なくとも彼以上にこのメイヤードで情報を持ってる人はいないだろうね。あいつ、半端ないくらい地獄耳だから」

「地獄耳だあ？」

耳が良い事は、情報を得る手段としては重要なものではあるだろう。

だが、それだけでメイヤード一《いち》の情報屋と言われても、俺もオーネストと同様に胡散臭さに似た感情を抱いてしまう。

「実際のところは知らないけど、聞こうと思えばそれこそ、数十キロ先の会話まで聞こえるらしいよ？」

補足された内容に、成る程と思う。

それはもう、地獄耳とかそういう次元の話ではないと思うんだ。

「……魔法か。それも多分、〝固有魔法《オリジナル》〟」

情報屋と言われて真っ先に、〝夜のない街〟レッドローグにて出会ったベスケット・イアリの名が浮かんだが、彼女とは別系統ながら情報屋らしい魔法の使い手だった。

「恐らくはね。もっとも、厳密にどんな魔法なのかは詳しく知られてないから、あくまで僕の予想でしかないいんだけども」

地獄耳、となると単純に耳が良いだけか。

はたまた、声を拾う能力に派生出来る魔法──音関連の魔法か。

何にせよ、そんな魔法は聞いた事もない。

敵として出会う訳ではないが、〝固有魔法《オリジナル》〟と聞いた途端に警戒してしまうのは魔法師としての性かもしれない。

そんな事を考えてる間に、ロキはその場を離れるべく歩き出していた。

しかし。

「えっ、と、ロキ？　そっちは逆だと思うんだけど」

早速ガネーシャを助けに向かう名目で、チェスターに会いに向かうのかと思えば、ロキはその真逆を歩いていた。

ヨルハのその疑問に対し、分かってないなあと小憎たらしい笑みを浮かべてチッチッチ、と右の人差し指を左右に揺らすロキ。

絶妙に人をイラつかせる所作である。

「ここで助けたらルオルグの二の舞だよ。物事の根本的な解決にはね、痛い目を見る他ないいんだ。

安易に助けると碌な事が起きない。という訳で、僕はカジノで存分に遊んでからガネーシャのところに行くって訳さ」

「……正しい事を言ってるのは分かるんだが、それがロキの言葉ってなると途端に碌でなしって感想が出てくるな」

「これまでの行いがクソだからな」

オーネストが相変わらずの侮蔑の視線を向けていたが、既にロキの興味は遊戯の場に注がれていたからだろう。

いつものように言い返す事もなく、待ち切れないといった様子でテーブルへと向かって行った。

「しかし、今ここにビスケットの奴がいれば、相当な金を稼げただろうな」

人の思考を覗《のぞ》く事の出来る〝固有魔法《オリジナル》〟持ちであるベスケット・イアリならば、オーネストの言う通りリスクゼロで大金を稼ぐ事が出来るだろう。

「運で決まるものは兎も角、駆け引きの存在するポーカーとかだとベスケットの一人勝ちだろうな」

自分が勝つか負けるかが確実に分かってしまう。思考を丸裸に出来るという事はつまり、取り繕おうとしても「取り繕った」という事実すらも見抜かれる。

対策らしい対策は、己自身が自分の手札を一切見ないという、自分すらも答えを知らない状況を作り出す事くらい。

しかし、その結果を摑み取るには思考を覗く〝固有魔法《オリジナル》〟を使ってくるという事前知識がなければ土台無理な話。

とどのつまり、特定の遊戯においてベスケットは敵なしという訳だ。

特別、金に困っている訳ではないが、無双出来る人間を知っている為、惜しい事をしたような気持ちに陥った。

「ま。折角カジノに来た事だあ。オレさま達もちょっくら遊んでみっか」

こうしてわざわざ服まで着替えたのだ。

何事も経験とも言う。

少しくらい遊んでいくのもアリだろう。

数多く存在する遊戯の台。

賭け事はあまり得意ではないから、出来れば駆け引きよりも運で全てが決まるものが好ましい。

そう思い、周囲を見回す。

「ねえ、アレク」

「ん？」

「あそこだけ、凄《すご》い人集《ひとだか》りが出来てる。何なんだろう？」

側にいたヨルハの声に従って視線を向けると、確かにそこだけ異様なまでに人集りが生まれていた。

喧騒がひどく、聞き取り辛くはあったが、耳を澄ますと何やら連勝だなんだと聞こえてくる。

どうやら、とんでもなく勝ち続けているプレイヤーがいるらしい。

「ルールもまだあんまり把握出来てないし、少し見に行ってみるか。ロキは……まぁ、放っておいて大丈夫だろ」

ロキは、メイヤードは故郷とか言っていたし、俺達よりもずっと勝手は分かっている筈だ。

時間を潰す必要もあるし、別行動をしても問題はないだろう。

「だな。コツがあンなら見て盗んで、クソ野郎よりも沢山稼いでやろうぜ」

「まぁ、難しいとは思うけどな」

見て盗めるくらいなら、ガネーシャがああして連行される事もなかっただろう。


やがて、人混みをかき分けながら人集りの中心へと向かうと、そこには積み上げられた大量のチップ。加えて、奇抜な格好の男性がいた。

シルクハットを被った壮年の男。

足を組みながら、首に巻いたマフラーを手で弄《いじ》る彼の前には、どっさりとチップが積み上げられていた。

遠目からでは判然としないが、軽く見積もってもその額は、王都の一等地で豪華な屋敷《やしき》一つ買ってもお釣りが来るであろう金額だった。

「……どこぞの富豪か？」

「そう思うのも無理はない。だがあの男は、たったチップ一枚であそこまで金を積み上げた正真正銘の化け物だよ」

オーネストの呟《つぶや》きに、場に集まっていた男性の一人が答える。

たった一枚であれだけの金額。

一体、何度勝算の低い賭けで勝てばああなるのだろうか。

しかも、賭け事の内容は心理戦がものを言う遊戯ではなく、運任せのルーレット。

当てずっぽうで数字に賭け続け、チップ一枚からここまで増やせる確率は億分の一だろう。

恐らくはタネがある。

それも、ベスケット・イアリのような特殊なタネが何処かに潜んでいると考えるのが普通だ。

「化け物、ねえ……？」

オーネストも、その可能性に気付いたのだろう。奇抜な格好の男の様子を注視し始める。

身に付けているもの。身振り手振り。魔法の兆候。それこそ、ありとあらゆるイカサマの可能性を暇潰し感覚で探し出す。

しかし、待てど暮らせど僅かな痕跡すらも見つけられなかったのだろう。

つまらなそうに溜息を漏らし、視線を外した。

「……胡散臭え」

タネも仕掛けも全く無いように思える。

だからこそ余計に────胡散臭い。

だが少なくとも、俺達が自力で見つけられるような仕掛けはどこにも無い。

荒稼ぎをしてやる可能性が彼から得られないと知るや否や、興味を失ったオーネストは他の遊戯台に向かおうとする。

「────実に失礼な人間だ。ワタシの何処が胡散臭いというのだね」

けれど、その行為に待ったを掛ける人間が一人。オーネストの呟きを耳聡《みみざと》く聞き取った件《くだん》の男だった。

椅子に腰を下ろし、背を向けた状態のまま言葉が発せられていた。

「目の前の事実。口調。格好。どれもこれもが胡散臭さの塊だろうがよ。特に、その格好。奇抜な格好を好むヤツってのは大抵が信用出来ねえと相場が決まってる」

前者は兎も角、後者の格好の件については俺達四人のみが理解出来る共通認識だった。

特に、俺達が共に過ごした魔法学院において、奇抜な格好を好んでいた担任ローザ・アルハティア。

学院長を務めていたカルラ・アンナベル。

東方伝来の着物という服装を好んでいた彼女もまた、奇抜な格好を好む人間の一人。

更にもう二人ほど該当人物はいたのだが、そのお陰で俺達の間では奇抜な格好を好む人間は油断ならないという共通認識が出来上がった。

「いやはや、手厳しいねえ。しかしだ。困った事に、ワタシはイカサマをした覚えは一度としてない。それは、キミが一番理解してると思うのだがね？」

どういうカラクリなのかとオーネストが真剣に注視していた事を言っているのだろう。

魔法の痕跡を始めとして、彼は限りなく白。

それがオーネストの下した結論でもあった。

白と断じない理由は、あまりに不自然過ぎるが故に。

そして、これまでのオーネストの経験から来る、奇抜な格好を好む人間に碌な奴がいないという認識。加えて、オーネストが何よりも信を置く、己の勘に基づいた結論だったのだろう。

「そもそも仮に、ワタシがイカサマをしていたとして、それの何が問題なのかね？　誰にも気付かれていないならば、それはイカサマではなく確かな技術でしかない。そうは思わないかね？」

イカサマをイカサマとして見抜けないならば、それは見抜けなかった側――――つまりは、ホストが悪い。

それが彼の言い分であった。

イカサマを疑っている他の者達に向けての言葉でもあったのだろう。

その声は若干、大きい気がした。

とはいえ、もしこの場にロキがいたならば、逡巡なく賛同し、手を叩《たた》いて意見を支持した事だろう。

なにせロキは、バレなければ問題ないと豪語していた側の人間だから。

一見するとゲスの発言にしか思えないが、彼らの発言はある意味で正しいものだ。

真っ当な人間とは言えないかもしれないが、間違ってはいないのだ。

「……確かに、胡散臭くはあるがてめえの発言は何も間違っちゃいねえな。……ちょいと気が変わった。時間潰しがてら、てめえのその化けの皮を剝いでやるのも悪くねえ」

唯一空いていた席へとオーネストは、どかっと腰掛ける。

そして、カジノに入る際に予《あらかじ》め換えておいたチップをテーブルに載せた。

「……おい、オーネスト」

相手は間違いなくペテン師。

まともに勝負するなど正気の沙汰ではない。

やめておけ、という意を込めて名前を呼ぶが、オーネストは不敵に笑うだけ。

「心配すんな。天才に不可能はねえのさ。たとえそれが、運の勝負だろうがな」

「……そういえばあのバカ、勝負事になると無類の強さを発揮するわよね」

ふと思い出したかのようにクラシアが呟く。

戦闘は兎も角、運要素の絡む勝負事ではクラシアの言うように無類の強さをオーネストは発揮していたのだ。

続くようにヨルハが。

「……ボク、オーネストにじゃんけん一度も勝ったことないんだよね」

「……そういえばオーネストの奴、くじ引きはいっつも一番良いやつ引いてたな」

学院時代の思い出を丸ごとひっくり返しても、くじ引き、じゃんけん等、オーネストが勝っている記憶しか思い出せなかった。

そういえば、お前も存在が十分イカサマだったよな……？　なんて懐かしい思い出に浸っている隙に、オーネストは一点掛けで7の数字にオールインしていた。

周囲のギャラリーが、猿真似《さるまね》だなんだと嘲笑《あざわら》ったのも束の間《つかのま》。

まるで吸い込まれるかのように、7の数字へとルーレットボールが落ち、場が静まり返ったのは十数秒あとの話であった。

11
7
20
32

四話　チェスター

それからというもの、ビギナーズラックが一度にとどまらず、二度、三度と続いてゆくうち、気付けば場はしんと静まり返っていた。

「あ、ありえん」

それは、つい数分前までギャラリーが口々に発していた言葉であった。

しかしその一言はあろう事か、先程までその感情を多くの人間から向けられていたちょび髭の男の口から呟かれたものだった。

彼の視線の先には運ひとつでこれまた大量のチップを眼前に積み上げてしまった男——オーネストがいた。

「ここまで的中させ続けるなど、それこそイカサマを使っているとしか……」

その発言には、「お前がな！」というツッコミが彼方此方《かなたこなた》から聞こえて来そうだったが、自分の事は棚に上げてちょび髭男は考えを巡らせる。

ただ運で偶然当てただけならば、まだ理解は出来たのだろう。

だが、ちょび髭の性格がロキに勝るとも劣らぬ性悪であったが為《ため》に、オーネストの豪運に「ありえん」と言わずにはいられなかったのだ。

「さっきから思ってたのだけど、あのちょび髭、ロキみたいな性格してるわね」

つい先程から白い目を向けて観戦していたクラシアが、度々行われていたちょび髭男の行為に対し、決定的な一言を言い放つ。

どういうタネなのかは分からない。

だが、間違いなく確実にちょび髭男は何処へ球が落ちるかを分かっている。

しかし、百発百中とはなっていなかった。

その訳は、

「……やっぱり、偶《たま》に外してるアレはわざとだよな」

その理由は、予想外の事が起きた——などでは断じてない。

ただ単純に、他人の不幸は蜜の味と言わんばかりの「愉悦」が理由だろう。

ちょび髭男を信じて大金をベットした他のプレイヤーが大負けするその瞬間が堪《たま》らなく面白いから。だから、あえて偶に負けている。

性格がゴミ過ぎる気もするが、その時に限り、わざとらしく悔しがりながら口角をほんの少し吊《つ》り上《あ》げているので間違いない。

しかし困った事に、その罠《わな》がオーネストには通じていなかった。

まるで先を知っているかのように避けてゆく。しかもその理由が、何となく気が乗らない、であるから驚きも一入《ひとしお》。

結果、ちょび髭男が「ありえん」と絶句する羽目になっていた。

「凄いよ！　オーネスト！　これだけあったら、これまで買えなかった魔道具が十個……二十個……あれ！　何個買えるんだろう⁉」

興奮を隠し切れないヨルハが、頑張って指折り数えているが、桁的にどう頑張っても指でどうにかなる金額ではない。

　分からないのも無理はなかった。

「……だが、イカサマをした様子はない。となると、これは純粋な豪運か？　……全く、とんでもないボウヤがいたものだ」

　ちょび髭男は、シルクハットを目深に被り直す。

「しかし、喧嘩《けんか》を売る相手を間違えたなボウヤ。たとえルーレットであろうと、ワタシに勝とうなど百年早いのだよ」

　勝手にちょび髭男が売って、それをオーネストがのらりくらりと躱《かわ》し続けていただけな気しかしなかったが、ちょび髭男はそう捉えてはいなかったらしい。

「ただ、ボウヤは運が良い。ワタシも生憎《あいにく》暇じゃない。これだけ騒ぎを起こしてもチェスターがやって来ないという事は、恐らくカジノにチェスターはいないのであろう。ならば、ワタシがこれ以上長居する理由もない」

　ちょび髭男はそう口にしてから立ち上がり、ディーラーに一言、換金の旨を伝えてその場を後にしようとする。

　恐らくは格好をつけようとしていたのだろうが、

「要するに、負け惜しみか」

「違うわ!!」

　それなりに距離が生まれた頃合いを見計らい、綺麗《きれい》に纏めたオーネストの言葉にがばっと勢いよく振り返り、ちょび髭男が抗議の声を飛ばしていた。

それからというもの。

時間がないと言いながら、オーネストの挑発に乗るちょび髭男との言い合いを俺達は数分ほど眺める事になった。

「愉快なオッサンだったな。結構、得体の知れないオッサンでもあったが」

間違ってもそれは、イカサマの件についてではない。もっと別の部分。

普通にしていれば気付くことはなかったが、

「影がない人間なんて、生まれてこの方初めて見たぞ」

彼には、影がなかった。

ただの目の錯覚か、はたまた見間違いかと思ったが、間違いなくあのちょび髭男には影が存在していなかった。

「……幻惑魔法って事？」

影の有無に気付いていなかったクラシアが、順当な答えを口にする。

魔法で創られた偽者――――幻惑魔法によって形成されたものであるならば、影が存在しない場合も存在するから。

「いや。少なくともあれは実体だろ。幻惑にしちゃ、あまりにリアル過ぎる」

しかし、ちょび髭男の相手を一番していたオーネストがその可能性を否定した。

幻惑魔法も、所詮は仮初《かりそめ》。

長時間の存在は出来ない上、何より幻惑魔法であるならば影の有無以前に魔法の使用に気付けた筈だ。

「……ただ、気付いたかアレク」

目を細めながら、何処か忌々しげにオーネストは言う。

「あのちょび髭、〝二重人格〟野郎と似たような雰囲気を纏ってやがった」

「〝二重人格〟っていうと」

〝闇ギルド〟所属の血魔法使い――グロリア。

ダンジョン〝ラビリンス〟にて出会った名持ちの男の姿が思い起こされる。

「ああ。〝闇ギルド〟のうっせえ野郎だ。そいつが、〝呪術刻印〟なんてもンを使ってた時と、少し雰囲気が似てるような気がした」

「……イカサマと、影がなかったタネがそれって事か」

生憎、〝呪術刻印〟などというものの知識は殆どない為、正確な判断のしようがないが、

「恐らくだけどな」

きっと正しいのだろう。

こういう時のオーネストの勘は、恐ろしい程に的中するから。

程なく、先のちょび髭同様、オーネストもディーラーに換金の旨を伝えて立ち上がる。

稼いだお金への興味は殆どないのか、チップと交換で渡されたカードをオーネストは放り投げるようにヨルハに渡していた。

「オーネストがギャンブラーになったら、結構な財産築けるかもな」

「冗談じゃねえ。オレさまにゃ、槍《やり》を振ってる方が余程性にあってる」

――――それに、つまンねえだろ。そんな人生。

そう言ってオーネストはバッサリと切り捨てる。少しばかり勿体《もったいな》無い気もしたが、俺自身にとっても冗談半分の言葉。

それもそうかと笑って返しておいた。

やがてルーレットの台から離れた俺達は、ほくほく顔のロキに出くわす。

様子からして、懐が暖かくなったのだろう。

「よぉ。てめえによく似たクソ野郎がいたぜ」

「え？　とんでもない僕似のイケメンがいたって？　どこ？　どこどこ⁉」

「……どんな耳してやがンだか」

冗談とも本気ともつかない様子で、忙《せわ》しなく首を動かすロキはやはり、良い性格をしてると思わずにはいられない。

というより、どう聞けばそう聞こえるのだろうか。

「それより、ロキの隣にいるその人は？」

「ああ、こいつ？　こいつはね、チェス、むぐっ⁉　もごっ、むぐ、むむむん⁉」

ロキの側には、紫髪の見慣れないドレッドヘアの男がいた。

顔立ちはいかつく、猛獣を思わせるような鋭い眼光も相まって反射的に一歩引いてしまう、そんな雰囲気を彼は纏っていた。

そんな彼に、ロキは口を押さえられてもがもがと聞き取れない言葉を連発する。

（てめえ、俺チャンの名前を馬鹿正直に言ってどうすんだよ⁉　〝人面皮具〟の意味がなくなんだろが⁉）

（……あ。今は身を隠してるんだっけ？　大変だねえ、名の知れた情報屋さんは）

（情報屋じゃねえって何回言ったら分かんだ……。ったく、いつか痛い目遭わせてやっからな。覚悟しとけクソヤロー）

出来る限り小声で話してはいたが、魔法か何かで聞き取れないように特別細工をしていた訳でもなかったので、大体聞き取れてしまう。

恐らく彼が、このカジノの所有者。

チェスターという男なのだろう。

「……〝人面皮具〟？」

ドレッドヘアの彼の正体がチェスターである事をそっちのけに、ヨルハが〝人面皮具〟という言葉に反応を見せていた。

「知ってるのか？」

「知ってるも何も、〝人面皮具〟っていえばとんでもなく有名な〝古代遺物《アーティファクト》〟だよ。でも、ボクの記憶が確かなら、どこかの国が厳重に保管してる筈なんだけど」

だから、誰かの手に渡っているのはおかしいとヨルハは告げる。

とはいえ、丁度隣にロキという存在がいたのがまずかったのだろう。

御国の秘技だろうと盗みを働いた彼の知り合いならば——強奪した可能性も。

そんなとんでもない可能性に俺達が辿《たど》り着《つ》くと同時に、その可能性を信じられる事を懸念してか、ドレッドヘアの男は溜息を一度挟んでから口を開く。

「随分と物知りなお嬢チャンだな。ああ、そうだ。魔法の痕跡もなく、姿形を自在に変えられる

〝人面皮具〟はある意味で危険度が群を抜いてる〝古代遺物《アーティファクト》〟。だから、封印指定のような扱いを受けてる。流石に俺チャンも命は惜しい。盗むような真似はしねーよ」

封印指定にまでなっているのだ。

最悪の事態の想定はなされているだろうし、ロキのように技術をこそ泥するのとは訳が違う。

「じゃあ、〝人面皮具〟って言ってたのは」

「これは、〝人面皮具〟の模造品《レプリカ》だ。職人の国、アルサスで一番の魔道具職人に大金を積んで作って貰った模造品《レプリカ》だよ。とはいえ、使った素材が素材なだけに、俺チャンが持ってるコレは、この世で一つだけの模造品《レプリカ》だがな」

〝古代遺物《アーティファクト》〟の複製。

〝古代遺物《アーティファクト》〟が飛び抜けた価値を誇っているのも、それが複製出来ない唯一のものである部分が大きい。

複製を挑んだ者は数知れず、しかし、どれだけ腕の良い職人であってもそれは不可能。

それが常識であり、覆しようのない事実であると俺は記憶している。

だから、彼の言葉をすぐには信じられなかった。

「まあ、〝人面皮具〟はさておき、よ。てめーら、俺チャンに話があるんだろ？　取《と》り敢《あ》えず、場所を移そうぜ。ここだと話せるもんも話せねえからよ」

背を向けて歩き出すドレッドヘアの男の後ろをついてゆく。

どうして彼は、〝人面皮具〟なんてものを使用しているのか。

そんな疑問を抱くと同時に、ちょび髭男が漏らしていた言葉が不意に思い起こされる。

――――これだけ騒ぎを起こしてもチェスターがやって来ないという事は、恐らくカジノにチェスターはいないのであろう。

まるで彼は、チェスターを呼び出そうとしているようであった。

関係があるのだろうか。

「しかし、てめーらも損な時期にメイヤードにやって来たもんだ」

息を吐くように〝サイレンス〟の魔法を使用し、声が周囲に漏れないように対策をした上でドレッドヘアの男、もといチェスターが口を開く。

「損な時期？」

眉を顰《ひそ》めて俺は尋ねる。

「今、メイヤードでは面倒な事が起こっててな。そのせいで、本来ならガネーシャのやつを馬車馬のように働かせたいんだが、それも出来ねー」

「もしかしなくても、ダンジョンに問題が起こった？」

ガネーシャの借金返済のアテは、ダンジョンでの労働のみ。

ならば、彼女を働かせられないとくれば何があったのかはある程度予想出来てしまう。

ロキの問い掛けに、チェスターは首肯。

「……一ヵ月前にな、ダンジョンの近くでどんぱちやりやがったバケモンがいてよ。そのせいで今、メイヤードのダンジョン付近にでけークレーターが出来上がってやがる。とてもじゃねーが、入れたもんじゃねー」

ダンジョンに入れない程の惨状ともなると、災害のような戦いでもあったと見るべきか。

「だが、問題はそれだけじゃねー。損な時期って俺チャンが言った理由は、ダンジョンの事じゃなく、こっち。最近、メイヤードで起こってる魔法師の失踪についてだ」

「……それはまた、随分と穏やかじゃないねえ」

「ここ一ヵ月で大体、百人消えた」

「ひゃくっ……!?」

事もなげに口にされた事実はあまりに深刻で、思わず声がうわずってしまう。

「一応、低く見積もって百だかんな。実際はもうちょい消えてるだろうよ」

何の為に。どういう意図でもって魔法師が失踪する羽目になっているのだろうか。

疑問は尽きなかったが、こうしてチェスターが俺達にわざわざ事情を話す理由が分かってしまう為に、疑問を投げ掛ける事を躊躇《ためら》う。

きっと彼は、

「だから、俺達はガネーシャを引き取ったらさっさとメイヤードから出て行けって事か」

「話が分かる奴は好きだぜえ？　ま、そういうこった。今回はガネーシャの借金をツケにしといてやっから、さっさとフィーゼルに帰れ。俺チャンとしては、てめーらにいられると不都合があるんだわ」

ロキとの関係は腐れ縁のようなもの。

チェスターが人死にを忌避する聖人染みた性格の持ち主かと問われれば、首を傾げざるを得ない。

そんな彼がこうして半ば強引にメイヤードから出て行けと口にする。

その理由とは、一体何だろうか。

俺達がメイヤードにいる事で、チェスターにどのような不都合が生まれるのか。

一つ確実に言えるのは、その魔法師失踪の件についてチェスターはそれなりに情報を持っているという事。

知っているが故に、俺達のような魔法師が増えるのが不都合と断じる事が出来てしまう。

とはいえだ。

「分かった。だけど一人、会いたい人がいる」

俺達に、今メイヤードで起こっている一件に首を突っ込む理由はない。

「帰るのは、その人に会ってからにしたい」

「そういう事なら問題はねーよ」

「ただ、その人がどこにいるかが分からないんだ。だから、チェスターさんを頼ろうとしてたんだけど」

そこで、合点《がてん》がいったと言わんばかりにチェスターは笑みを深める。

ガネーシャ一人を連れ戻すにしては人数が多く、俺達とロキという組み合わせの理由が理解出来なかったのだろう。

「メイヤードの事なら俺チャンが一番詳しい。名前を言いな。場所くらい、すぐに教えて————」

「ヴァネッサ・アンネローゼ」

「————」

気を良くしたように、さっさと言えと促すチェスターの言葉に甘え、ヴァネッサ・アンネローゼの名前を出すと、何故かチェスターの表情が凍りついた。

　やがて、

「……悪い。前言撤回させて貰う。そいつの居場所以外なら何でも教えてやる」

「そりゃ、どういう事だ？」

　名前を聞いた途端、教えられないと発言を覆したチェスターの言葉に、オーネストが不信感をあらわにしながら問い掛ける。

「言葉の通りだ。ヴァネッサ・アンネローゼの居場所だけは、教えられねーんだ。勘違いすんなよ？　これは意地悪で言ってる訳じゃねー。一ヵ月前なら、答えてやれたが、本当に俺チャンも知らねえんだ。ヴァネッサ・アンネローゼは、一ヵ月前にメイヤードから忽然《こつぜん》と姿を消したからよ」

「……それってつまり、その魔法師失踪にヴァネッサさんが巻き込まれたって事か？」

姿を消したのであればそう考えるのが妥当だろう。

だが、俺の発言をロキが真っ先に否定する。

「いや、それならコイツは、失踪した人間の居場所は教えられないって言い回しを使うよ。こんなナリをしてるけれど、発言には細心の注意を払っている人間だから」

いつになく面白おかしそうに、ロキはチェスターの性格を勝手に語る。

言葉には俺にも分かるくらいの親しみや、信頼の感情が含まれていて、チェスターと彼の関係は一体どういうものなのだろうか。

ふと、そんな事を思った。

「少なくとも、チェスターが嘘をつくことはない。それは親しさの度合いに関係なく、誰に対してもそれは揺るがない。だけどその代わり、コイツは優しくない。聞かれた事を聞かれた通りに答えるだけ。そこには微塵《みじん》の誤魔化しすらない。それが〝ど〟が付くほどの拝金主義者チェスター・アルベルトのルールだから」

「おい、ロキ」

勝手に色々とバラしてんじゃねー。

睨《ね》めつけるようなチェスターの視線がそう訴えていたが、面の皮の厚いロキはまるで気にした様子はない。

「なら」

そして、ロキの言葉を受けてクラシアが再度口を開く。

「ヴァネッサ・アンネローザが姿を消した理由はなに？」

質問の変更。

居場所が分からないとしても、姿を消した理由は知っているのではないか。

問い掛けるクラシアに対し、チェスターはにんまりと意地の悪い笑みを浮かべ、

「それは、高く付くぜ？」

突き出すように手を差し伸べてから告げる。

「一千万ギルだ」

〝古代遺物《アーティファクト》〟が買えるほどの額。

王都の一等地にそれなりの家が建つ程の金額を、チェスターは何を思ってか口にした。

「その情報が欲しいなら、対価として俺チャンに一千万ギル渡しな。そうすりゃ、おめーさんの質問に答えてやる。まさか、タダで情報が得られると思ってた訳じゃねーだろ？」

「……っ」

拝金主義者。

成る程、だからロキはカジノで金を稼ごうとしていたのか。

生半可でない金が、情報を得る為には必要だと予め知っていたから。

「助けてくれる訳でもないのに、情報一つで一千万ギルって……!!」

情報に金銭的価値がないとは、クラシアも思ってはいないだろう。

だが、幾らなんでも一千万ギルは高過ぎる。

足下を見ているのではと思わずにはいられない。

「このクソヤローの言う通り、俺チャンは〝拝金主義〟でね。信じるのは己の目と耳と、金だけって決めてんだ」

金銭での解決を除いて、交渉の余地はないのだろう。どこか悟ったような澄ました表情は、払うか、払わないかの二択しかあり得ないと告げている。

「にしても、随分と吹っかけるんだな」

「誓って言うが、微塵も吹っかけてねーよ。これは正当な対価だ。寧《むし》ろ、内容を考えるとこれでも安過ぎるくれーだ。それと、情を期待してんならやめときな。てめーらがロキの知り合いだろうとなかろうと、それは変わらん。仮に拷問に掛けられようと、金という対価を差し出さない限り絶対に。なにせ俺チャンとそいつは、そういう場所で育ったからな」

仄暗《ほのぐら》い瞳が向けられた。

これまで、殺気を始めとした身が竦《すく》むような視線を向けられる経験は多々あった。

チェスターから向けられるその瞳は、ある意味それらと同種のもの。

刃を向けられている訳ではない。

殺気をぶつけられている訳でもない。

心の奥の奥まで見透かしていそうなその昏《くら》い瞳が、眼差しが、俺には空恐ろしいものに思えた。

「ヨルハ」

きっと、オーネストも俺と同じ感想を抱いていたのだろう。

その声音はとても冷静で、そこからは先程のチェスターの言葉に対して抗議するような様子はまるで感じ取れない。チェスターに対してはそれが無意味と悟っているのだろう。

「さっき稼いだ金、ここで出せ。それなりの額あったろ」

「……オーネスト?」

クラシアの呟きを掻《か》き消《け》すように、オーネストは若干、声量を大きくして言葉を続ける。

「勘違いすンなよ。オレさまはただ、こいつの言う正当って言葉の真偽が知りてえだけだ」

棚ぼたで得た金銭とはいえ、たったそれだけの理由で全てを手放す真似が出来る筈もない。

……いや、槍を除いて頓着らしい頓着のないオーネストならやりかねないかもしれない。

だけど、明確な言葉にこそしないが、その発言が不器用なオーネストなりの「優しさ」である事はよく知ってる。

「……うわ。本当にあった」

換金の旨を伝えた際に受け取っていたカードには、先程提示された一千万ギル以上の額が刻まれていたのだろう。

現実味がないのか、たった数十分でこれだけの額を稼いだオーネストの運にヨルハは軽く目眩《めまい》を起こしているようだった。

そんな彼女からオーネストはカードを引ったくるように受け取り、そして突き付けるようにチェスターに差し出した。

「手元にある金で解決出来ンなら、拒む理由は何もねえよ」

オーネストの行動に理解が追いついていないのか。

なんで君らそんな大金持ってんの⁉

などと一人、疑問を吐き散らすロキの声が場によく響いていた。

「……ん。さっきの言葉、訂正させて貰うわ」

払えると知ったから、改めて足下を見る気なのだろうか。はたまた、今更教えられないとでも言う気なのか。

そんな可能性が脳裏を過《よ》ぎる中、

「普通の人間なら損な時期だが、ヴァネッサ・アンネローゼに用があるんなら、てめーらツイてる。それも、うんと特別に」

気を良くしたように彼は笑った。

次いで差し出されたカードの額を一瞬だけ確認し、それを受け取ったチェスターは懐に仕舞い込む。

「ったく、一千万ギルで良いって言ってやったのに、ちょいと多いじゃねーか。まぁいいか。俺チャンにしては珍しく、サービスでてめーらに分かりやすく教えてやるよ」

クラシアからの質問の内容以上のことを伝える理由はそれであると前置きをした後、チェスターは俺達に向けて語り出す。

「てめーら、〝賢者の石〟ってもんを知ってっか」

「そりゃまあ、名前くらいなら」

知識だけならば、誰もが知る代物。

だから、言葉通りの意味であるならば答えは「イエス」だった。

しかし、その問い掛けの意味が分からない。

その理由とは、〝賢者の石〟と呼ばれる代物が現実には存在しないから。

曰《いわ》く錬金術師と呼ばれる研究者達の到達点。

曰くそれを以てすれば、不老だろうが不死だろうが望んだままの力を手にする事が出来る。

だが、あくまで〝賢者の石〟とは空想上のものであり、人々の想像が創り出した産物。

だから、〝賢者の石〟の存在を知っていようが知っていまいが、何においても関係がないのだ。

空想ゆえに、その情報は何一つとして役には立たない筈だから。

だからこそ余計に、チェスターが口にしようとしていた内容が信じられなかった。

「今から四百年前、『ワイズマン』と名乗る大バカが、〝賢者の石〟に限りなく近い物を完成させやがった」

「————ありえないわ」

チェスターの言葉に、何故かクラシアは反射的と言っていい程に真っ先に反応した。

「ああ、そーだ。あり得ねーんだよ。だが、それを可能とした人間が『ワイズマン』だ。けど、多くの研究者の悲願でもある〝賢者の石〟に限りなく酷似したものを作り上げた筈の『ワイズマン』は、人々に褒《ほ》め称《たた》えられるどころか、その名を強制的に消された。その理由は、〝賢者の石〟もどきを完成させる為に数百という魔法師の心臓を秘密裏に触媒として使っていたからだ」

チェスターのその言葉のお陰で、失われていたパズルのピースがカチリと埋まった音すら聞こえた気がした。

猛烈に、嫌な予感に襲われた。

「そして今から一ヵ月前、多くの研究者を秘密裏に集め、『ワイズマン』のやり方を踏襲して作り上げられた〝賢者の石〟を、一人の研究者がそれを持って逃げ出した。その研究者の名が、ヴァネッサ・アンネローゼ」

「……成る程ね。彼女が、〝賢者の石〟を持ち逃げした事は分かった。姿を消した理由も、恐らくそれなんだろうね。でも、わざわざ話を複雑にして話す必要があった？」

浅からぬ仲であるチェスターの、「らしくない」行為に、ロキが引っ掛かる。

「大ありだ。つーか寧ろ、本題はこっからだからな。ロキが喋《しゃべ》った理由は、あくまで表向き。ヴァネッサ・アンネローゼが姿を消した本当の理由は、連中がアンネローゼの身柄を必要としていると気付いたからだ。だから、姿を消さざるを得なかった。〝賢者の石〟を持ち逃げしたのは恐らくついでだろーな。本来ならば、『壊す』つもりだったんだろーが、連中の狙いにギリギリで気付いたヴァネッサ・アンネローゼに時間はなく、持ち出して逃げんのが精一杯だったんだろーよ」

「……クラシアの家は、研究者の一家だったよな。必要としていたのは、研究者としての腕、か？」

あまり家の事を話したがらないクラシアから聞いている唯一の情報。

だが、俺の言葉に対するチェスターの返事は否定だった。

「研究者は、世界各国から連中が攫《さら》って連れて来てやがった。研究者の手は足りてた。連中がアンネローゼに求めていたのは、鍵だよ、鍵」

「鍵？」

「ああ、そーだ。〝賢者の石〟を生成してまでやろうとしていた連中の目的に、アンネローゼの

『血《鍵》』が必要だったのさ。四百年前に存在した大悪党にして世紀の大天才、『ワイズマン』の更なる凶行を止め、魂自体を縛ったアンネローゼの『血』が、『ワイズマン』の蘇生《そせい》に欠かせないものだったんだよ」

魂を縛る方法など、聞いた事もない。

四百年前には失伝していなかった手段なのかもしれない。

だがそれよりも、

「……蘇生、って言った？」

「言ったぜ？　〝賢者の石〟を連中が作り出そうとしていた理由は、至極単純で、超絶馬鹿げた事をしでかそうとしていたからだしな。連中の目的はな、『ワイズマン』を蘇生させたいのさ。なにせ、本当に〝賢者の石〟があるならば、それが出来てしまうからな」

禁忌にして、誰もに根付いた不文律。

研究すら禁じられる死者の蘇生こそが、目的であると聞かされて引《ひ》き攣《つ》る顔を抑えられない。

「……とてもじゃねえが、そんな話、馬鹿正直にゃ信じられねえな」

壮大な作り話だなと、オーネストは切って捨てようとする。

確かに、俺もオーネストと同様、壮大な作り話と思わずにはいられない。

だけど、その話が本当ならばヴァネッサ・アンネローゼがクラシアにメイヤードに近づくなとわざわざ手紙を送った理由も、ある程度分かるような気がした。

チェスターの話を鵜呑《うの》みにするなら、その『ワイズマン』の蘇生には、アンネローゼの姓を持つクラシアでも条件を満たすと捉えられてしまうから。

「信じるも信じないも、てめーらの自由だ。俺チャンはただ、対価を支払っているだけ。俺チャンの知ってる情報をてめーらに伝えてるだけだからよ。だが、連中が『ワイズマン』の蘇生を試みているのはほぼ間違いねーよ。半年前に、今も尚厳重に守られていた『ワイズマン』の墓を掘り返した馬鹿がいたらしーしな」

蘇生には、恐らく触媒が必要になる。

生き返らせたい対象の触媒を、墓を掘り返す事で得ていたとしたら、彼の話にもある程度の説得力がついて回る。

だが、

「そこまで知っていて、今の居場所は知らないってのも妙な話だな」

メイヤードの事ならば一番の物知りを自称し、そこまで情報を得ているにもかかわらず、今の居場所は何故知らないのだろうか。

もしや、意図的に隠しているのか。

そんな疑問を抱いた時だった。

「このメイヤードには、俺チャンの目と耳が無数にある。俺チャンは、その目と耳を使って情報を得てる。言い換えれば、目と耳が正常に機能しない場所においては、俺チャンはどうしようも出来ねー。たとえば、そう。魔法を使って別の空間に移動しやがった、とか」

国から出て行ったならば、チェスターがそう答えた事だろう。

だからこそ、別の空間に移動という言い回しをしたと捉えるべき。

そんなバカな真似が————と思ったのも束の間。

〝神降ろし〟を敢行した規格外の魔法師、リクによって、そのバカな真似を現実のものに変えられた経験が俺達にはあったではないか。

「……〝古代魔法《ロストマジック》〟」

「それこそあり得ないわよ。研究者としての腕は頭抜けていた筈だけど、魔法に関して姉さんはからっきしだったわ。〝古代魔法《ロストマジック》〟を使えるとはとてもじゃないけど思えない」

魔法師であっても、使える人間はひと握り。

本職でもない研究者が、それを学び、使う機会に恵まれるとは俺であっても到底思えない。

しかし、別の空間に移動する手段を、俺達はそれを除いて知り得ないのもまた事実だった。

「別に、本人とは限らねーだろ。使える人間がいた。そう捉えちまえば辻褄《つじつま》は合う。んで、そいつがヴァネッサ・アンネローゼを匿《かくま》った。もしくは、捕まえた。ここに関しちゃ俺チャンの予想ではあるが、状況からしてこれ以外あり得ねーな」

六話　尊い犠牲者

「────だから、ヴァネッサ・アンネローゼに会いたいならコイツを捜すと良いって言われてもな」

頼みの綱であった情報源、チェスターから話を聞いた俺達は、一枚の似顔絵を渡されそのままカジノを後にしていた。

どうにも、その人物の名前はチェスター自身も知らないようで、伝える手段が似顔絵くらいしかなかったらしい。

「子供の落書きよりひでえな。実は教える気ねえだろアイツ」

矯《た》めつ眇《すが》めつ確認してみるが、オーネストの言うようにこれは子供の落書き以下の出来であった。

辛《かろ》うじて身体的特徴である無精髭や、黒髪といった部分は分かるが、該当する人間は山ほどいるだろう。

「チェスターのやつ、昔っから絵心が致命的になかったからねえ。これでも、一応この絵が人であるって事が分かるだけ、成長はしてるみたいだけど」

ロキがしみじみといった様子で感想を口にしているが、チェスターから渡された直後に「何この落書き?」などと真っ先に貶《けな》していた人物こそ、ロキであった。

「いやいや。ここはハッキリビシッと言っちゃおう。てめえ、よくもこんなクソみてえな情報で一千万ギル払わせやがったな！　慰謝料だ、慰謝料！　十倍にして返しやがれ！　そのうちの半分はガネーシャさんに渡しとけ！　ってな！」

「……前半も横暴過ぎてかなり意味分からないのに、後半部分は更に意味が分からないわね」

ひょこっと顔を出して話に交ざる緑髪の女性――ガネーシャはあの後、カジノから一時的に解放され、俺達と行動を共にしていた。

唆《そそのか》すように「慰謝料」「慰謝料」とクラシアの耳元で連呼するガネーシャだったが、呆れられるだけでまともに相手にされていなかった。

しかし、ガネーシャの見た目はどこからどう見ても男装の麗人にしか見えないのに、どうしてこうも中身が残念なのだろうか。

「というか、賭け事なんてせずに真っ当に稼げば良いじゃない。ガネーシャさんなら問題なく出来るでしょうに」

「分かってないねえ。重要なのは稼ぐ金額なんかじゃあない。どうやって楽して稼ぐか。それが大事なんだよ。というか、それ以外に重要な事ある？」

「……でも、それで弱味を握られる羽目になってたら世話ないと思うんだが」

「ぐっ。中々に痛いところを突くな君は」

年長者ぶりながらクラシアに、稼ぐ事のなんたるかを語るガネーシャだったが、その結果が弱味を握られる事に繋《つな》がっていたので本当に碌でもないとしか言いようがなかった。

ただ一応の自覚はあるのか、俺の指摘に対してガネーシャは顔を引き攣らせて気まずそうな表情を見せる。

「しかし相変わらず、てめえがクソ野郎で安心したぜ」

「やだなあ。変な風評を流すのはやめてよオーネストくん。僕ほどの紳士もそういないからね？」

「お金に困ってる人に対して、条件と引き換えにお金を渡す人を世間では『クソ野郎』って言うんだよ、ロキ」

カジノでオーネスト同様に儲けていたロキだったが、己の同僚とも言えるガネーシャの為にそのお金を――――やはり使う訳がなかった。

ガネーシャの自由と引き換えに金を消費する対価として、何やらロキはガネーシャに約束を取り付けていた。

しかも、魔法で契約を縛るかなりエグイやつで。

唯一の抜け道として、肩代わりした分の金額をロキへ返せば契約は無効にするという条項があったらしいが、ガネーシャのこの性格からしてその条項が効力を発揮する機会には恵まれない事だろう。

「何はともあれ、取り敢えず飯にしないか？　これから地道にこの似顔絵の人を捜すにせよ、空腹じゃそれも出来ないだろうしさ」

チェスターから預かった似顔絵の人物を捜すには、どうしても足で捜すしかない。

だったら、メイヤードに来てからまだ何も口にしていないし、情報の整理も兼ねてひとまず腹《はら》拵《ごしら》えをするのは決して悪い選択ではない筈だ。

「そう、ね。チェスターさんの言う事を信じるなら、今すぐに手遅れになる可能性は低いみたいだし」

別の空間に閉じ込められている仮説を信じるならば、手遅れである線は確かに存在する。

だが、そうでない場合、今すぐに彼女がどうにかなる可能性は極めて低い。

手段は不明であるが、命を奪わず閉じ込めたならば相応の理由――――閉じ込めた人間がヴァネッサになんらかの価値を見出《みいだ》した可能性が高い。

それがチェスターの言い分であった。

「僕は自他共に認める嘘吐きだけど、これだけは誓ってもいい。チェスター・アルベルトは、何があっても嘘だけは吐かないよ。仮にそうする事で、己にとって親しい人間が危険に晒《さら》される事になろうと、何があってもあいつは嘘だけは吐かないからね」

「……そういえば、てめえとアイツは幼馴染《おさななじみ》かなんかなんだっけか」

「そうだよ。僕とチェスターは、メイヤードで一緒に育ったんだ。腐れ縁というか、悪友というか。まあ、そんな関係だね。性格は正反対だけど」

ロキは息を吐くように嘘を吐く嘘吐きで、チェスターは何があっても嘘は吐かない人間。

水と油のような性格の相性だろうに、よくもまあ幼馴染という関係で落ち着いたものだなと思えてしまう。

同時に、チェスターの性格が生まれ育った環境によって培われたものだという彼の発言が不意に思い起こされる。

幼馴染ならば必然、ロキもそうであったのではないか。

軽薄な印象しかない「クソ野郎」呼ばわりされる彼は、どんな場所で育ったのだろうか。

そんな事を思った矢先、

「まあまあ、そういう訳であいつの事は信用出来るよ。そういえばヨルハちゃん。メイヤードに

〝ハバネロくん〟を使った料理をウリにしてるお店が一店舗あるらしいんだけど――――」

「お昼ご飯決定！　お昼ご飯は絶対にそこにする！　そこにしよう！」

強制的に話を打ち切り、別の話題を持ち出すロキの言葉にヨルハが真っ先に食いついた。

大の辛い物好きヨルハが特に愛用している味覚兵器もとい、調味料。

通称、〝ハバネロくん〟。

今現在は、一号、二号、三号と様々な種類の辛い調味料として世に出回っている〝ハバネロくん〟シリーズ。

一体どこの味覚馬鹿がこんな物を作り出したんだ、などとも偶に言われる〝ハバネロくん〟愛用者である辛党のヨルハが、その言葉に食い付かない訳がなかった。

「……ヨルハの事はそれなりに分かってるつもりだけど、アレを美味《おい》しいと思う味覚だけは一生分かり合える気がしないな」

「違いねえ」

目に見えて上機嫌となったヨルハに、他の店が良いなどと言える訳もなく。

ただ、よくもまあというボヤきを俺はオーネストと二人で共有する。

「あたしは食べる気すら起きないけど、二人は何回か食べてるものね」

「……誰かさんのせいで、五回は食ってるな」

「……俺もそのくらい食った気がするなあ」

クラシアの指摘通り、俺とオーネストは決して食わず嫌いではない。

寧ろ、かなり食っている。

というか、食わされた。

勿論《もちろん》、それはダンジョンに潜る際に俺とオーネストの間で交わされる勝負事の結果。

負けた奴は勝った奴の言う事を聞くアレで、罰ゲームの一環で食わされたというだけで、断じて進んで食べた訳ではない。

そしてその罰ゲームの内容を考案したのが、何を隠そうクラシアだった。

「いやいやいやいや！　三人とも〝ハバネロくん〟の評価低過ぎるからね⁉　絶対にそのお店一番の人気メニューになってるよ。うん、絶対」

――――いや、それだけはあり得ない。

耳聡く俺達の会話を聞いていたヨルハからの一言に、俺達の心境は見事に一致した。

「ロキもそう思うよね⁉」

やがて、ヨルハの言葉は諸悪の元凶であるロキへと向かう。

本人は既に会話は終わったものと捉えていたのか、話を振られた事に「へっ？」と素っ頓狂な声を漏らしていたが、捲《まく》し立《た》てるように告げられるヨルハの言葉の数々に気圧《けお》されてか、「そ、そうだね」などと肯定してしまっていた。

「バカだ。あいつ肯定しやがった」

「バカだな、ここは絶対に拒否する場面だろうに」

「バカね。この後の未来が透けて見えるわ」

これまでの尊い犠牲もとい、被害者の数々を知っているだけに、オーネストと俺とクラシアの言葉はロキへの哀れみ一色に染まった。

「いいよーだ。ボクとロキが食べてるの羨ましがっても三人にわけてあげないからね」

「え？　ちょ、僕は食べるとか一言も言って」

「あ！　そうだ！　ガネーシャさんも一緒に食べませんか？　あの舌がピリッとする感じがすごく美味しくて。一度ハマったら抜け出せなくなるというか、なんというか。あ、これボクが持ち歩いてる〝ハバネロくん一号〟なんですけど」

「ふむ。聞いた感じは美味しそうに思えるな」

「あ、あの、ヨルハちゃーん？」

「ですよね⁉　なのに、三人は味覚兵器呼ばわりするんですよ？　流石に言い過ぎですよね」

ロキが控えめに発言の訂正を試みようとしていたが、まるで相手にされていなかった。

そして、理由をつけて辞退したとしても強制的にヨルハから食べさせられるというところまでがワンセット。

魔法学院時代に嫌というほど見てきた展開である。

「諦めろ。こうなったヨルハはもう人の話なんて聞きやしねえよ」

俺が不在だった四年の間でそれが変わっている筈もなく、諦めも肝心であるとオーネストがニタニタとした笑みを浮かべながらロキを諭していた。

更には、ヨルハに気を遣い、いざ実食という時に「意外と美味しい」などと言おうものならば、これを掛けると更に美味しくなると言われ、ヨルハから追い〝ハバネロくん〟を投入されるという展開が待っているのだが、面白そうなので黙っておく事にした。

「まぁ、元はといえばロキが自分で蒔《ま》いた種だものね」

ロキが〝ハバネロくん〟の件を話題に出さなければ、何も起こっていなかった筈なのだ。

ゆえに、全ては自業自得であるとクラシアは暗に告げた。

それから、歩く事十数分。

ロキはロキなりに考えを巡らせ、〝ハバネロくん〟の店の場所を忘れちゃった——などという手段に走ろうとしたのだろうが、何故か場所を知らない筈のヨルハが向かう先にそれは存在していた。

獣の如《ごと》き勘とでもいうべきか。

場所を知らない筈のヨルハだったが、こと、〝ハバネロくん〟に関して理屈が通じないのは今に始まった事ではない。

「普通、だな」

見た目は普通の飯屋だった。

だが、あの〝ハバネロくん〟を使った料理を提供するという正気の沙汰ではない所業をしているお店である。

警戒をして損はないだろう。

「それに意外と繁盛してンのな」

料理のセンス的に寂れているのではと思っていたが、思いの外繁盛していた。

店の外にまで行列が並んでいる、という訳ではなかったが、六人がギリギリ入れる程度の空席しか残されていなかった。

「――――しっかし、あのちょび髭野郎どこに消えやがったんだか」

「お主があの時、逃がさなければもう既に解決しておったかもしれんな」

「うるっせえ。おれだって逃がしたくて逃がした訳じゃねえんだよ。つうか、それよりも、だ。あんたでもあの子の所在はまだ分からねえのかよ」

「完全に消えておる。微塵の痕跡すら残さず、忽然と。そうなっては流石に、妾でもお手上げよ」

案内された席の近くに座っていた二人組の声が聞こえてくる。

鼓膜を揺らすその声は、なんというか何処か聞いた事のあるものに思えた。

しかし、こんな場所に知り合いがいるとは思えないし、他人の空似だろう。

そう思い、俺は気にしないようにする。

「はい、〝ハバネロ丼〟お待ち」

そして、会話をする二人組の下に、明らかにそれと分かる物騒な名前のメニューが届く。

微《かす》かに鼻腔《びこう》をくすぐる殺人臭。

明らかにこれは人が食べるものではない。

「……そんな物を頼むとは、相変わらずお主の味覚はイカれておるな。流石はあのお転婆の旦那よな」

「おいおい、それ暗にアリアの事を貶してるだろ？　あいつの料理は泣くほど美味《うめ》えんだぜ？　ったく、食わせてやれねえのが残念だ」

「確かにお主は泣きながら食っておったな。だがあれは妾の記憶が確かなら苦痛に堪えるような泣き顔だった気がするが」

「……き、記憶違いじゃねえかな」

「取り繕うなら最後まで取り繕わんか」

何というか、もう一人の声も聞いた事があるような気がしたが、これもやはり勘違いだろう。

やがて、注文を終えた俺はチェスターから受け取った似顔絵を今一度確認する。

「なんつーか、この特徴だけ見たらよ。アレクの親父《おやじ》さんもこんな感じだったよな」

「あー……確かに親父も黒髪に無精髭生やしてたからな」

隣に座っていたオーネストが、不意にそんな事を口にした。

「そいやアレクの親父さん、今頃何してンだろうな？」

親父の動向は一切把握していない。

今何をやっているのか、俺は全く知らない。

「楽しく生きてるんじゃないか？　こんな事を言うのは変だけど、色々と逞《たくま》しい親父だから」

少なくとも、のたれ死んでいるという事だけはないだろう。

「しかも、得体が知れねえからな。……色んな意味で」

あえてオーネストがそんな物言いをした理由は、謎に剣が達者であったりした事も含めてだったのだろうが、一番は今現在の状況が関係していたのだろう。

「……アレクのお父さんも、味覚がアレだったものね」

何を隠そう、親父の味覚はヨルハ程ではないが俺が自炊を進んでする程度にはズレていた。

そのズレ具合は、ヨルハと軽く意気投合してしまう程、といえば分かりやすいだろう。

クラシアも昔を思い出してか、顔を若干引き攣らせていた。

「親父がいたら間違いなく、ヨルハと同じものを頼んでただろうな」

「かぁぁあ。ったく、〝魔女〟も一度食ってみたらいいのによ。アレクもそうだったが、どうしてこの美味さが分からないかね」

「で、そうそう。ちょうどこんな感じに、俺にも食え食えって勧めてきた――――記憶、が？」

――そんな魔物の餌みたいなものを食うくらいなら、妾は餓死を選ぶわ。

同席者の女性の侮蔑の声を聞きながら、反射的に肩越しに振り返ってしまう。

そこには俺のよく知る人物が二人もいた。

一人は、魔法学院学院長であるカルラ・アンナベル。そしてもう一人は、

「…………親父？」

「んあ？　アレク？」

ヨハネス・ユグレット。

俺の親父だった。

七話　謎の差出人

「うげ。魔法学院七不思議の妖怪までいやがるじゃねえか」

あまりの信じられない偶然を前に硬直する俺の側で、オーネストが顔を引き攣らせながら反射的にカルラに向けて言葉を言い放つ。

ちなみに、魔法学院七不思議の一つには我らが担任であった年齢不詳幼女ことローザちゃんも勿論含まれている。

「誰が妖怪クソババアだ。失礼にも程があろう、オーネスト・レイン」

「そこまでは言ってねえ!!」

被害妄想甚だしいカルラの一言にオーネストが叫び散らすも、最中に着物の袖から飛び出した鉄扇が狙い過たずオーネストの額に直撃。

「ぐぉおッ」と悶絶《もんぜつ》する羽目になっていた。

ローザとの再会の時も似たような展開だった気がするのは俺の気のせいだろうか。

「うん？　もしかしなくても、アレクくん達の知り合い？」

「知り合いもなにも、この人は俺の親父で、こっちは魔法学院の学院長だ」

ロキの疑問に俺が答える。

親父とこうして出会った事自体、信じられないのに、更に滅多に学院の外に出てこないカルラがメイヤードにいるのは驚きだった。

「……アレクくんの親父さんがどうして此処にいるのかは知らないけど、魔法学院の学院長といえば」

「カルラ・アンナベルか」

ロキに先んじて、ガネーシャが呟く。

「……知ってンのかよ？」

「知っているさ。カルラ・アンナベルといえば、『大陸十強』だろう？」

痛みが引かないのか、額を押さえながら尋ねるオーネストへの返答に、何やら聞き慣れない言葉があった。『大陸十強』という言葉に、俺達は眉を顰める。

「別に、だからといってどうなる訳でもないが、この女は文字通り大陸全土の中で十指に入る実力者、などと言われていた人間だ」

「……いた？」

過去形という事は、今はその『大陸十強』という立場にないのだろうか。

「一昔前の戦争でついた呼び名と聞いている。今では知ってる人間の方が稀有《けう》だが、そっちの界隈《かいわい》だと未《いま》だに有名だと聞く。もっとも、カルラ・アンナベルが人間であるかどうかは怪しいところだが」

魔法学院七不思議とまで言われている人物なだけに、後者については然程《さほど》違和感を抱く事はなく、それよりもカルラがそんなに凄い人だったのかという感想が胸中を埋め尽くしていた。

「……あたし達の中では、オーネストにいつも怒鳴ってる偉い人ってイメージしかなかったわね」

「オーネストってば暴れてたからねえ。しょっちゅうもの壊してたし。連帯責任だーって言われてボク達も結構怒られたよね……」

クラシアやヨルハの言うように、俺達の中ではオーネストにいつも怒鳴ってる人というイメージしかなかった。

だが、よくよく考えてみれば暴れるあいつを当然の如く捕縛し、説教を小一時間するその様子は異様ではなかっただろうか。

少なくとも、並の人間では不可能だし、面倒臭がりで事なかれ主義のローザ・アルハティアを除いて、それが出来る人間を俺は知らない。

「当然であろうが。お陰でお主らが在籍していた間は働き詰めだったというのに。だが、それでもあの口だけは終《つい》ぞ直らんかったがな」

カルラの鋭い眼光がオーネストを射貫《いぬ》く。

その視線に軽いトラウマでも覚えているのか、若干ながらオーネストの顔は引き攣っていた。

「……それにしても、親父は兎も角、学院長がどうして此処に？」

まさかメイヤードにいるとは思わなかったが、親父に関してはまだ納得が出来る。

ただ、魔法学院の学院長であるカルラまでもがいる理由がまるで分からない。

俺の記憶が正しければ、なぜか学院の外には極力出ないようにしていた人だったから。

「人を捜しておる」

「人？」

まさか、カルラもヴァネッサを捜しているのだろうか。タイミングがタイミングなだけに、そんな事を反射的に思ってしまう。

「一年前、妾の下に一通の手紙が届いた。その差出人を、妾は捜しておる」

要するに、名前は知らないと。

手紙の差出人というだけであるならば、名前どころか顔も分からないだろう。

――どうして、そんな徒労に終わりそうな事を。そもそも、その手紙の内容とは。

抱いた疑問を言葉に変えようとした刹那、俺達に先んじてカルラは言葉を続ける。

「だが、先に一つ聞きたい。クラシア・アンネローゼ」

「……あたし？」

「お主の姉ヴァネッサ・アンネローゼが、今どこにおるか分かるか」

場に緊張が走る。

カルラの表情は一瞬にして険しいものへと移り変わる。

「……成る程。その反応を見る限り、居場所は知らぬが、今現在の事情は、それなりに把握しておるという事か」

そして、カルラがなにを思ってか、懐から手紙を取り出し、クラシアに差し出した。

「先程は手紙と言ったが、言葉らしい言葉は殆ど何もなかった。ただ、奇妙な文字列と、メイヤードに向かえ、それだけが書き記されておった」

横から手紙の中身を確認する。

描かれた文字列には勿論、心当たりなどある訳もなかった。

ただし、それはクラシアを除いての話だった。

「これ、錬成陣の一部ね」

「流石にアンネローゼの人間よな。本来の錬成陣とは似ても似つかない状態で尚、一目で分かるか。お主の言う通り、これは錬成陣よ。〝賢者の石〟を生成する為の錬成陣、その一部」

「……〝賢者の石〟」

チェスターから話を聞いたばかりだった事もあり、反応をしてしまう。

「妾がメイヤードにいる理由は、誰が、どんな理由でこの手紙を送り付けてきたのか。それを知る為であった」

少なくとも、差出人は〝賢者の石〟の事を把握していた人間に限られる。

そして、カルラをメイヤードに向かわせる事で、都合が良くなる人物。

「もしや、差出人はヴァネッサ・アンネローゼだったのではと思ったのだが」

「……いえ、これは姉さんの筆跡とは違うわ。それに、研究者を名乗る人間がこんな粗末な錬成陣を描くとは思えない。これを描いた人間は、研究者ですらないと思うわ」

「誰にも彼にも見せられるものではなかった故、半信半疑であったが……そうか。やはり違っておったか」

ここでクラシアが嘘を吐く理由はない。

だが、その発言によって謎は深まる。

〝賢者の石〟の存在をちらつかせ、カルラをメイヤードに誘い込んだ人物が研究者でない場合、残る可能性といえば首謀者くらいのものとなってしまう。

間違ってもカルラはアンネローゼの一族でもなければ、そもそも研究者ですらない。

ガネーシャの言う『大陸十強』とも言われる人間を、あえて呼び寄せる理由がある人間は。

その思惑は。

……考えれば考えるほどドツボにハマる。

余計に、訳が分からなくなる。

ただ、カルラとクラシアの言う筆跡。

チラリと確認しただけなので何とも言い難いが、あの筆跡に俺は何処となく見覚えがあるような気がした。

……どこで目にしたんだったか。

いや、それよりも。

「ところで、親父はどうしてメイヤードに？」

「……か、観光にな。ちょっと気になる場所があったんだよ」

分かりやすい嘘だった。

「いや、割と本気で偶然だったからな⁉　今じゃこうしてこいつと一緒に行動しちゃいるが、初めは本当に偶然だったんだよ」

「というか、親父と学院長に接点があったのは意外だったよ」

偶然出会ったとしても、顔見知りでもなければこうして食事をする機会に恵まれる事もなかっただろう。

何より、親父とカルラの関係性は俺の目から見ても友人程度には近しいもののように思えた。

「……腐れ縁だ、腐れ縁。そ、そんな事よりもだ。エル坊の奴はちゃんとアレクにソレを渡してくれたみたいだな」

「エル坊？」

「エルダスだよ、エルダス」

あからさまに話題を変えにかかった親父の行動に、怪しさを感じずにはいられなかった。

だが、親父に意地悪をして追及をするより、咄嗟《とっさ》に出てきたであろうエルダス絡みの事について確認をする方が俺にとって優先度が高かった。

「……あぁ、そうだ。その事について俺からも聞きたかったんだ。親父、どうして俺にこれを？」

母の形見でもある〝古代遺物《アーティファクト》〟――――〝星屑の祈杖《ステラティオ》〟。

「昔、約束してたろ。いつかやるって。大事な形見ではあるが、碌に使えもしないおれが持ってるより、アレクが持っていた方がいいに決まってる。アリアの奴も、きっとそう望んでるだろうからな」

「……そっ、か」

「何より、〝星屑の祈杖《ステラティオ》〟を渡すために、エル坊に頼んでアレクに魔法を学ばせてた訳だしな」

「……待ってくれ親父。今、とんでもない事実を聞いた気がするんだが」

「おいおい。あのクソ真面目なエル坊が、年端もいかねえ子供に、親の許しも得ずに魔法を好き勝手に教えると思うか？」

言われてみれば、確かにその部分についてはエルダスの性格を考えると疑問が残る。

母に恩があるからと、その子供である俺に魔法を教えるのはいい。

だが、エルダスならば――――確かに、親父に話を通してから行動に移していた事だろう。

「ただ、頼んだとは言ったが、アレクに魔法を教えること自体はエル坊から申し出てきた事なんだけどな」

〝クソ真面目〟と親父が呼称したように、エルダスの性格は基本的に義理堅く、大真面目。

詳しくは知らないが、母の一件がある以上、親父からエルダスに頼み事をした場合、彼は余程の事がない限り断りはしなかっただろう。

しかし、親父は基本的に何かを盾にするような行為を好まない人間。

だから、その言葉はすんなりと信じられた。

「……アリアの奴がアレクには魔法を教えるって五月蠅《うるさ》かったからな。エル坊の申し出は渡りに船だったよ。残念なことに、おれは魔法師じゃねえから」

確かに、親父が魔法を使っているところは一度として見たことがない。

「そんな訳で、実のところはガルダナを出る時にアレクに渡すつもりだったんだが……完全に忘れててな。気づいた時はもう既にガルダナを出た後だった。つーわけで、偶然、観光の最中に出会ったエル坊に預けてたんだよ」

「いや、でも助かったよ。お陰で命拾いした」

「おいおい、頼むからおれより先に死ぬのは勘弁してくれよ。アリアの奴に会いてえのは分かるが、せめておれより後に死ね」

「分かってる。それに、俺は一人じゃない」

口を滑らせでもしたのか、学院長にまたしても折檻《せっかん》されるオーネストと、話を聞きながらも届いた注文――――〝ハバネロ丼〟を幸せそうにぱくぱくと頬張るヨルハ。

それらを呆れながら眺めるクラシアを一瞥《いちべつ》して、俺は言う。

「なら、良いんだけどな。つうか、お前ら四人とも優秀だっただろ？　なのに死にかけるってどんな怪物に出くわしたんだよ……」

「正直、あいつとはもう二度と戦いたくはないな。なんというか、色んな意味で」

リクという人間を、俺は最後の最後まで嫌いにはなれなかった。

勿論、多くの関係のない人間を巻き込んだ悪人である事は疑いようのない事実だ。

それでも、口にされた言葉の一つ一つに込められた感情に多少なりの理解が出来た。本当は理解してはいけないのだろうが、狂行に走るしか選択肢がなかった彼の生き様にも、また。

だから、強さとは別で心情的な意味でも、もう二度とリクと戦いたくはなかった。

結局、あの後別れてからリクがどうなったのかは知らないが――――そこでふと、俺の中の時が止まった。

「――――……そう、だ。そうだった。あれは、あの時に見た字だ」

「……アレク？」

親父から名を呼ばれる。

だが、一瞬にして俺の中の余裕は削り取られ、焦燥と激しい動悸《どうき》に見舞われる。

そのせいで、親父の言葉に気付けない。

「ヨルハ。そのペンダント貸してくれ」

リクから受け取っていたロケットペンダントは、今はヨルハが肌身離さず首から下げている。

他の荷物も諸々《もろもろ》あったが、それらは全てフィーゼルに置いてきている。

だから、筆跡を判断出来るものはロケットペンダントの中に刻まれた短い文字だけ。

ただ、今はそれだけでも十分過ぎる。

「……ねえ、アレク。もし、かして」

俺の行動の意図に気付いたクラシアが、信じられないとばかりに言葉を紡ぐ。

しかし、癖のある筆跡であったが故に、彼女にも少なからず心当たりがあったのだろう。

首を傾《かし》げながらも、ロケットペンダントを渡してくれたヨルハから受け取り、確認する。

――私は、グランが死にかけている姿こそ見たが、あいつの死体を見た訳ではない。あのグランの事だ。もしかすると、どこかで生きてるかもな。

……やっぱり、そうか。

リクのあの発言が、よりにもよってここに繋がってくるのか。

可能性としては、あり得なくもないのだ。

何より、〝古代魔法《ロストマジック》〟の使い手だったリクの師匠的立場であった筈の彼ならば、何もかもに辻褄が合ってしまう。

「……どういう事だ？」

「もしかすると、俺達は学院長のその手紙の差出人を知っているかもしれません」

八話　『呪われ人』

「────グラン・アイゼンツ。お前は正直なところ、こいつについてどう思う、髭《ひげ》だるま」

「当たり前のように髭だるまって呼んでやがるが、オレの名前は髭だるまじゃねぇよ⁉」

ところ変わって、レッドローグに位置するギルドにて。

アレク達がフィーゼルを後にしたその次の日。まるで狙ったかのようなタイミングでローザから呼び出されていたレヴィエルは、彼女の下へと赴いていた。

「……が、それは兎も角として、〝天才〟なんじゃねェか？　少なくとも、〝迷宮病〟についての知識を、ここまで正確に纏《まと》め上《あ》げられる人間をオレは他に一人として知らん」

二人の前には積み上げられた紙の束が一つ。

それは、あの一件から数週間ほど経過したある日、ギルド宛に届いたもので、〝迷宮病〟についての研究内容を始めとした研究レポートであった。

届けた人間はただの雇われであったが、曰く、雇い主に数週間経《た》って己が戻らなければ、これらをギルドに届けろと言われていたらしい。

恐らく、それは罪滅ぼしというより、テオドールに情報が渡ってしまっている可能性を踏まえ、テオドールが笑う事になるくらいなら、全てを無に帰してしまえという彼なりの嫌がらせからくる行為だったのだろう。

だから、後生大事に持ち歩いていたグランの研究成果をこうしてギルドに届けたのやもしれない。

「とはいえ、そりゃあんたも同じ意見なんだろ？　オレは冒険者だった経歴はあっても研究者だった経歴はねェ。なのにどうして、わざわざオレをレッドローグに呼ぶ必要があったよ」

「〝迷宮病〟だけならば、私もお前を呼んでいない。お前をこうして呼んだ理由は、これだ」

活字で埋もれたレポートの束。

その、一ページ。

ローザをして、「手に負えない」と判断を下せしめたからこそレヴィエルを呼んだのだと否応《いやおう》なしに理解せざるを得ない内容が、そこには記載されていた。

グラン自身が行っていた研究ではなく、テオドールが裏で進めていた内容を、グランなりに調べただけなのか。

詳細については書かれていなかった。

常人であれば、ひどい妄想だと一蹴して然《しか》るべき内容。しかし、そのひどい妄想が、可能であると言えるだけの片鱗《へんりん》を既に目にしているならば。

「……不死者蘇生、ねえ」

胡散臭いものでも見るような声音で、レヴィエルは唸《うな》る。

死者蘇生であって、それは死者蘇生ではない。死者を不死者として蘇生する。

それが、不死者蘇生。

理論は単純にして明解で、死者の魂を不死者の身体に降ろす。ただそれだけ。

だが、死者の魂を呼び戻す事も、不死者の身体を作る事も、どちらも不可能極まりない。

しかし、ローザ自身がその目で後者を目撃している。

ノイズと名乗っていたあの男は、間違いなく不死のように見えた。ならば、これがただの妄想であると切って捨てる訳にはいかない。

そしてあろう事か、その不死者蘇生の対象となっている人物には、過去に名を馳《は》せた大罪人の名前がずらりと見受けられる。

「〝闇ギルド〟の奴ら、世界相手に戦争でも吹っかける気かよ」

「かもしれないな」

「……おいおい、オレは冗談で言ったつもりだったんだが」

「少なくとも、そんな事をする人間でもなければ本気で神を殺すなどと宣《のたま》う事もあるまい」

ローザからしても、テオドールの言葉、その一つ一つが正気を失った人間のものに思えた。

しかし、あの時あの場所で邂逅《かいこう》をし、言葉を交わしたからこそ分かった事実もある。

「それに」

「それに？」

「……恐らく、テオドールと名乗っていた〝闇ギルド〟の男は『呪われ人』だ。人伝《ひとづて》ではあるが、そう自称もしていたらしい。何より、そうでもなければ神を憎むあの言動に説明がつかない」

「『呪われ人』っつーと……お前さんと同類かよ」

ローザ・アルハティアには秘密があった。

彼女が、どれだけの月日を経ても見た目の変化がない理由。それは、体質の問題ではなく、彼女自身が呪われたから。

だから、見た目の変化が彼女の身体からは失われた。

「いや、私とは違う。私は、呪われはしたが、半端に呪われただけだ。正真正銘の『呪われ人』であるカルラ・アンナベルのような者達とは違う」

『呪われ人』とは文字通り、神に呪われたとされる人間のことを指す。

ただローザの場合、半端に呪われたせいで呪いの効果も半端に終わっている。

そしてローザ自身、呪われた前後の記憶をごっそりと失っており、そんな彼女に手を差し伸べたカルラ・アンナベルから教えられた知識しか持ち合わせていない。

あの時、リクの話をローザが知らなかった理由は、それ故であった。

「……『大陸十強』カルラ・アンナベルか」

「そうだ。カルラ曰く、『呪われ人』は呪われた際に大半の己の魔力と共に何かを失っている。そしてその代わりに、連中は『神力』と呼ばれる力を得る。だから、よく言うだろう。『大陸十強』には手を出すな、と。あれは誇張でもなんでもない。あいつらにはまともな手段では絶対に勝てないからだ。……もっとも、勝てずとも負けない戦い方はあるがな」

ガネーシャは、『大陸十強』を一昔前の戦争で名を馳せた強者達と認識しているが、それは半分正解で半分不正解であった。

正しくは、一昔前の戦争で呪われた者達が『大陸十強』と呼ばれるに至った、である。

「……おい、待てよ。それだと、そのテオドールってやつが『大陸十強』の可能性がねェか⁉」

「私の記憶が正しければ、『大陸十強』にテオドールという名前の人間はいない。とすれば、あいつは私と同様、何らかの事情で呪われたか、もしくは、名前を変えた『大陸十強』か。……〝闇ギルド〟と呼ばれる組織が知られ始めた時期からして、後者の可能性が高そうではあるが、前者の可能性もある。何はともあれ関わるべきじゃない。だから、カルラにこの事も含めて伝えようとしているんだが、生憎の不在だった」

断言出来ない理由は、『呪われ人』でない筈のエルダスが、テオドールを足止めしたという事実。どんな手品を用いたのかは不明だが、それ故に断言する事は憚《はばか》られた。

とはいえ、万が一を想定してローザはカルラと連絡を取ろうとしたのだが、年がら年中、学院にいる筈の人間がこんな時に限って不在にしていた。

「カルラの側近に行き先を尋ねると、どうにもメイヤードに行き来しているらしくてな」

「ブ―――ッ!!」

「……そこ、後でお前が掃除しておけよ」

口を潤す為に用意されていたコーヒーを突如として吹き出すレヴィエルに、汚物でも見るような底冷えした視線が向けられる。

しかし、そんな事に構う暇もなくレヴィエルは矢継ぎ早に声を上げる。

「わ、わりぃ。ちょいと疲れが溜まってるみてェでな。聞き間違えちまった。カルラ・アンナベルの行き先がメイヤードな訳ないよな。アハ、ははははははは!!」

「……。おい、メイヤードに今何がある。誰がいる。話せ、髭だるま」

レヴィエルの不審すぎる態度から、ローザは全てを悟り、詰問を始める。

「だからオレは髭だるまじゃねェって……」

「いいから答えろ」

幼女が三十歳を過ぎたおっさんを問い詰めるというなんともシュールな絵面であるが、それに何かを言う人間は生憎誰もいない。

　要するに、うちの冒険者が六人くらいバカンスで遊びに行ってた……筈でな」

「その冒険者の名前は」

「…………。ぇ、えと、ロキとガネーシャ。あとお前さんとこの教え子四人、だな」

「Sランク六人でバカンスな訳があるか。……嫌な予感しかしないな」

「で、でもよ、カルラ・アンナベルがいるなら、万が一はないって事じゃねェか。『大陸十強』だぜ？　問題なんて何もねェだろ」

「そうじゃない。逆だ」

「逆？」

「魔法学院の外に滅多に出ようとしないカルラが、メイヤードを行き来していた。つまりそれは、カルラが動かざるを得ない事態にメイヤードが陥っているという事実に他ならない。私の予想でしかないが、カルラが学院からこれまで一切出なかったのは『呪い』があったから。『出なかった』のではなく、『出られなかった』のだと思う」

　それを押して動いているのだ。

　間違いなく、何かが起きている。

「……アレク達がフィーゼルを出たのはいつだ」

「み、三日くれえ前だな」

「その時、あいつらの様子は変じゃなかったか」

「様子だあ？　んなもん、低ランクの連中じゃあるまいし、いちいち気にしてられるかよ」

「なんでもいい。たとえば、ヨルハの様子がいつもより暗かっただとか。アレクがやけに気負っていただとか。あいつらは特に、顔に色々と出やすい」

「……偶に思うんだけどよ、そのナリは置いておいて、お前さんって教職向いてるよな」

アレク達の反応からして、ローザが彼らに慕われている事はレヴィエルも知っていた。

その理由をこうして垣間見《かいまみ》たレヴィエルは、なんとも言えない微笑《ほほえ》ましい気持ちに陥った。

「……五月蠅いぞ、髭だるま」

「は、はい」

しかし直後、ローザから半眼で睨《ね》め付《つ》けられ、手元にあったカップの中身をぶち撒《ま》けるぞ、のポーズを前に、レヴィエルは黙り込んだ。

「それで、どうなんだ」

「って言われてもなあ？　んー。あー。えー。んー……あ」

「何か思い出したか」

「そういや、見間違いだったかもしんねェけどよ、クラシアの嬢ちゃんがいつもに比べて元気がなかった気がするな」

「……クラシアが？」

驚愕《きょうがく》の色をローザは表情に滲ませる。

先程、アレク達は顔に出やすいとローザは口にしたが、それはあくまでアレクとヨルハとオーネストの三人に限る。

というより、その三人が分《わ》かり易《やす》過ぎて大体分かってしまうのだ。

ただ、クラシアに関しては別。

彼女だけは、あからさまに感情を表に出す事はしなかった。

というより、隠すのが上手《うま》かった。

「……となると、アンネローゼ絡みか」

思案を続けていたローザは立ち上がる。

「そういえばここ最近、研究者が行方不明になる話が聞こえていたな」

「……巻き込まれたってか？」

「可能性はなくもない。おい、そこで盗み聞きしてるバカ二人」

出入り口のドアを見据え、ローザは呆れ混じりに一言。

程なく、「うえっ⁉」「バレてんのかよ⁉」と動揺の声を漏らす。

かつてはSランクの冒険者であったレヴィエルであっても気付けない見事な隠形。流石と言い表す他ないだろう。

しかし、ローザの前では無力でしかなかった。

「入ってこい。喜べ、暇をしているお前達に、私が特別に仕事をくれてやる」

「いらねえ！」

「お断りします！」

「返事は、『はい』か、『分かりました』か、『ワン』だ。それ以外は受け付けん」

「せめて人間扱いして欲しいな、ローザちゃん！」

橙《だいだい》髪のトサカ頭の男、レガス・ノルンと長い髪を三つ編みにした男、ライナー・アスヴェルドはドアを勢い良く押し開けながら必死に言葉を尽くすも、その努力が報われる様子は微塵も見受けられなかった。

「見ての通り、私はあの一件のせいで未だ思うように動けない。だから、お前達二人に頼みたい。これを、学院長に届けてきてくれ」

リクが引き起こした一件の後始末は、未だに続いている。

不測の事態に備える為にも、ローザが今、レッドローグを離れるべきではない。

「……。へいへい。わぁったよ。押し付けられるのは慣れたもんだが、ローザちゃんにこうして頼まれるのはレアだからな。今回は特別に、頼まれてやろうじゃねえか。なあ？　ライナー」

「……確かに、レガスの言う通りこうして頼まれるのは珍しいね。分かった。行ってくる」

机に置かれた資料を取り、これ以上の言葉は要らないとばかりに彼らはその場を後にしてゆく。

そして扉が閉められた直後、彼らの事を見直しかけていたローザの耳に、喜悦に塗れた声が届いた。

――――くくく、頼み事って事はだ。勿論、報酬があるって事だよなァ？　これ終わったらとんでもねえ報酬貰うしかねえなこれは!!

――――ローザちゃんにコスプレでもして貰うとかどうだろう。僕の人形に着せる予定だった新作の衣装があってだね。十着ほど!!

――――そりゃいい！　脳内メモリに保存して後輩達に自慢してやろうぜ。ふは、ふははははは！！！

「……帰ってきたらアイツらブッコロス」

教師と教え子の微笑ましいやり取りから一転、欲望ダダ漏れの二人に向ける容赦ないローザの殺意を前に、レヴィエルは人知れず哀悼の意を捧《ささ》げる。

レヴィエルには、彼らが骨の一、二本をバキボキとローザに容赦なく折られる未来が透けて見えていた。

「しかし、敵の敵は味方とはよく言ったもんだな」

既に己らの手から離れた資料の内容を思い返しながら、レヴィエルは言う。

あの資料の大半が、〝迷宮病〟を始めとした研究の内容であったが、それに隠れるように一部、リク自身が紛れ込ませていたであろう内容が含まれていた。

そこには、テオドールに対して恨みを持つリクらしい〝闇ギルド〟への嫌がらせも含まれていた。


たとえば、テオドールと密《ひそ》かに裏で繋がっている人間の情報、など。


それを馬鹿正直に信じる理由はないが、それでもその情報があるだけで警戒心を持つことが出来る。

「ああ。だからこそ、メイヤードにカルラがいるのなら、何を差し置いてでもアレを届けなければいけなかった」

「……お前さんが直接出向いた方が良かったんじゃねェか？」

「実にふざけた生意気なクソガキ共だが、実力は私が認めている。寧ろ、こういう目的であるなら私よりもずっと信がおける」

「……。何というか、よ。やっぱお前さん、教職についてた人間って感じしかしねェな。なんつーか、お前さんの教え子が『ローザちゃん』って慕う理由が分かる気がするわ。なんなら、オレもローザちゃんって呼ん――――」

「呼んだら殺すぞ」

「呼ぶ、訳ねェよなあ⁉　はははは！　冗談だよ、じょーだん！　はははは‼　こっわ‼」

あの据わった目はマジだった。

あいつ、ガチでオレを抹殺しようと考えてたろ……などとぶつぶつ呟きながら、レヴィエルはローザにだけは「ちゃん」付けしないでおこうと誓うのだった。

「……ただ、その人物をよく知る人間は、彼は『死んだ』と言っていました。それも、十年ほど前に」

「……生き返った、とでも言うつもりか？」

「いえ、『死んだ』可能性が限りなく高いけれど、死んだ姿は見ていないそうです」

「十年ほど前に姿を消した人間が、命からがら生きていたかもしれない、という事か」

ここでカルラにグランの事を打ち明けた理由は、二つ。

一つは、隠す事でヴァネッサを助けられなくなる可能性を無くしたかったから。

二つに、カルラに話す事でグランの手掛かりを僅かでも得られるのではと期待したから。

「名前は」

ほんの一瞬、俺はヨルハに視線を向ける。

言いたい事は、その一瞬で理解したのだろう。

ここでカルラに話す必要性を分かった上で、ヨルハは口を開き、その名前を口にした。

「グラン・アイゼンツ」

「……ん？　アイゼンツ、っていえば」

「ボクの兄にあたる人物、らしい、です」

ヨルハの家名を覚えていた親父が真っ先に反応する。

リクから託されたペンダント然り、グランがヨルハの兄である事は明らかだ。

けれど、会った記憶も、会話した記憶もない人間の事を兄と慕うのは少し抵抗があったのだろう。

ヨルハの口調は、明らかにぎこちなかった。

「……成る程。ヴァネッサ・アンネローゼと同様に捜していたからすぐに気付けたというわけか」

厳密にはつい最近、リクから聞いていたから気付けたのだが、あえて否定する必要もないだろう。

そうした場合、情報の出どころを話さなくてはいけなくなるから。

俺達はリクと実際に言葉を交わし、彼の覚悟と、吐き散らされた悲鳴のような言葉の数々を耳にして、紛れもない真実であると判断したが、実際にあの場にいなかった者からすれば、〝闇ギルド〟に属していた人間の言葉というだけで信用出来る要素はなくなってしまう。

「だけどさ、幾ら筆跡が似ていたとしてもそんじょそこらの人間が〝賢者の石〟の錬成陣の一部を知る機会に恵まれるかね？」

ロキの言葉はもっともだ。

だが、〝迷宮病〟を応用し、〝人工魔人《オーグル》〟なんてものを創り上げたリクの研究者としての力量の高さを見る限り、グランも研究者として優秀だった可能性は高いだろう。

「……グラン・アイゼンツは研究者であったと同時に、恐らく〝古代魔法《ロストマジック》〟の使い手だ」

かつて研究者だった人間であれば、先のクラシアの言う粗末な錬成陣という部分にもある程度の納得が出来る。

何より、メイヤード中に目と耳を持つと豪語するチェスターの目を欺けるであろう手段を、俺は〝古代魔法《ロストマジック》〟を除いて思い浮かばない。

「〝賢者の石〟についての謎は残るが、〝古代魔法《ロストマジック》〟の使い手、か。ならば確かに、可能性は高いであろうな。アレが使えるなら、人の目を欺くなど朝飯前であろう」

別空間に閉じ込めるという離れ業であっても、〝古代魔法《ロストマジック》〟は可能とする。

チェスターから聞かされた情報と照らし合わせても、現段階ではグラン以上に当てはまる人間は思い浮かばない。

「ちなみに、そのグラン・アイゼンツの特徴は」

「シスコンって言っていたな」

「ボクは、辛いものが好きって聞いたよ」

「お人好《ひとよ》しって言ってたわね」

「いやアレク、それは違う。確か、度し難いシスコン野郎って話だったぞ」

「……手掛かりらしい手掛かりがない事はよく分かった」

俺、ヨルハ、クラシア、オーネストの順で答えたものの、俺達が挙げられる特徴は基本的にリクから聞いたものしかない。

こんな事になるなら、外見の一つでも聞いておくべきだったかと思うが、命を狙われていたならば、己の特徴を変えている可能性もあるので意味はなかったかと考えが帰結する。

「だが、そうなるとあまり進展はないな。唯一の手掛かりらしい手掛かりが、ヨルハ・アイゼンツの血縁者である事くらいではな」

何処となく面影を感じる事は出来るかもしれないが、手掛かりというには弱過ぎる。

「ならば、知っていそうな人間に聞けば良いだけの話だろう」

そんな中、ガネーシャが口を開く。

「あの守銭奴ならば、知っている可能性は高いと思うが」

「……チェスターか」

「チェスターといえば……チェスター・アルベルトか」

守銭奴というワードから、即座にチェスターと言い当てたロキの言葉に反応して、カルラも納得する。

どうにも、随分と顔が広いらしい。

「学院長も知ってるんだ？」

「いないと追い返されたがな」

人を捜していたのだ。

情報屋で知られるチェスターの下をカルラが訪ねていてもなんらおかしな事ではない。

だが、いないとはどういう事だろうか。

「あいつ、かなり警戒心強いからねえ。居留守なんて昔からしょっちゅう使ってるよ。自分の手に負えないと判断した相手には、特に慎重になる。あいつは情報屋であって、戦士じゃない。万が一、暴力に訴えられでもすればあいつにはどうも出来ないからねえ」

だから、理性的に取引が出来る相手と分かるか、もしくは、手を出してこないと判断出来る材料がない限り、『大陸十強』などという呼び名をされるカルラとは死んでも会わないだろうねえと締め括《くく》る。

「だから、チェスターの下に向かうなら、そっちのお二人はお留守番って事になるだろうね」

「……〝魔女〟は兎も角、おれもか？」

お二人と、ロキに一括りにされた事で親父が意外そうに己を指差す。

「カルラ・アンナベルと行動を共にしていた人間って事実一つあれば、チェスターは警戒するだろうからさ」

「成る程ねえ。まあ、別に構わねえよ。そもそも行動を共にする気はなかったしな」

「……そうなのか？」

「ヴァネッサ・アンネローゼも捜しちゃいたが、もう一人、面倒臭え奴を捜してんだよ」

親父とは、数年ぶりの再会。

学院長であるカルラは、その実力からして共にいれば心強い事この上なかった。

だから、ハナから行動を共にする気がなかったという親父の言葉に聞き返してしまった。

「……あの時、お主が逃がさなければこんな事にはなってなかったのだがな」

「まだそれを引っ張るのかよ⁉」

どうにも、親父達は他にも人を捜しているらしい。

逃げられた、だ。

お前さんでも捕まえられなかった、だ。

直近の事のように話す口振りからして、捜し人はこのメイヤードにいるのであろう。

ならば。

「だったら、ついでにその人の事も聞いてこようか」

「……んー。いや、それはいい。そいつに関しては手掛かりがゼロって訳でもないしな」

「自分の不始末を息子に押し付けては、立つ瀬がないものな」

「……さっきから隣でいちいち一言付け足してくるのやめような⁉」

カルラと親父の関係は謎だが、会話のやり取りからしてただの知り合いというより、友人同士のように見えた。

「あぁ、ところでクラシア・アンネローゼ」

「……何かしら学院長」

「なにか、ヴァネッサ・アンネローゼから受け取ってはいないか」

「何の変哲もない手紙なら受け取っているけど」

「見せてくれ」

カルラに言われるがまま、クラシアは懐に収めていた手紙を彼女に差し出す。

紙の中心に、簡潔に一言用件だけ書かれた手紙。わざわざこんな手紙で言うほどの内容ではない気もする、という違和感はあったが、特別何か手紙におかしな部分があるようには思えない。

だが、疑ってかかるカルラの様子の側で何かに気付いた親父が口を開いた。

「──その手紙、〝炎字《えんじ》〟で書かれてるな」

「……〝炎字〟？　〝炎字〟ってあの？」

炎で炙《あぶ》る事で文字が浮かび上がる特殊文字。

それが、〝炎字〟。

だが、〝炎字〟特有の独特な匂いも、僅かながら感じられる凹凸もこの手紙には一切ない。

「巧妙に隠されておるが、この男の言う通りこれは〝炎字〟による手紙であるな。ただ、随分と手の込んだ〝炎字〟から察するに、恐らくこれはお主に気付かせる目的で寄越された手紙ではあるまい。可能性としては……『保険』といったところであろうか」

「もしもの事があった時の『保険』って事かしら。でもなんで、よりにもよってあたしなのよ」

関わりがゼロという訳ではない。

ヴァネッサとクラシアは血が繋がった姉妹だ。

けれど、これまでの関係からして困ったときに頼る相手としての認識は限りなく薄い。

仮にカルラの言うように『保険』だとして、あえて何の関係もないクラシアにそれを託した意味はやはり理解に苦しむ。

「ったく、細けえ事は兎も角、それが〝炎字〟ってんなら炎でさっさと炙ればいいだけじゃねえか」

考えを巡らせるカルラとクラシアの思考を遮るように、オーネストが口を開く。

どんな意図であれ、炎で炙れば答えは出てくる。だったら、とっとと炙ってしまえばいい。

まどろっこしい事を嫌うオーネストらしい意見に、今回ばかりはそれもそうかと二人は納得し、手紙から一度視線を外す。

「オーネストくんにしては珍しくまともな意見だね」

「『珍しく』が余計だ。てめえは黙ってそれ食ってろ、〝クソ野郎〟」

「あああああ！！！　なんて事してくれてんだよ！！！」

カルラ達と言葉を交わす最中、届けられた〝ハバネロ丼〟をどうにかして己から遠ざけようとところこそ四苦八苦していたロキに、オーネストは押し付けるように彼の目の前へと移動させる。これまでの努力を水の泡とするその行動を前に、ロキは絶叫していた。

「それじゃあ、はい。アレク」

「……はい、の意味がいまいち分からないんだけど」

「こういうの、得意でしょ。魔法の調節を誤って灰にしたくないし」

炎で炙る事で文字が浮かび上がる〝炎字〟であるが、多少特殊な紙とはいえ、調節を間違えば問答無用で灰と化す。

器用なクラシアが失敗するとは思えないが、俺に任せたいらしい。

「まあ、良いけどさ」

手のひらの上に炎色の魔法陣を浮かべる。

ジジジ、と音を立てながら手紙が焼けていくと同時に浮かび上がる紋様のような何か。

これ、は————。

「……マーク、か？」

一瞬、魔法陣と思ったが、浮かび上がったのは何かのマークだった。

見たことのないマークだと思ったのも束の間、不思議と花のようにも見えるこのマークに俺は見覚えがあるような気がした。

「これ、アレじゃないかしら。カジノの中にあったマーク」

「……だから、見覚えがあるような気がしたのか」

チェスターが運営するカジノ。

そのシンボルのようなマークとして使われていたものと、全く同じものが浮かび上がった。

「妙だな。ここまで手の込んだ〝炎字〟の癖して、書いてる事が普通過ぎる」

親父が顎に手を当てて考え込む。

確かに、こんなマーク一つを手間を掛けて隠す理由が全く分からない。

仮にカジノに何かがあると仮定したとして、マーク一つで真意を探れというのは幾ら何でも無理があり過ぎる。

やはり、分からない。

「考えられる可能性としては、この手紙に他の仕掛けが施されている、といったところであろうが、生憎見当もつかん。何か心当たりはないのか、クラシア・アンネローゼ」

「……知っての通り、あたしは実家との折り合いが悪いの。だから姉さんとも特別仲良くもなかったし、何も聞いてないわ。だからこそ、こうして手紙を送られる理由すらも分からなくて困っているのだし」

問題児だったオーネストとパーティーを組んでいた俺達とカルラは、普通の生徒以上に話す機会があった。

それもあって、俺達の身の上も彼女はある程度把握していたりする。

「要するに、お手上げという事か。しかし気になるな。どうして、カジノのマークなのか。百歩譲って錬成陣ならばある程度の仮定を立てられたのだが」

俺達の中に一人として専門家はいないが、錬成陣からであればその真意を探る事は出来なくもなかっただろう。

ただ、この場にいる中で一番知識を持っていそうなロキならば、何か分かる事があるのではないか。

そう思って肩越しに振り返ると、そこでは此方で話をしている間に届けられた〃ハバネロ丼〃を巡って言い合いが勃発していた。

途中から会話に参加していたのは俺とクラシアと、親父とカルラだけだったし、残りの四名は恐らく全く話を聞いていない。

「いいかい、オーネストくん。これは食べ物じゃない。僕のヤバいぞセンサーがこれ以上なく反応してるんだ。この物体を食べたら死ぬってね！」

「てめえ、一口どころか匂いしか嗅いでねえじゃねえか。せめてそういう事は一口食って死んでから言え。間違えた。一口食ってから言いやがれ」

「その間違え方、悪意あるよね⁉　これを食わせようとしてる理由、ヨルハちゃんが悲しむからとかじゃなくて単に僕が苦しんでるところを見たいだけだよね⁉」

「ちょっと噛んだだけじゃねえか」

「そうだぞ、ロキ。ちょっと噛んだだけじゃないか。とっととそれを食って死ね。間違えた。とっととそれを食って昇天しろ」

「おい、ガネーシャ。てめえ、僕が助けてやった恩を仇《あだ》で返しやがって‼　というか、それは間違えたじゃなくて、言い換えただけだろうが⁉」

「さ、三人ともさ、その、せめてそういうのはボクが聞こえてないところで言おうね？」

人数分頼まれていた〃ハバネロ丼〃を誰が処理するか押し付けあっているようだった。

好物をまずい物扱いされているヨルハは一人いじけ、黙々と追い〃ハバネロくん〃をした結果、見るも悍《おぞ》ましい真っ赤な丼が完成していた。

流石にあれを食べたら死ぬんじゃないだろうか。

「……なんでオレさまの分までこの劇物……じゃねえ。なんとか丼が届いたのかは知らねえが、ここで一つ提案がある」

「提案?」

「これで負けた方が二人分食うってのはどうだ」

握った拳を見せつけながら、オーネストが言う。漂う剣呑《けんのん》な空気からして、殴り合いでも始まるのかと勘違いしてしまうが、その心配は杞憂《きゆう》であった。

「……へえ。この前は負けて飯を奢《おご》らされる羽目になったけど、この僕にその勝負をまたしても挑むとはね。知ってるかい? 奇跡は一度きりなんだよ、オーネストくん。その勝負、乗った!!」

「ねえ、ボクの好物の扱い酷過ぎない?」

好みが人とは少し違うと言われ慣れているヨルハだろうが、ここまで立て続けにボロクソ言われては流石に傷付いたのか、ちょっと可哀想になってくる。

勿論、〝ハバネロ丼〟を食べる気はないが。

「……それと勝負を受けた後だから、もう手遅れな気もするけど、運の絡んだ勝負においてオーネストは無類の強さを発揮するよ、ロキ」

カジノでのルーレットの一件を目の当たりにしていたならば、間違っても勝負を受けるなんて愚行をロキは冒さなかっただろう。

バカめと言わんばかりにニヒルに笑い、己の勝利を確信するロキにヨルハの有難《ありがた》い忠告は届いていないようであった。

やがて、腰掛けていた椅子から立ち上がり、ロキとオーネストは握った拳を後ろに引いて構えを取る。

ロキにとってはかつてのリベンジであり、オーネストからすれば百戦百勝の反則極まりないとっておきの決闘手段。得意げに笑うロキの顔が絶望に染まる事になるのだろうなあと察しながらも、俺達はそのやり取りを見守る事にした。

「じゃぁぁん‼」

「けえええええん‼」

「「ポォォオンッ！！！」」

場に出されたのは、チョキとパー。

引き分けではなく、ここに勝敗は決した。

「はんっ」

程なく、勝者による鼻で笑う声が響く。

その嘲笑は、ぴくぴくと表情筋を痙攣《けいれん》させながら、不自然なまでに瞬きをし、額に汗を滲ませるロキに向けられたものだった。

「まあ、そうなるよな」

カジノで一儲《ひともう》けしていたあたり、ロキには賭け事の才能があるのだろう。

しかし、その才能を以てしてもオーネストの反則的な運の良さを感じ取る事は出来ていなかった。

「そうと決まれば、このエゲツないの貰うぜ、ヨルハ」

真っ赤に染まったヨルハ特製〝ハバネロ丼〟をオーネストは持ち上げ、それをロキの目の前に移動させる。

「悪《わ》りぃな。オレさまの分はヨルハにトッピングを頼んでたんだわ」

「ふむ。成る程、それは仕方がないな」

明らかに違うだろうに、納得した素振りを見せる事でガネーシャはオーネストに援護射撃を行っていた。

「確かにそれなら仕方がないねえ……って言う訳ないじゃん⁉　お前ら揃《そろ》いも揃って僕を殺す気か⁉」

ヨルハによるトッピングが行われたソレは、最早、丼ではなく〝ハバネロくん〟で埋め尽くされただけの物体と化していた。

「おいおい、オレさまの提案に乗ったのはてめえだろ？　文句は食ってから聞こうじゃねえか」

いつになく楽しそうにオーネストは言う。

ロキに何か恨みでもあるのだろうかと思うが、普段から犬猿の仲なので恨みというより相手の不幸な姿を見たいだけなのかもしれない。

だが、賭けに負けたからといって〝クソ野郎〟などと呼ばれるロキが素直に従う訳もなくて。

「……分かったよ。約束は約束だからね。今回ばかりは従ってあげ――――るわけないよねえっ‼

誰が従うか、バ――――カ‼」

「逃がすか。〝クソ野郎〟を捕まえろ、〝ガネーシャ《賭け狂い》〟‼」

「分かった。任せろ」

「てめ‼　さっきからオーネストくんの味方し過ぎだろ‼　ざけんな‼」

「その方が面白そうなんだから、仕方がないだろう」

「性格がゴミ過ぎる‼」

脱兎《だっと》の如く駆け出したロキを、オーネストとガネーシャが追う。

そこまでして食べたくないのかと一人ショックを受けるヨルハだったが、これればかりは彼らと同意見だし、下手にフォローしようものならば俺にまで火の粉が飛びかねないので口を閉じておく。

「……なんかあっちは面白そうな事になってるわね」

「でも流石に二人掛かりで追い掛けられたら、どうにも出来ないだろうな」

ロキには悪いが、結果は既に見えていた。

やがて、案の定とでもいうべきか。

一分と経たずに連れ戻されたロキは席につき、悲鳴を上げながらも〝ハバネロ丼〟と再び向き合う羽目になっていた。

「……呪ってやる。お前ら死んだら絶対化けて出てやるからな」

オーネストに奪われた事で再び真っ赤な〝ハバネロ丼〟を作り上げ、ひとり冷めた目で見守りながらパクパクと食べていたヨルハがいたが、彼女を除いて誰もがこれから起こるであろう惨事を予想した。

そして、逃げられないと悟ったロキが意を決して一口分をスプーンで掬《すく》い、口へと運ぶ。

「あれ？　意外と悪くない？」

「だからボクは美味しいって言ってるのに」

「いやでも、なんか、舌が痺《しび》れて、燃えるように熱くて……」

徐々にロキの顔が真っ赤に硬直してゆく。

それは熟れたトマトによく似ていた。

「かっ、」

「かっ？」

「かっ、らぁぁぁぁぁぁぁぁぁあああ――――ッ！！！」

勢いよく立ち上がり、舌を出しながらロキは耐え切れなくなったと言わんばかりに叫び散らした。

「みっ、水！　水！　死ぬっ！　水っ！」

死ぬなのか、水なのかよく分からなかったが、今にも死にそうなとんでもない表情を浮かべるロキは、水の入ったピッチャーが置かれていた俺達の下へ足早にやって来る。

余裕など一切なかったからだろう。

慌てていたロキは、テーブルの脚にあった突起部にそのまま足を引っ掛け、前のめりに転倒をしていた。

派手に転倒したことと、最後の最後までピッチャーに手を伸ばしていたせいで、巻き添えで倒れたピッチャーによってテーブルが水浸しになるという惨事も引き起こされていた。

……幸い、ヴァネッサからの手紙は咄嗟に隠したお陰で水浸しになる事はなかったが、それでも水滴が幾つか付着し、若干滲んでいた。

ロキに対して、何をやっているんだかという感想を抱きつつも、水滴の付着した手紙を封筒に収めてしまおうと試みて、

「……うん？」

違和感を覚えた。

それは、この現状にではなく、ヴァネッサからの手紙に対して。

水滴を拭き取ろうとした俺の目には、その部分にだけ何か別のものが浮かび上がっているように見えた。

「学院長、これって」

「炎で炙った後、更に水をつければ別のものが浮かび上がるという仕掛けか。成る程。ならば、あの〝炎字〟もフェイクという訳だ」

メイヤードに来るなと書かれていた言葉も、カジノのマークも、全てがフェイク。

この手紙に書かれていた本当の内容は――

「地図、かしら」

紙が破れないように慎重に水滴を広げながら確認する中、いち早くその内容を理解したクラシアが答えを口にする。

どこのものかは分からないが、それは紛れもなく地図であった。

十話　「メア」

「────ダンジョンだ」

その地図を一目見た親父がそう口にする。

「このメイヤードにあるダンジョン。恐らくこれは、その四十二階層の地図だ」

「……なんで親父がそんなことを知って────」

「ちょいと調べ物があってよ、ダンジョンに潜ってたんだ。あぁ、アレクには言ってなかったが、これでも一応冒険者もやってた事があんだよ。だから、心配はいらねえからな」

母さんが冒険者だった事はもう既に分かっていたけど、親父までも冒険者をやっていたのは初耳だった。

そんな事より、どうしてメイヤードのダンジョンに潜っていたのだろうか。

「ヨハネス」

最中、俺の疑問を遮るようにカルラが親父の名を呼んだ。

「何故、恐らくと言った?」

どうにも、親父の物言いに引っかかったらしい。だけど、ダンジョンの地図だ。

事細かに一つ一つ覚えている訳もないだろうに、「恐らく」と言うのが普通じゃないだろうか。

「途中まではおれの知ってる四十二階層の地図だ。だがこれは、途中からまるで違う」

「……じゃあ、親父の知らない別のダンジョンなんじゃないか?」

「その可能性を否定し切れないから、おれは『恐らく』っつったんだ」

「というか、学院長もよくそんな言葉一つに引っかかったわね」

付き合いの長さのなせる技か。

僅かな違和感にも瞬時に気付くカルラに、クラシアは感嘆していた。

「妾は散々思い知らされたが故、知っておるが、そやつの記憶力は異常よ」

「……異常って言う事はねえだろ」

「少なくとも、ダンジョン七十階層分の図面を、ものの数分で事細かに、僅かな誤差もなく記憶出来る異常者を、妾はお主を除いて一人として知らん」

確かに、カルラの言う事が真実であるならば、それはかなり人離れしていると思う。

それによくよく思い出してみれば、あまり気にしていなかったが、親父の記憶力は色々とおかしかったような気もする。

「……でも、仮にそれが四十二階層の地図だったとして、じゃあなんで途中からその地図が違うんだ？」

「考えられる可能性は三つよな」

カルラは分かりやすいように指を三本立てて見せる。

「一つは、そやつが単に勘違いをしておるだけの場合。要するに、ヨハネスがボケておった場合よな」

「んな訳あるか。まだボケる年齢じゃやねえよ」

ただ単に親父が地図を見間違え、勘違いしていたという可能性。

親父が冷めた視線をカルラに送っていたが、その可能性は否定し切れない。

「次に、アレク・ユグレットの言うように、これが四十二階層に似た別のダンジョンの地図である場合」

親父の言葉が真実であった場合、こちらの可能性が一番高い。

なにせ、ダンジョンの構造が変化する事はまずないのだ。それこそ、何らかの異常事態にでも見舞われない限り。

「そして最後、ヨハネスの言葉が真《まこと》に正しかった場合」

「というと?」

「この地図が、ヨハネスの言う通り四十二階層のものである可能性は捨て切れんという訳だ」

「……待ってください、学院長。それじゃあ、四十二階層の地図が二つ存在するって事ですか? 同じ場所に? 違う構造のダンジョンが?」

土台無理な話に思えた。

「ああ、そうよ。普通であれば、あり得ん話よ。であるがな、メイヤードにいる筈のヴァネッサ・アンネローゼが、メイヤードにまるで関係のない地図をこのタイミングで送ってくると思うか? 少なくとも、妾はあり得ぬと思う」

カルラの言い分はもっともだ。

だが、やはり納得は難しい。

その場合、同じ場所に違う構造のダンジョンが二つ存在するという矛盾が生まれるからだ。

疑問に苛《さいな》まれる中、俺達の話を途中からながら聞いていたのか、

「少しその地図、わたしにも見せてみろ」

「ガネーシャさん？」

ずぃっ、と首を伸ばし会話に割り込んできたのはガネーシャだった。

ロキの事はもう興味を失ったのか、未だに辛さでのたうち回る彼を無視してこちらに意識を向けてきた。

「ヨハネスといったか。確かに、貴方《あなた》の言う通りこれは四十二階層の地図と途中まで酷似しているな。借金の返済の為に赴いた事があるが、寸分違わずこの地図と同じ構造だった」

理由は兎も角、同じ意見の人間が二人もいるならば信じざるを得ないだろう。

「……じゃあ、この地図は」

「だが、そう決めつけるのは些《いささ》か早計に過ぎる」

四十二階層に似た別のダンジョン——そう決めつけようとした時、ガネーシャがそれに待ったをかけた。

自信に満ち満ちたその表情からは、何か確信めいたものを彼女が抱いているように見える。

「ここからは他言無用で頼みたいんだが、メイヤードのダンジョンには少し面白い話があってだな」

口角を吊り上げ、ガネーシャは悪人さながらの笑みを浮かべる。

「あれは確か……わたしがチェスターの借金の取り立てから逃げようとした時の事だ」

「……何やってるんだ、あんた」

「人の話は最後まで聞け、アレク・ユグレット。それでだな、ダンジョンの入り口には見張りがいて、どうやってもダンジョンから出たら見つかってしまう状況にあった。そこでだ。わたしは考えた。一つしかない出入り口を使わずにダンジョンから抜け出すことが出来たなら。出入り口を新たにもう一つ作れば――――わたしはあの地獄のような借金の取り立てから逃げられるのではないか、と」

「……まさか、ガネーシャさんはそれを実現」

「いや、出来なかった」

「出来なかったのかよ！」

やけに神妙な面持ちをしていたものだから、てっきり出来たのかと思ったが、違ったらしい。

「ヒビ程度ならどうにかなったが、やはりダンジョンの壁や床を壊す事は出来なかった」

不意に思い起こされる、〝核石《コア》〟を食っていた闇ギルドの男の姿。

彼は確か、ダンジョンの力を体内に取り込む事で、本来であれば不可能な筈の床の破壊を敢行していた。

しかし、普通の思考回路を持つ人間であれば、そんな考えには至らない。

だから、破壊は無理――――その結論こそが本来は正しいものである。

「だが、かの暴虐な借金取りから必ず逃げてみせる、そう誓っていたわたしはどうしても諦めきれなかった」

「なぁ。この話は聞く意味があるのか？」

「親子揃って話を遮るな。案ずるな、本題はここからだからな。ダンジョンの破壊が不可能と悟ったわたしは、次は誰にも知られていない抜け道を探す事に決めた。そして偶然にも往生際の悪いわたしは見つけてしまった。本来の地図には記載のない、ある筈のない道をな」

「……ある筈のない道、だと？」

片眉をぴくりと跳ねさせるカルラの問いに、ガネーシャが滔々《とうとう》と答える。

「そう。行き止まりである筈の場所が、行き止まりでなかった。見た目は行き止まりであったが、その先に確かに道があった」

「幻術、という訳か？」

傍《はた》から聞いている分には的確な答えがやって来たにもかかわらず、ガネーシャは首を横に振った。

「幻術ならばわたしも気付く。だが、あれは幻術ではなかった。厳密に言えばあれは幻だ。しかし、その完成度が幻術の比ではなかった。少なくとも、やけくそになって壁に突撃をしていなければ一生気付く事はなかっただろう」

「……さっきからあんたは何やってんだ」

「それだけ逃げ出したかったという訳だ」

だったら借金を作るなよと思ったが、もうガネーシャには何を言っても無駄だろう。

諦め切っていた俺は、その言葉を人知れず飲み込んだ。

「それからわたしはメイヤードのダンジョンに存在する、本来ある筈のない道を探した。その結果、特定の階層にのみ、本来の地図とダンジョンの構造が違う事が判明したという訳だ。そして、四十二階層はわたしの記憶に間違いがなければその特定に該当する階層だ」

「……ダンジョンの構造が変化したとでも言うつもりか？」

「さあ。わたしが知っているのはそういう場所がある事と、それらが抜け道になってはいなかったという二つの事実だけだ」

普通、そんな発見をしたならばもっと考察なり、色々と考えを巡らせるところなのだろうが、ガネーシャとしては抜け道でなかった時点で瑣末《さまつ》な事として処理してしまったのだろう。

だが、本当にそれがあり得るのだろうか。

幻術ではない幻。

本来存在する筈のない道。

しかし、親父とガネーシャの言葉からしてそれがただの勘違いという線も薄い。

どうしたものかと考えを巡らせる俺達であったが、

「だったら話は早《はえ》え。なら、実際に四十二階層に行きゃいいだけの話だろ」

「……どこから話を聞いてたんだよ、オーネスト」

「地図がうんたらの辺りからだな」

ガネーシャに続き、オーネストが会話に交ざってくる。

どうにも、ロキに〝ハバネロ丼〟を食べさせるだけ食べさせて満足したらしい。

被害者のロキはぐったりとテーブルに突っ伏しており、ピクリとも動かない。

これは後で生存確認が必要だろうか。

「いや、流石にダンジョンならおれが」

「待て待て待て。一度は興味を失った事とはいえ、わたしが善意で情報を提供したと思うかい？」

「……ガネーシャさん？」

そう言って、親父がオーネストの発言に異を唱えようとするも、不気味に笑うガネーシャが言葉を遮った。

「今回の一件に、興味がある。ダンジョンにはわたしがついていく。ダンジョンを知る人間は一人いれば十分な筈だ。それに、別件があるのだろう？」

　確か親父は、別の用事があるとかなんとか言っていた気がする。

「だが、な」

「ヨハネス。そういう事ならば、引き続きお主はアヤツを捜した方が良かろうて」

「……〝魔女〟」

「お主の本来の用事はダンジョンの謎の解明でも、ヴァネッサ・アンネローゼの捜索でもない。そうではなかったか？」

「……っ、たく。ああ、分かった、分かったよ。任せりゃいいんだろ、任せりゃ」

　親父が折れる。

　ひたすらに用事について明言しないあたり、何の用事なのかは言う気がないのだろう。

　兎も角、

「なら、ダンジョンの攻略はこの五人で決まりという訳だな」

「……五人？」

　カルラと親父を抜いて考えても、この場には六人いる。一人死にかけてはいるが、間違いなく六人だ。どうしてか知らないが、誰か一人、はぶかれていた。

「ロキは別だよ。あの手紙にあったチェスターのカジノのマーク。ただのフェイクと判断するには早計だろう？　あれを調べさせる人間も、一人はいた方がいい」

「……だから、五人って訳か」

　確かに、その役目は顔見知りであるロキ一人の方がなにかと都合が良いかもしれない。

問題らしい問題は、その本人が今まさに瀕死《ひんし》の状態で何も聞いていないという事くらいだろうか。

「五人パーティーは些かバランスが悪いが、まあなんだ。わたしの事は案内役か何かと考えてくればいい」

意気揚々とガネーシャが立ち上がる。

「さぁてと！　金目のものもとい、お宝もとい、ギャンブル資金を見つけに行こうか!!」

「……ああ、やっぱりそういう事なのね」

どうしてガネーシャがやる気を見せているのか。薄々、その理由を察していたクラシアが、予想通りの結果に見舞われた事で呆れの表情を浮かべた。

＊　＊　＊

太陽の光のない、薄暗い場所。

見通せぬ闇が周囲に広がる奇妙な場所だった。

かつん、かつん、と音が立つ。

それは、誰かの足音だった。

「随分と手酷《てひど》くやられたようじゃないか。なあ？　テ、テ、テ、テオドール？」

陰に隠れていたシルエットが姿をさらす。

マジシャンめいた格好の男、ロンであった。

その目の前には、見るも痛々しいまでに手傷を負った眼帯の少年――――テオドールがいた。

「いやあ、やっぱり『天才』は、敵に回すより上手く使ってこそって身に染みて分からされたよ」

戯けたようにテオドールは笑う。

「だけど、リクくんとぼくの目的は同じようでいて、違う。だから、ああするしかなかった。早いか遅いかの違いって奴だね。あはははは！」

お互いに「神」を殺したいという大元にある願望は同じだった。

しかし、そこに辿り着くための手段や、思想に食い違いがあった。

少なくとも、たった一人であれ守りたい人間が存在するリクと、そうでないテオドールが衝突するのはどの道、どれだけ取り繕って騙《だま》くらかしたところで時間の問題であった。

だから、こうするしかなかったのだとテオドールは腹を揺すって笑う。

身体に巻かれる赤色に染まった包帯の惨状の割に、普段通りの様子で振る舞うテオドールからは、余裕めいたものが感じられる。

――本当にそれは、傷を負っているのか。

――それも含めて、計画の内なのではないか。

一応は味方の立場のロンであっても、その真偽は見抜けないし、テオドールは包帯を解いてその誤解を解く事をしないだろう。

…………相変わらず得体の知れない奴。

そんな感想を飲み込んで、ロンは冷めた目でテオドールを見詰め返した。

「……だが、〝賢者の石〟の最後のピースがこんなものだったとは」

「だから散々言ってたじゃん。ぼくは、嘘を吐かないって。君の働きに見合っただけの見返りをぼくはちゃんと用意するってね。君らを切り捨てた、どこぞの国とは違ってさ」

　ロンは妖しく輝く鉱石を転がす。

　それは、〝夜のない街〟レッドローグにて〝神降ろし〟を敢行したリクという世紀の『天才』によって生み出された〝人造ダンジョンコア〟であった。

　しかし、手に入れる為に相応の代償をテオドールは払わされた。

　身体の傷は、そのうちの一つであった。

「これまでぼくらが完成させてきた〝賢者の石〟には、致命的に足りないものがあった。それは、死人さえをも生き返らせるという強大な力を持つ〝賢者の石〟に見合っただけのエネルギー。これはぼくの勝手な予想だけれど、二百年前に存在した『天才』ワイズマンでさえも、完成させた〝賢者の石〟は恐らく不完全なものだったんじゃないかな」

　本来であれば、誰もが語彙の限りを尽くして賛美し、禁忌であっても称《たた》えられて然るべき技術。

　しかし、実際のワイズマンは『異常者』のレッテルを貼られ、歴史の中に消された。

　そうなった理由は、彼が完成させた〝賢者の石〟が不完全なものだったからではないか。

　だから、それによって生じた不利益のせいで彼は悪人として歴史に名を遺《のこ》したのではないだろうか。

「故に、彼の存在は禁忌となった。故に、アンネローゼの一族が彼を始末し、今に至るまで〝賢者の石〟という存在は徹底的に秘匿されていた。そう考えれば、辻褄が合う気がしない？　ロンくん」

　〝怠惰〟の名を冠する〝闇ギルド〟の名持ち、ロン。

　彼が〝闇ギルド〟という組織に属し、こうしてテオドールと共に行動している理由は、ロンの望みを叶えられる可能性が〝闇ギルド〟にいた方が高いと判断したから。

かつて窮地に陥ったロンに、手を差し伸べ、道を示したのがテオドールであったから。

「きっと、もうすぐだ。もうすぐ、君の悪夢も終わる筈だよ」

「……悪夢、か。また、言い得て妙な言い回しをするのだね、キミは」

「でしょでしょ。言ったぼく自身も、これ以上なく君にぴったりな言葉だと思ったよ。この世界においてただ唯一の夢魔法使い、ロン・ウェイゼンくんにはさ」

とある王国にて、既に二十年以上前に故人となった筈の元騎士。

ロン・ウェイゼンの名を、面白おかしそうに口にしながら、テオドールは値踏みするような視線を向けた。

「懐かしいね。あれからもう、二十年か。君達親子が国から見捨てられ、殺されたのは」

かつて、「メア」と名付けられた少女がいた。だが、少女は奇病を患っていた。

先天性の――――〝迷宮病〟。

母親がダンジョンに出入りする冒険者であった場合に、偶に引き起こされる奇病。

成れの果てである魔人特有の症状が、子供に遺伝する奇病。

治す術は当時は勿論、今も確立されておらず、不治の病とされている。

そして、その奇病を患った子供は、十を迎える前に完全な魔人となり、理性を失う。

だから、その奇病を患った子供は殺せ。

それが、当時ロンが籍を置いていた王国の方針であった。

だが、流行病で命を落とした妻の忘れ形見をロンは殺す事が出来なかった。

故に騎士という立場を投げ捨ててまで逃避行に身を委ねた。それが今から、二十年前の話。

そして、守り切れなかった「メア《娘》」の死によって絶望に苛まれたロンに、奇跡的に目覚めた異端魔法。

己の願望《ユメ》を現実に昇華させる禁術指定異端魔法。それが、〝夢魔法〟。

故に、世間で実《まこと》しやかに囁《ささや》かれる〝怠惰〟は殺せないという話は決して嘘ではない。

誇張抜きの真実だ。

なにせ、己の死ですら己の〝ユメ〟に変えられる力を彼は持っているから。

代償さえ無視してしまえば、彼は事実上の不死身であった。

「……ワタシは死んでないがね、テオドール」

「同じようなものだろ？　事実、君は名を含むほぼ全てのものを捨てる羽目になった。王国の連中によって、君達の居場所はたった一つを除いて失われた。そう、ぼくが立ち上げたこの〝闇ギルド〟という隠《かく》れ蓑《みの》を除いて」


『——この世界が間違っていると、そうは思わないかい』


二十年前に投げ掛けられた言葉が、不意に一瞬にして脳裏に沸き立つ。

少なくとも、ロンにとってテオドールという存在は光であった。彼が手を差し伸べなければ、一《いち》縷《る》の希望すらもなかった。

「……何が言いたいのかね、テオドール」

「君に一つ、聞きたい事があったんだ」

表情には小波《さざなみ》ひとつ見受けられず、誰がどう見てもロンに後ろめたいものなどあるようには見えない。

「何かね」

何か確信を持って口にしようとするテオドールの様子とは、まるで噛《か》み合《あ》っていなかった。

「どうして、ヴァネッサ・アンネローゼを殺さなかった。君なら逃げ回るネズミの一匹程度ならば容易に殺せたと思うんだけど……な？」

嘘は許さないと言わんばかりの強烈な圧が、まるで押し付けるように場に降りる。

その言葉は氷の刃のように研ぎ澄まされていた。

「研究者の捕縛は、キミの命令だったと記憶しているのだがね？　そんな事一つで疑われるのは心外だねえ」

だが、それを意に介した様子もなく、何事も無かったかのようにロンは受け答えした。

「ああ。うん、そうだね。でも、有事の際は生死を問わないとも言っておいた筈だよ。何より、代わりは幾らでも用意出来る」

「有事ではないと判断した。何より、あのアンネローゼにはまだ使い道があると思ったのだよ」

「……ふぅーん」

それから、耳が痛くなる程の静寂が場を包み込むこと、十数秒。

何処か張り詰めた表情を浮かべていたテオドールは、にぱっ、と不意に作り物めいた胡散臭い笑みを貼り付けた。

「ま、そういう事なら良いんだけどね！　でも、そうだよね。〝賢者の石〟は君の悲願でもあるもんね。君が変な事を考える訳ないもんね。うんうん。ごめんね、ロンくん。疑っちゃって」

ロンの〝夢魔法〟は、一見すると隙のない無敵の魔法のように見える。

だが、彼の魔法には致命的な欠陥があった。

彼の魔法は、あくまで妄想を現実に己のユメとして昇華させるもの。

だから言ってしまえば、己が心の底から否定している事象は〝夢魔法〟であっても現実には昇華出来ない。何故ならば、使用者自身がそれは「あり得ない」と頭で考えるより先に否定してしまっているから。

それは例えば――己の目の前で否定し難い事実として刻まれた大切な人間の死、など。

「……ところで、ワタシを呼び出したのはそんな下らない確認をする為かね？」

「まさかまさか。今回こうしてロンくんを呼び出したのは他でもない、善意百パーセントの警告をしたかったからだよ」

テオドールが口にする善意百パーセント程信用出来ないものもないだろうが、ロンは気にした様子もなく聞き流す。

「……先程のも警告のように思えたが」

「いやいや、あれはただの確認だよ。ぼくも、仲間を脅す程人でなしじゃない。警告ってのは、そう。メイヤードにいる『大陸十強』カルラ・アンナベルについてだよ」

ガルダナ王国に位置する魔法学院。

その学院長を務める正真正銘の怪物。

別名、〝魔女〟。

「……既に一度相対したが、ワタシにはあまり脅威と捉えられなかったがね」

「そりゃそうだよ。『大陸十強』の連中は、普段はその力の殆どが使えない。全盛期と比べたら大人と赤子くらいの差があるんじゃないかな」

「ならば、問題はないのではないか？」

「だからこその警告だよ。『大陸十強』の連中にだけは、舐《な》めてかからない方がいいよ、ロンくん。特に、カルラは昔から連中の中でも頭ひとつ抜けて化物だったからね」

「………………」

ロンは閉口した。

まるで旧知の仲のように話すテオドールに、どう言葉を投げ掛けたら良いのかと考えあぐねる。

「『大陸十強』と呼ばれる十人の化物は、この世の真実を目の当たりにした十人だ。そして、その真実を目の当たりにしたぼくらは、まやかしの眠りで蓋をするように呪いを掛けられた。その結果、各々が各々の道を歩む事になった。一人は、魔法学院と呼ばれる教育機関を立ち上げた。一人は、『ギルド』と呼ばれるコミュニティを立ち上げた。また一人は、国を興し、一人は全てを捨て姿を消した。そしてまた一人は身体と名前を捨てて、〝闇ギルド〟と呼ばれるコミュニティを立ち上げた。ぼくは許せなかったんだ。ぼくは認められなかったんだ。だからぼくは、俺は、俺のやり方で抗《あらが》うと決めて、」

テオドールの瞳の奥には、どろりと形容し難い闇が渦巻いていた。

だが、見方によってはソレは、異様に澄んでいるようにも見える。

いずれにせよ、感情の籠らない声音で語るテオドールの様子は、あまりにも不気味に過ぎた。

まるでそれは、何処か遠くに魂を置いてきた器だけの人の形をしたナニカに見えてしまって。

その様子を前にロンは口を開き、言葉を投げ掛ける。

「……テオドール、キミは」

「あぁ、ごめんよ。少し脱線したね。でも、そういう事だ。もし、カルラを相手にするなら間違っても舐めない方がいい。本当はぼくが力を貸してあげたいんだけど、この状態だからさ」

「……分かった。警告、感謝するよテオドール」

今はこれ以上聞くべきではない。

はたまた、聞く理由がロンには無かったのか。

その言葉を最後に、その場からロンの姿は掻《か》き消《き》えた。


「……この世界は、間違っている」


幾度となく口にしてきた言葉を、テオドールは己一人だけとなった空間で呟く。

「ぼくは、ぼくのやり方で正させて貰う。その為ならば、どんな犠牲も厭《いと》わない。間違っているのは、ぼくじゃない。間違っているのは、この世界そのものだ」

果たしてそれは、誰に向けた言葉であったのか。

「きっと君達も、いつか気付くよ。この世界が、如何《いか》に救い難いものなのか、をね」

十一話　〝運命神の金輪《フォルトゥナ》〟

「――――東方の国にはこんな言葉があるらしい。〝灯台下暗し〟、ってな。全くもってその通りだっただろう？　ヴァネッサ・アンネローゼ」

メイヤードに位置するダンジョン。

その深部に比較的近い階層にて、外套《がいとう》の男は呟いた。

あるべき場所にあるべきものを失っていた外套の男は、右の袖を空虚にはためかせながら銀髪の女性、ヴァネッサ・アンネローゼを見遣《みや》る。

彼女の身体には痛々しい傷が残っていたが、応急処置を施されており、命に別状はないと言えた。

一ヵ月前、突如として現れ、ヴァネッサをこの場所に匿い、姿を消していた男はまたしても不意に現れ、自分勝手に話しかけて来る。

だが、彼に助けられた事は覆しようのない事実であり、彼の正体を知る為にもヴァネッサはその言葉に耳を傾けた。

「しかしお前も無茶をする。今回の一件を食い止める為に正体を偽り、敵の懐に入り込むとはな。だが、流石にアンネローゼともなるとそうせざるを得なかったか。なにせ、二百年前の伝説の錬金術師『ワイズマン』が生み出した〝賢者の石〟の本当の中身を知ってるんだからな」

〝賢者の石〟とは、死者蘇生すら可能とする錬金術の最終地点。研究者の悲願。

世間で知られる〝賢者の石〟とはそういうものだ。

だが、外套の男はまるでそれは大きな勘違いだと言わんばかりに告げる。

「〝古代遺産〟――人造兵器『ホムンクルス』」


男の言葉に、終始無言を貫いていた筈のヴァネッサの片眉が跳ねる。

それは動揺だった。

何故、アンネローゼの人間でもないお前がそれを知っているのだという驚愕からくる反応であった。

「何も知らない人間からすれば、あれは死者の蘇生に見えるだろ。でも、本質はまるで違う。あれは、多くの魔法師の心臓を犠牲に、人工的に優秀な操り人形を造り出す錬金術」

多くの魔法師の心臓を用いる事で完成された〝賢者の石〟には、潤沢な魔力が溢れている。

そして〝賢者の石〟に隷属の術式を組み込んで、新たな器に魂を降ろし、蘇生させる。

そうする事で、己に都合のいい優秀な魔法師人形が出来上がる。

「あれは、存在していい技術じゃねえ」

それが、〝賢者の石〟生成の本来の目的だった。

「……どうして、それを知ってるんですか」

ヴァネッサは、鎌をかけられているのかとも考えた。

しかし、それにしては目の前の男は正確に物事を知り過ぎている。

何より、本来ある筈のないダンジョンの道をすぐさま理解し、そこに〝古代魔法《ロストマジック》〟を展開して身を潜められる人間が、ただの知りたがりとはヴァネッサには思えなかった。

「おれは、他でもないタソガレからそう聞かされたからな」

はぐらかされると思っていた。

否、そもそも答えては貰えないと思った上でのダメ元でしかない質問だった。

けれど、外套の男は勿体《もったい》ぶる様子もなく、答えてくれた。

「……タソガレ？」

疑問符をつけてヴァネッサは反応する。

しかし、程なくその名前に思い当たる節があった事を思い出す。

タソガレという独特な名を、ヴァネッサは聞いた事があった。

恐らく、この世界の多くの人間がその名前を知っている筈だ。

なにせ、タソガレとは。

「……、ッ。まさか、『大陸十強』の」

〝毒王〟の異名で知られる稀代《きたい》の毒使い。

彼の恐ろしさは、治癒にも精通した毒使いである以上に、歴史を紐解《ひもと》いても、千年近い時を生きているという事実だろう。

「本来おれは、十年以上前に死んでいる筈だった。だが、偶然通りかかったタソガレに命を救われた。こうしておれがここにいる理由は、タソガレに頼まれたからだ」

おれなりの恩返しって訳だ。

そう言って、ヴァネッサが抱いているであろう疑問を解消させながら男は笑う。

「……何故、『大陸十強』の人間が貴方をこの地に？」

「そりゃ決まってんだろ。タソガレ自身が、かつて蘇生させられた『ホムンクルス』だからだ」

「タソガレが、『ホムンクルス』……？」

『大陸十強』の人間が『ホムンクルス』であるなど……。いや、そもそも、〝賢者の石〟の生成は四百年前に『ワイズマン』が生み出したものではないのか。

疑問が解消した矢先に生まれる新たな疑問。

しかし、間違いなく千年近い時を生きているタソガレが『ホムンクルス』であるならば、辻褄は合ってしまう。

なにせ、人工生命体である『ホムンクルス』に、寿命などないのだから。

「もっとも、タソガレの場合は隷属の仕掛けを自力で解いたらしいけどな」

今や、『大陸十強』にも数えられるタソガレを、隷属の魔法で押さえ込むのは確かに無理があるだろう。

なにせ彼は、身体を弄る事に関しては右に出る者がいないとまで言われる毒使い。

相手が悪過ぎるとしか言いようがない。

「……俄《にわか》には信じられませんが、それでも信じる他ないのでしょうね」

〝古代魔法《ロストマジック》〟を己の手足のように扱う人間。

千年近い時を生きる正真正銘の怪物、タソガレ。

彼らならば、〝賢者の石〟の真実を知っていても何ら不思議ではないとヴァネッサは思う。

「……私を助けた理由も、つまりそういう事ですか」

『ホムンクルス』という存在を忌避しているならば、その進行を妨害したヴァネッサを保護した行動にも頷《うなず》ける。

なにせ、彼女は〝賢者の石〟のサンプルを持ち出していたから。

「ぎりぎりになった事は謝罪する。ただ、お前が向こう側の人間でないかどうかの判断が直前までつかなかった」

だから、ヴァネッサが行動を起こし、ロンを始めとした人間達に追われるまで手を差し伸べられなかったと言う。

しかし、それを聞いて、道理で狙ったようなタイミングで手を差し伸べられた訳だとヴァネッサの中では納得の感情が広がった。

「それは構いません。感謝こそすれど、文句を言える立場でない事は私自身が一番分かっていますから。ですが、良かったのですか」

「良かった？」

「……私を助けたのは、悪手ではありませんでしたか」

〝賢者の石〟の一応の完成品を持ち出したヴァネッサを保護する事は、『ホムンクルス』を忌避するタソガレの目的に沿ってはいる。

だが、もう少しタイミングというものがあったのではないか。

そもそも、ヴァネッサを囮《おとり》にロンを含めた人間達が出払っているタイミングで内部を荒らしてしまった方が良かったのではないのか。

なにせ、ヴァネッサを助けても辛うじての時間稼ぎにしかならず、水面下で動いていた目の前の男――第三者の存在を知られてしまう事になるから。

「そうだな。確かに、前に比べて動きづらくはなった。だが、アンネローゼの人間であるお前を助ける価値は十分にあった。サンプルを持ち出してくれたお陰で、時間も得られた。何より、誰かを見捨てることはおれ自身、どうにも好まないみたいでな」

自分のことの筈なのに、まるで自分ではない誰かの事のように彼は語る。

少しだけ、ヴァネッサはそこに違和感を覚えた。

「加えて言えば、あの連中の事がおれはどうやら大嫌いらしい。その名前を聞くだけで無性に苛立ちを覚える。お前を助けた一番の理由は、連中への嫌がらせになると思ったからなんだろうな」

「らしい、ですか」

やがて堪えきれずに、ヴァネッサは口にする。

自分の事なのに、何故推定なのだろうか。

己の性格を偽っているようにも聞こえるが、何となく、ヴァネッサは違う気がした。

きっとこれは、もっと根本的な、

「ああ、これを言うと余計に警戒される気がして黙ってたんだがな、おれは十年以上前に自分の記憶の殆どを失ってる」

「なっ……」

何気ない様子で告げられた事実を前に、ヴァネッサは顔を引き攣らせ絶句した。

「既に言ったが、おれは十年以上前に死ぬ筈だった人間だ」

「それ、は、聞きましたが」

「そして、偶然通りかかったタソガレに助けて貰った。流石に『大陸十強』。あいつのお陰で損傷していた右腕を除いて全てを治してもらった。あいつの治癒師としての腕は疑いようもない。だから、おれの命は何の障害もない。おれの命は、、、、な」

同じ言葉が繰り返される。

そこで漸《ようや》くヴァネッサは理解した。

「……成る程。それで、『命は』なのですか」

〝毒王〟によって、身体のダメージは回復した。しかしながら、タソガレであっても身体以外の損傷――記憶の欠落については手の施しようがなかった。

「おれは、タソガレに助けて貰ったあの日までの記憶の大半を失ってる。だが、気にするな。この通り、タソガレの助力もあって魔法に不自由はないし、日常生活もまた然りだ。現に、お前との約束もこうして果たしてきた」

ヴァネッサと外套の男は、既に一度取引を行っていた。

それは殆ど、助けられた側であるヴァネッサの懇願に近かったが、己が得ている情報と引き換えに、彼に頼み事をした。

「……しかし良かったのか。あれだけの情報と引き換えに、手紙を一つ届けるだけで」

――メイヤードには近づくな。

クラシア・アンネローゼに届けられたあの手紙は、ヴァネッサが外套の男に頼んで送られたものであった。

「ええ。構いません」

アンネローゼの一族にあって、錬金術から離れ冒険者としての道を選んだ妹の事を想《おも》う。

決して仲の良い姉妹ではなかったが、それでも実の妹である。心配にもなる。

だから、ヴァネッサは保険を打つ事にした。

今回の〝賢者の石〟の一件にて、『ワイズマン』が絡んでいる以上、何が起こってもおかしくはない。

主として動いている連中は、何の呵責《かしゃく》も感じる事なく百人近い魔法師を生贄《いけにえ》として捧げられる人間だ。『ワイズマン』復活にアンネローゼが深く関わっている以上、実家も無事である保証は何処にもない。

それを見越していたから今回、ヴァネッサがこうして向かったのだが、連中の現状があまりに想像の遥《はる》か先を行っていた。

最早、一刻の猶予もなく、だからこそ得体の知れない外套の男をヴァネッサは頼り、己の妹という事実を隠して手紙を届けてもらった。

少なくとも彼からは、敵意を感じられなかったから。

「しかし、おれもお前に言われるまで分かりもしなかったよ。連中の根城が、このダンジョンにあったなんて事は」

魔物の棲《す》まう場所、ダンジョン。

まさか、そこを根城にしているとは誰もが夢にも思わなかった事だろう。

事実、タソガレによってこの一件に巻き込まれたカルラ・アンナベルでさえもその思考には至らなかった。

それもその筈で、ダンジョンには〝迷宮病〟の危険性も存在している。

誰もがダンジョンを根城にするなど、考えもしないだろう。

それこそ、ダンジョンの中にダンジョンとは異なる異質の空間を創り上げられる手段でも持ち合わせていない限り。

まさか、連中も〝古代魔法《ロストマジック》〟という類似した手段で、彼らと同様に新たな場所に別の空間を創っているなどとは夢にも思うまい。事実、この一ヵ月、ヴァネッサの存在が露見する事は一度としてなかった。

「何より、連中が本気で『ワイズマン』を含む過去の大罪人共を蘇生させようと思ってるなんて、少なくともおれはこの光景を見なければ信じられなかっただろうな」

外套の男による〝古代魔法《ロストマジック》〟によって彼らの空間は隔絶されている。

そんな彼らが身を潜めている場所は——————メイヤードダンジョン四十二階層。

彼らの視線の先には、無数のチューブに繋がれた棺のような入れ物が並べられている。

そこには、Ｗｉｓｅｍａｎ《ワイズマン》の名と、Ｙｕｇｌｅｔ《ユグレット》の名が刻まれており、塗り潰すように名の部分をかき消されていた一つの棺は、中途半端に開かれていた。

「……ところで、」

「うん？」

「お名前をお伺いしてもよろしいでしょうか」

この外套の男と知り合ってかれこれ一ヵ月。

ふと、気になってヴァネッサは彼に尋ねてみる。

ヴァネッサはどこかでこの外套の男を見たような、そんな気がしていた。

研究者として殆ど引き籠もりに近い生活を常日頃より行っていた彼女の交友関係は極めて狭く、そのため名前を聞けば、どうにか思い出せるような、そんな気がしたのだ。

特に、外套から覗く、目を惹《ひ》かれるほど鮮烈な赤髪に見覚えがあるような気がした。

これは、一体どこで見たのだろうか。

……そうだ。思い出した。

研究者としての道を歩む事を拒み、殆ど衝動的に魔法学院へ入学をした己の妹、クラシアの入学式にこっそりと赴いていたあの時、クラシアに不器用ながら話し掛けていた少女が確か、このような赤髪ではなかっただろうか。

ヴァネッサが思考を巡らせる中、

「あぁ、そういや、まだ名乗ってなかったか」

あえて教えていなかったのではなく、失念していたのだと伝えながら彼は外套を脱ぎ去り、火傷《やけど》痕の目立つ相貌を惜しげなく晒した。

「おれの名前は、グラン。今は、世話になったタソガレに恩返しをしながら、自分の記憶の手掛かりを探してる」

＊　＊　＊

「――――くしゅんっ」

控え目なくしゃみの音が、メイヤードダンジョン十三階層に響く。

「……誰かあたしの噂でもしてるのかしら」

続くように鼻を啜《すす》りながら、思いあたる節のない可能性をクラシアは口にした。

「ロキの〝クソ野郎〟じゃねえか？　どうせ、あいつら貧乏くじ引きやがったって噂してんだろ」

「……物凄《ものすご》くあり得そうな可能性ね。ダンジョンから戻ったらもう一度〝ハバネロ丼〟を食わせてやろうかしら」

「ボクは美味しいと思うんだけどなあ」

珍しく、クラシアとオーネストが通じ合う中でヨルハが一人、釈然としなさそうに渋面を浮かべた。

「でも、貧乏くじって程じゃないだろ。俺達は冒険者なんだから、寧ろダンジョンに潜るこっちの役割の方が適してる」

「ちげえちげえ。貧乏くじってのはそこじゃねえよ、アレク」

そう言ってオーネストは案内役として同行し、先へ先へと歩くガネーシャの背中に視線を向けた。

「……あいつの存在が、貧乏くじなンだよ」

思い起こせば、ダンジョンに入る前、オーネストとヨルハがガネーシャに魔法は極力使わないでくれと懇願していた気がする。

もしや、それと関係しているのだろうか。

「これまで色んな偏見極まりないあだ名を勝手につけては呼んでるこのバカだけど、ガネーシャさんのあだ名についてだけは、あたしもケチつける気が起きないってくらいピッタリなのよね」

ガネーシャのあだ名といえば……〝賭け狂い〟だっただろうか。

「普段の生活は勿論、戦い方ですらもガネーシャさんは傍迷惑《はためいわく》な〝賭け狂い〟なのよ」

リスクを顧みない戦い方という事だろうか。

だが、剣士にはそういった戦い方を好む人間が多くいる事を俺は知っている。

だから別段、〝賭け狂い〟というほどではない気がして。

「〝古代遺物《アーティファクト》〟――〝運命神の金輪《フォルトゥナ》〟。ガネーシャさんが身に付けてるあの金色の腕輪が、諸悪の元凶にして〝賭け狂い〟呼ばわりされる所以《ゆえん》ね」

そんな俺の思考を遮るように、クラシアが言葉を続けた。

「本来、武器の形状を取る事の多い〝古代遺物《アーティファクト》〟だけど、ガネーシャさんの〝運命神の金輪《フォルトゥナ》〟はあの状態が既に本来の姿なの。未だに両手で足りる程にしか知られていない付与型〝古代遺物《アーティファクト》〟。それが〝運命神の金輪《フォルトゥナ》〟よ」

聞いた感じだと、かなり当たりな部類の〝古代遺物《アーティファクト》〟のように思える。

とても、〝賭け狂い〟呼ばわりされるようなものとは思えない。

「勿論、これは強力な〝古代遺物《アーティファクト》〟よ。それは、ええ。疑いようもないわ。ただ……『運気』を付与するこの〝古代遺物《アーティファクト》〟はあまりに賭け要素が強すぎるのよ」

「……運が悪ければ味方である筈のボクらにまで被害が及ぶからね」

遠い目であらぬ方角を見詰めながら、ヨルハは疲れ切った様子で口にする。

その様子からして、身をもって味わった経験があるのだろう。

「……あたし達に被害が生まれるだけならいいの。問題は下手をすればちっとも役に立たないままこちらに被害を出した挙句、足枷《あしかせ》のようなお荷物になったガネーシャさんの世話まで焼かなくちゃいけなくなる場合よ」

「聞く限り、その、なんだ。碌でもない〝古代遺物《アーティファクト》〟だな」

リスクに見合っただけのリターンもあるのだろう。だが、クラシアから聞く限りそのリスクがあまりに致命的過ぎる。

少なくとも、俺ならば絶体絶命のピンチを除いて決して使う事はないだろう。

しかし、そんなまともな思考をしている人間が〝賭け狂い〟という呼び名に相応《ふさわ》しいなどと言われるだろうか。

────否。

何となく、ガネーシャについての事情と、オーネストの言いたい事が見えてきた気がした。

「つぅわけで、オレさま達はあの〝賭け狂い〟から〝古代遺物《アーティファクト》〟をどうにか没収しなきゃいけねぇンだが────」

「それについては安心してくれていい！　何を隠そう、今日のわたしは実に運がいいからな！　だからその心配は必要ない！」

どこからその自信は湧いてきたんだと問い詰めたくなるくらいに説得力のない言葉だった。

オーネストは「……聞こえてたのかよ」と毒突き、クラシアはあからさまに手で顔を覆う。

ヨルハは視線を盛大に泳がせながら、精一杯の愛想笑いもといい、苦笑いを浮かべていた。

「ふふふ。今なら深層のフロアボスだろうが、わたしの〝運任せの一撃《バンドラアーツ》〟にかかれば秒殺出来る自信しかない」

それのなんと、不安を煽《あお》る言葉であるか。

「……嫌な予感しかしないな」

「だから貧乏くじって言ったろ。よしアレク。1、2の3で〝賭け狂い〟から〝古代遺物《アーティファクト》〟を取り上げンぞ」

「取り上げるって、いいのかよそんな事して」

「アレクはまだ分かっちゃいねえ。あれがどんだけ傍迷惑なもンなのかをまるで分かっちゃいねえ」

隣では、ヨルハが壊れた人形のように、コクコクと首を上下に高速で振っていた。

クラシアも「苦渋の決断ね」と然程悩んだそぶりもなく同調していた。

………そんなに酷《ひど》いものなのか。

「わ、分かった。そういう事なら」

「そういえば、アレク・ユグレットにはまだこの素晴らしい〝古代遺物《アーティファクト》〟の効果を見せていなかったか。丁度いい。臨時とはいえこうして共にダンジョンを潜っているんだ。知っているに越した事はないだろう。なに、遠慮する事はない」

「おい待て〝賭け狂い〟!!」

オーネストの言葉に従おうとした俺の言葉を遮るように、ガネーシャはそう言って腕輪を通していた右腕を掲げる。

そして、咄嗟に口を衝《つ》いて出てきたオーネスト達の制止の声に構う事なく、ガネーシャはそのまま発光を始める古代遺物《アーティファクト》の名を叫んだ。

「さあさあさあ!!　運命や如何に!?　〝運命神の金輪《フォルトゥナ》〟!!」

直後、腕輪に纏わりついていた光が弾《はじ》けるように霧散した。

やがて訪れる静寂。

「……何も、起こらない？」

突然のガネーシャの暴挙に身構えたものの、何かが起こる気配はない。

これはどういう事なのだろうか。

そう思った俺に答えを示すように、程なく地響きに似た音がやってくる。

「ふむ。どうにも外《はず》れを引いたらしい」

抜け抜けとガネーシャはそんな事を言い放つ。

同時に、背後から迫ってくる轟音《ごうおん》。

例えるならば、何かの足音だろうか。

いや、まさかまさかと思いつつ、背後に視線を向けるとそこには、

「だからこいつとダンジョンには入りたくなかったンだよ！！！」

昆虫型の魔物の群れがいた。

翅《はね》を羽ばたかせ、短い脚を必死に動かしながら迫る昆虫型の魔物の群れ。

ざっと見た感じ、数百はいるだろうか。

溶解液特有の鼻の曲がる臭いまでもが漂ってくる。

控えめに言って、嗅覚的にも、視覚的にも悪夢でしかなかった。

「事情を知らなかったアレクは仕方ねえが、〝潔癖症〟てめえ！　なんでこいつの同行を断らなかった⁉　ぜってえこうなるって分かってたろ⁉」

「……あれは断れる雰囲気じゃなかったのよ」

きっかけを作ったのはガネーシャだ。

道を知っている人間は彼女だけであるし、彼女の同行はクラシアの言う通り断りようがなかった。

「本来ならば、わたしの後始末はわたしがしたいところなのだが、〝運命神の金輪《フォルトゥナ》〟は五分に一度しか使えない代物でな。悪いが後処理は任せた」

申し訳程度にバツが悪そうな表情を浮かべ、我先にと逃げ出したガネーシャはまさしく、傍迷惑で厚顔無恥極まりなかった。

だが、借金取りから脱走を図る人間である。

そのくらいの厚顔無恥でなければ不可能だろう。兎《と》にも角《かく》にも、

「傍迷惑過ぎる!!」

不幸中の幸いは、四十二階層直通の〝核石《コア》〟を誰も手にしていなかった為、浅層から地道に向かっていた事だろうか。

これが深層の魔物の群れであったならば、どうなっていた事か。

「……取り敢えずだ、あれを処理――――」

肩越しに背後を振り返り、迫る魔物の大群を処理しようとしたところで俺の思考が停止する。

「…………。なあ、オーネスト。なんか、明らかに浅層にいないだろう魔物が交じってるのは俺の気の所為《せい》か?」

「いや、合ってる。オレさまの目にも見えてンぞ」

ガルダナのダンジョンで出くわした経験があったからすぐに分かった。

あの二本翅の全身紫の魔物は、魔法を吸収して、己の力に変える面倒臭い性質を持っていて、確か、深層にしか出てこなかった魔物の筈なのだが。

「だから言ったろ。傍迷惑だって。〝運命神の金輪《フォルトゥナ》〟が幸運を呼び寄せた場合はとんでもなくありがてえが、不幸を呼び寄せた場合、こうなる」

魔法が効かない魔物が大量に交じっていた事で、自分達の手に負えないと判断したヨルハとクラシアは逃げ出していた。

ここで唯一、殲滅《せんめつ》という形でこの窮地を脱せそうなのは俺とオーネストだけだったが、流石にこの物量を相手にするのは勘弁願いたかった。

「……よし、逃げるぞオーネスト。そんでもって、ガネーシャさんから〝運命神の金輪《フォルトゥナ》〟を取り上げる」

「任せろ。あの舐め腐った〝賭け狂い〟から、ぶん殴ってでも取り上げてやる」

まだ浅層だというのに、前途多難極まりなかった。

十二話　白髪の少女

「かつて、とあるギャンブラーは言った」

それは、ガネーシャの言葉。

抑揚のあまり感じられない平然とした調子で語られる。

「人生には、驚きが必要なのだと」

「ふむ」

俺はその言葉に耳を傾けた。

「山も谷もない人生の何が楽しいのだ。予測の出来ない未来だからこそ、そこに価値がある。予測し得る出来事しか存在しない未来では、身体より先に心が死んでしまうのだと」

「ほお」

珍しく、オーネストまでもがその言葉に耳を傾けていた。

「わたしはその言葉に感銘を受けた。破滅か、否か。脳汁がドバドバ出るあの感覚を味わってしまった今、これまで通りの生活など考えられない。ちまちま頑張るなんて事はもう出来ない身体になってしまった。だからわたしも、そのギャンブラーのようになろうと思った。彼のような生き方をしようと決めた。そんな時だった。わたしは、〝運命神の金輪《フォルトゥナ》〟に出会った。これはもう運命と言って良かった」

「諸悪の元凶。不幸の始まりね。というか、高尚な事を言っているような雰囲気出してる割に、碌でなしな発言しかしてない事に気付いてるのかしら」

段々と感情がこもってゆくガネーシャの言葉に、クラシアがひどく冷めた言葉で反応する。

しかし、そんな彼女の言葉に気にした様子もなく、ガネーシャは言葉を続けた。

「ああ、もうこれは理屈じゃないいんだ。わたしの生き様と言ってもいい。……分かってるんだ。そんな生き方は良くないって。だけど、だけどな、わたしの中のわたしが言うんだよ！　この賭けに勝てば、楽が出来ると!!　さっきのは偶々《たまたま》だ。次は勝てる。確率的にはそろそろ勝てる。寧ろ、ここでやめるとかあり得ない。勿体ない。これまでの不幸が報われない。不幸で終わりだなんてふざけるな！　とな!!」

「……うん。話はよく分かったよ、ガネーシャさん」

「流石はヨルハ・アイゼンツ。話が分かるやつで良かっ────」

「ガネーシャさんに弁解の余地がないって事が、よ────く分かったよ！！！　ああああ!!　もう！！！　なんでこうなるかなぁぁぁぁあ！！！」

絶賛逃走中。

次こそは。

次こそは、と俺達が没収出来ていない事を良いことに、立て続けに〝運命神の金輪《フォルトゥナ》〟を使用しては外れを引き続けていたガネーシャに、流石のヨルハも堪忍袋の緒が切れたのか。

ヤケクソに叫び散らしながら足を忙しなく動かし、迫る魔物の大群から逃走していた。

「……弁解をさせてくれって言うから、どんな言い訳が出てくるのかと思ったら」

「だから聞くだけ時間の無駄ってオレさまが言ってやったじゃねえか」

止《や》むに止まれぬ事情があるのだ、とガネーシャが言うから耳を傾けてみればこの始末である。

オーネストの言う通り、魔物の群れから逃げるべく並走しながら、限られた余裕を削ってまで聞くべき話ではなかった。

「つうか、どーなってんだあの〝古代遺物《アーティファクト》〟は……！　〝ラビリンス〟でもないのに急に転移陣に巻き込まれたと思ったら、モンスターハウスに飛ばされるってどう考えてもおかしいだろ……!!」

フィーゼルにて攻略をしたダンジョン〝ラビリンス〟。

そこかしこに転移陣を張り巡らされたその厄介極まりないダンジョンを彷彿《ほうふつ》とさせる体験を経た俺は、その運の悪過ぎる現象に叫び散らした。

「……あれは不可能を可能にする傍迷惑〝古代遺物《アーティファクト》〟だから仕方ねえよ」

オーネストはもう既に諦め切っているようであった。

「傍迷惑とは失礼な。これほど素敵な〝古代遺物《アーティファクト》〟もあるまい。なにせ、運だぞ、運。冒険者に必要不可欠な運をこの〝古代遺物《アーティファクト》〟は授けてくれる」

「ついでに、冒険者に一番不要な悪運まで授けてくれるけれどね」

「……ふん、この程度は誤差だ」

「「全然誤差じゃねえ!!」」

クラシアのもっともな指摘に、鼻を鳴らして不満げな返事をするガネーシャに対して、俺とオーネストの言葉が見事に一致した。

言った本人も自覚があるのだろう。

あからさまに目を泳がせながらも否定するあたりが実に腹立たしい事この上なかった。

「つか、このままだと四十二階層に辿り着く前に日が暮れるどころか、力尽きんぞ!!」

体力がもたねえと叫び散らすオーネストの言葉には同意しかなかった。

「……そもそも、なんでわざわざ一階層から律儀に向かってるんだって話になるよな」

今更でしかない呟きを俺は漏らす。

ギルドに立ち寄り、誰かしらからダンジョンの〝核石《コア》〟を譲って貰えば良かったのだ。

そうすれば、時間も大幅に短縮出来ただろうし、こうして魔物の大群に追い回される事もなかったかもしれない。

「……だって、ガネーシャさんが大船に乗ったつもりでいろなんて言ってたんだもん……！」

借金返済の為とはいえ、ガネーシャはメイヤードのダンジョンに幾度となく足を踏み入れている。

そう言われれば誰しもがある程度の階層の〝核石《コア》〟を持っていると思うだろう。

まさか、まさか。

金になるから売ったなどと、その時点で理解出来るわけもない。

「信じたあたし達がバカだった、という事ね」

大船どころか、沈みかけの泥舟でしかなかったらしい。

恐らく、ガネーシャにはガネーシャなりの考えがあるのだろう。

そう信じた結果が、この逃走劇である。

俺の中でガネーシャはロキ以上に信用ならない人として認識された瞬間であった。

「というか、身のこなしも人間業じゃないと思ったが、体力も化け物過ぎないか……？」

ヨルハの補助魔法があるとはいえ、かれこれ数十分と繰り広げられている逃走劇のせいで息を切らしていないのはオーネストとガネーシャの二人のみ。

しかも、俺とオーネストは魔物からの逃走に加えて、先程までガネーシャから〝運命神の金輪《フォルトゥナ》〟を取り上げるべく小競り合いをしていたので、彼女の疲労もヨルハ達の比ではない筈なのだが、疲れた様子は未だに見受けられない。

それどころか、我先にと先頭を走り続けている。

「……『運』任せ人間の癖して、あいつ普通に強いからな。アレクとの二人がかりならどうにかなると思ったんだが、考えが甘かったか……。やっぱり魔法をぶっ放してやれば良かったんだ」

「一応、味方……なんだし、流石にそれはダメだろ」

少し言葉に詰まったのは仕方がないと思う。

本当に、味方か敵かの区別がつかなくなるくらい、場を掻《か》き乱《みだ》されているから。

「でも、このままじゃあオレさま達の体力が尽きるのが先だろうが」

「それは、そうなんだがな」

これ以上、被害が増えては四十二階層に向かうどころの話ではない。

ガネーシャには申し訳ないが、ここはひとつ、魔法で拘束を————。

「まぁ、待て。まぁ、待て」

流石にこれ以上、〝運命神の金輪《フォルトゥナ》〟を好き勝手使われるのはまずい。

そう捉え、最後の一線でもあった魔法の使用も止むなしかと考えた瞬間、これまで好き放題していたガネーシャが漸く反応らしい反応を見せた。

「さっきのは、その、なんだ。お茶目なジョークに決まってるだろ。まさか本当に、わたしがそんな理由でお前達を危険に晒すとでも？」

ガネーシャのその一言に、俺達は各々で思いの丈を視線に乗せて訴え掛ける。

「…………」

言葉にこそしなかったが、一貫して信頼皆無の責めるような視線だったからだろう。

背中から感じる眼差しを前に、流石のガネーシャも言いよどんでいるようであった。

「た、確かに、〝運命神の金輪《フォルトゥナ》〟の使用そのものはわたしの趣味であるが、今回の場合はちゃんとこれに意味がある」

「意味？」

「前提として、わたしが本来存在する筈のない道を見つけたキッカケは、この〝運命神の金輪《フォルトゥナ》〟があったからこそだ。それと、わたしとてその道全てを把握してる訳ではない」

「……成る程。だから、『運』を使って無理矢理にその道を探り当てようとしてたって訳か。それなら一応、理屈は通ってるな」

「その通り。わたしも考えなしで使っていた訳ではないんだ」

「運」を授けてくれる〝古代遺物《アーティファクト》〟。

その「運」を用いて、存在しない筈の道を見つける。

かなり遠回りな方法のようにも思えるが、存在しない筈の道を見つけるためならば一応、筋は通っている気もしなくはない。

だが、その場合気になる点が一つある。

「……でも、それならそうと言ってくれればいいと思わない？　あたし達の反感を買ってまで黙ってる理由はないわよね」

「…………」

何気ないクラシアの疑問。

それは、俺が気になっていた部分と見事に合致しており、その言葉を耳にしたガネーシャはといえば、「ぎくり」といわんばかりに身体を一瞬だけ跳ねさせ、口を真一文字に引き結ぶ。

「こいつなんか隠してやがンな」

真っ当過ぎる理由があるにもかかわらず、それをあえて隠す理由。

素知らぬふりをする辺り、何かやましい事があるに違いない。

そう睨んだ瞬間であった。

ぽろり、と先頭を走るガネーシャのポケットから青白い光沢を帯びた鉱石の一欠片《かけら》がこぼれ落ちる。

「…………」

魔物の大群に今も尚追われている事もあり、悠長に拾う真似こそしなかったが、俺達はあの鉱石に見覚えがあった。

ある一定の条件を満たしたダンジョンにてごくまれに採る事の出来る鉱石で、確か名前を、

「〝魔晶石〟……？」

反射的に呟かれたヨルハの言葉が、答えであった。

〝魔晶石〟といえば、希少故に高額で取引される鉱石で――――。

と、ここまで思考が及んだところで全てに合点がいった。

俺達の視線がガネーシャが背負ってきた鞄《かばん》に向けられる。

心なし、ダンジョンに足を踏み入れた時よりも膨らんでいる気がした。

「……あいつ、俺達を都合のいい護衛代わりに使ってやがったってわけか」

〝運命神の金輪《フォルトゥナ》〟の欠点部分を俺達に押し付け、自分は〝魔晶石〟をこそこそと集めていた、と。

「し、失礼な!!　わたしがそんな事をする人でなしだと思うのか!?」

「なら、その鞄の中身を今見せるのが筋よね」

「………………」

言い訳を口にするガネーシャだったが、もっとも過ぎるクラシアの指摘にまたしても黙り込んだ。

場に降りる沈黙。

しかしその沈黙が長く続く事はなく、そして言い包《くる》める事は不可能と悟ったのか、己の身の潔白を証明するより先に脱兎の如く更にスピードを上げてガネーシャは駆け出した。

「あンのヤロっ!!　あの鞄を狙うぞ!!　四人で〝賭け狂い〟のやつを捕まえ――――ッ」

即座に反応し、遠ざかる背中を追うオーネストだったが、その言葉は中断される。

ガネーシャの行く先は道のある場所、ではなく行き止まりであった。

しかも、その先は道のない崖。

他にも逃げ場があるにもかかわらず、どうしてかあえてガネーシャはそこへと直進する。

遥か下方に、見通せぬ闇が果てしなく広がる場所であった。

だが、ガネーシャはそれに構う事なく、走る速度を落とす気配がない。

正気を疑うその行動であったが、彼女の足を止めるには既に時間が圧倒的に足りない。

言葉で制止するにしても、恐らく無理だろう。

自殺願望でもあるのか。

はたまた、そこまでして〝魔晶石〟を手放したくなかったのか。

それとも、その自殺志願者にしか見えない行動に、勝算があったのか。

「す、少し予定とは違うが、もう十分だろう!! 今日の運勢の確認は済んだ!! 今日のツキなら、これが正解だ!! わたしの勘がそう言っている!!」

そう言って、ガネーシャは宙に向かって身を躍らせた。

その姿は正《まさ》しく、己の命さえもを「運」に任せてベットする——〝賭け狂い〟。

発言の様子からして、そこに確固たる「安全」は用意されていなかったはずだ。

にもかかわらず、その先にこそ正しい道があると言わんばかりに危険極まりない綱渡りを笑みを浮かべて敢行する。

本当に、正気を疑いたくなった。

「……ど、どうする?」

「どうするもこうするも、選択肢はこれしかないだろ」

不安な表情で窺《うかが》うヨルハは、ガネーシャの後を追いたくないと切実に訴えていた。

だが、恐らくこの行動が本来存在しない場所へ踏み込む為の必要行為なのだろう。

だから、ガネーシャの後を追う理由があった上に、見捨てる訳にもいかなかった。

故に、こちらに残された選択肢も一つしかない。

「まったく、とんだ外れくじを引いちまったもんだなあ⁉　まじで今日はツイてねえ‼」

「……やっぱり、そうなるわよねえ……ッ」

「ボク高いところ苦手なのに……！！！」

ガネーシャに倣うように、俺達も走るスピードを最後まで緩める事なく、そのまま不安を煽る闇の中へと身を投げ出した。

「これで違ったら本気で恨むぞ、ガネーシャさんッ！！！」

そんな俺達の行動が面白おかしかったのか。

どこか笑いを含んだ声で響き渡った「〝運命神の金輪《フォルトゥナ》〟！！！」という言葉を耳にしながら、俺達は落下した。

＊＊＊＊

「もう既に理解していると思うが、わたしは自分の勘や気分を百パーセント信頼している。今日は四十二階層に直接向かうより、何となく一階層から向かった方がいい気がしたんだ」

「……どんな気分なんだよ、それ」

俺は理解に苦しむガネーシャの発言に、溜息を漏らした。

「特に、ロキの苦しむ顔を見た時はわたしの勘はかなりの高確率で的中する」

「無茶苦茶過ぎる理論だね、それ……」

「だが、当たるものは仕方があるまい。とはいえ、そのせいでロキからは毛嫌いされるようになったがな。ロキの不幸をひたすらに祈っていたことがバレたのがいけなかったらしい」

あいつは人間が小さいんだ。と、自分の事を盛大に棚に上げながら呆れるヨルハに語るガネーシャが、今度は溜息を漏らしていた。

「にしても、随分と無茶な真似をするわね。ここが何処かは分からないけれど、相当落下したでしょうねこれ……」

落下後の備えに全神経を集中させていた事もあり、落下時間は殆ど覚えていないが、クラシアの言う通り、相当長い時間落下していた筈だ。

見上げても、勿論、落ちてきた場所など見えるはずもない。

「だが、死ななかっただろう？　今日のわたしは特にツイてるからな。お陰でこの通り、大幅なショートカットが出来た」

「……というと、じゃあ、この奇妙な場所が」

「ああ。あの地図にあった、本来存在しない空間の一つだな」

俺があえて奇妙と形容したように、そこは異質な場所だった。

まるで、深い霧に包まれた森の中に放り出されたかのように、周囲は紫煙に包まれている。

常ならざる気で淀《よど》んだ異空間のような場所であった。

……否、ここは恐らく、真に異空間なのだろう。少なくとも、

「……ここがダンジョン、とは俄には信じ難いな」

俺はどちらかと言えば、この場所はダンジョンの一部というより〝古代魔法《ロストマジック》〟によって構築された空間に近い気がした。

「わたしも信じられんさ。だが、目の前に映るこの光景こそがまごう事なき真実だ」

幾ら信じられなかろうと、実際にあるのだからこれは否定しようのない事実であるとガネーシャは言う。

「本来は行き止まりの筈の壁の先。崖の下。このダンジョンには、存在しない筈の場所にこうして空間が存在している。まるで、誰かの隠し通路のようにな。だが、それらは何処からでも入れる訳ではない。偶々、あの階層での入り口はあの崖だったというだけの話だ。まぁ、賭けではあったがな」

「……可能性として、大外れだった場合、あたし達までも死ぬ危険性があったと考えると眩暈《めまい》がしてくるわね」

ガネーシャの最後の言葉のなんと、不安を煽る事だろうか。

少なくとも俺は二度とガネーシャとはダンジョンには入らない。人知れずそう誓った。

「流石のわたしも、既知ではない場所の案内は出来ない。だからここは手分けして————この空間について調べよう。————」

恐らくそう言おうとしていたであろうガネーシャであったが、その言葉は最後まで紡がれる事なく、強制的に遮られた。

勿論、予期せぬアクシデントではなく、青筋を浮かべるオーネストによって、である。

「なんか、良い感じに纏めようとしてるみてえだが、こいつを有耶無耶《うやむや》に出来ると思ったら大間違いだぜ、〝賭け狂い〟」

むんず、とガネーシャが背負う鞄が掴まれる。

「よくもオレさま達を雨よけ代わりに使ってくれやがったよなぁ⁉　ええ⁉」

「……な、何の事かさっぱりだな」

どさくさに紛れて有耶無耶にしようとしていたのだろう。彼女の声はとてもじゃないが平静とは程遠いものだった。

「邪魔だった魔物もいなくなった事だ。取り敢えず、二、三発殴らせろ」

頬を痙攣させせながら、握り拳を見せつけるオーネストの背後には、般若《はんにゃ》の姿が見えたような、そんな気がした。

だが、往生際の悪いガネーシャは視線を泳がせ恐る恐る口を開く。

「ぼ、暴力は良くないと思うぞ」

「物事の根本的な解決には痛い目を見る他ねえって、うちの担任教師から散々痛い目に遭わされながら覚えさせられたからな。つーわけで、その言い訳は聞けねえなあ？」

我らが担任教師、ローザ・アルハティア。

今思えば、とんでもない教えだなと思わずにはいられない。

「い、一割！　いや、二割‼　お前にも分けると約束しよう‼」

傍から見ても金銭にがめついガネーシャが、出来る限りの譲歩を見せるも、こんな時であってもやはりセコかった。

「……せめてそこは全部だろうが」

オーネストも似たり寄ったりの感想を抱いていたのだろう。

呆れの感情を表情に浮かべながら、小憎たらしい様子で必死の抵抗を試みるガネーシャに拳を振

り下ろそうとして、

「ガネーシャさん」

ヨルハがガネーシャの名前を呼んだ事で、すんでのところでオーネストの拳が止まった。

「ここって、ダンジョンなんですよね？」

確認するように問い掛けるヨルハの声は、何か信じ難いものを目にした時のように、震えていた。

「……あ、ああ。ここはあくまでも、ダンジョンに繋がっている空間だ。だから、ここも含めてダンジョンという表現が正しいだろうな。ここがダンジョンの外に直接繋がっている可能性は、ほぼ皆無だろう。あくまでここは、ダンジョンの延長線上にあるものでしかない」

「です、よね。でもじゃあどうして——こんなところに、女の子が倒れてるんだろう」

ヨルハのその言葉に、俺達の視線は一斉に彼女の指さす方へと向かった。

そこには、確かに女の子が倒れていた。

見た感じ、十歳にも満たないであろう白髪の少女。

間違っても、冒険者とは思えない。

ダンジョンに足を踏み入れ、迷ったとも考えられない年齢の少女だった。

十三話　それは少女の悲鳴だった

嘗《かつ》てメア・ウェイゼンという少女がいた。

誰もが嘗て物語として読み、そして嘗て夢想し憧れた偶像――〝英雄〟。

少女にとって、父は紛れもなく〝英雄〟だった。

国を守る騎士として、誰からも羨望と敬意の眼差しを向けられる父の姿が少女にとっての自慢であり、誇りであり……そんな父が少女は好きだった。

幼少の頃に母が他界し、父と二人きりの家族。多忙な父は家にいない事が多く、幼いながらに甘えられる相手がいなかったが、それでも少女は幸せだった。

この生活が、いつまでも続けばいい。

そして、この当たり前が続いてゆくと信じて疑っていなかった。

しかしその願望は、ある日、呆気《あっけ》なく崩れ落ちた。理由は単純にして明解だった。

――先天性の〝迷宮病〟が、メア自身に発症したからだ。

先天性の〝迷宮病〟は、生母がダンジョンに足を踏み入れる冒険者である場合に、ごく稀《まれ》に起こる不治の病。

発症するタイミングは予測不能で、基本的には生まれて間もない者ばかり。

ただ時折、メアのように数年経ってからある時突然、ダンジョンに一度も踏み入った経験が無いにもかかわらず発症するという場合もある。

発症してしまったが最後。

先天性に限らず、〝迷宮病〟は不治の病であり、治る手立てはたった一つの例外とて存在しない。

加えて、〝迷宮病〟特有の魔人化を引き起こす為、国によっては発症したその瞬間に「殺す」事を定められている場合も少なくはない。

不幸な事に、メアが暮らす国では先天性かどうかにかかわらず、〝迷宮病〟罹患《りかん》者は、人にあらず。殺すべし。

その意識が根付き、定められていた。

だからこそ、その事に誰よりも早く気が付いた少女の父は、国を離れるという選択をした。

流行病で命を落とした妻の忘れ形見であるメアを殺すという事だけは、出来なかったから。

しかし、不幸はこれで終わらなかった。

国を出る直前に、メアの秘密が露見したのだ。

将来を嘱望され、次期騎士団長と名高かった人間が、突然その地位を辞し、国を出る。

何か、深刻な事情があるのだろう。

少女の父が人望厚かった事も災いし、その結果、メアの病が露見した。

そこからは文字通り────地獄の始まりだった。


『分からなかった』

メアは父から何も聞かされなかった。

恐らく、それは父の配慮だったのだろう。

殺される事こそが当然とされる病を患ったと知った時、娘は正気を保てていられるのか。

罪もない娘が、自責の念に駆られる未来を見たくなかった。

そんな思《おも》い遣《や》りから、彼はメアに殆ど何も打ち明けなかった。


身体が悪いのだ。

いい医者を知っている。

だから、二人で遠くに引っ越して、頑張って治療をしよう。

大丈夫。きっと治るから。

だから、メアは何も心配はいらないよ。


それらは、メアの父がよく口にしていた言葉だった。何を尋ねても、父はそれしか答えない。彼自身も、まるでそれしか知らないかのように。

『父は、嘘が下手な人だった』

もしかすれば、メア限定の事だったのかもしれない。けれど、少なくともメアから見て父は嘘が下手な人だった。

あからさまに狼狽《ろうばい》する訳ではないが、隠し事をしていると何処か不自然になる。

だから、分かりやすかった。

『嘘が下手で、それでいて誰よりも優しい人だった』

一度、雪の降り積もる日にマフラーをプレゼントした事があった。

父は感激し、その日から常にそのマフラーをつけるようになった。

寒い日に限らず、暑い日であっても肌身離さず。本当にその言葉が似合っていた。

流石にそれはやり過ぎだと当時部下の人達に笑われていたが、自分にとってこのマフラーは御守《おまも》りなのだと答える父は、本当に幸せそうで、少女にとって自慢の父親だった。

だから。

『別れは悲しかったけど……痛みは辛かったけど……孤独は怖かったけど』

少女は、父の重荷になりたくなかった。

自分の存在が、父を振り回している。

自分のせいで。自分のせいで。

それに気付かないメアでなかったからこそ。

『それでも、わたしは父にこれ以上迷惑を掛けたくなかった。わたしのせいで、父が苦しむ姿をこれ以上見たくなかった。見ていられなかった。何より、わたし自身が耐えられなかった』

メア・ウェイゼンは、『自殺』を選んだ。

だが、それこそがメアにとっての一番の過ちであった事に、その時は気付けなかった。

これで父は、自由になれる。

これで父に、もう迷惑を掛けないで済む。

しかしメアのその願いは、結局叶えられる事はなかった。何故ならば、メアの死が父――ロン・ウェイゼンを更に縛り付けたから。

少女の死を前にしたロンは、魂が軋《きし》む程の慟哭《どうこく》をあげ、世界に深い絶望を抱き、そして偶然にもある能力を手にした。

己の願望《ユメ》を現実に昇華させる禁術指定異端魔法――夢魔法。

それからのロンは、己の娘であるメアの蘇生だけを生きるよすがとして、文字通り妄執に取り憑《つ》かれたように生きていた。

たとえ、幾百、幾千もの命が失われようとも、その願望を叶える為ならば、犠牲は厭わない。

故にこそ、彼はテオドールの手を取った。

それが間違った道であると、知りながら。

＊＊＊＊

「……そいつ、死んでるって事はねえよな？」

「死んではないわ。多分、意識を失ってるだけね。でも、どうしてこんな場所にいるのかは不自然極まりないけれど」

ヨルハが見つけた白髪の少女の見た目は、十に満たない子供にしか見えない。

崖から落下したせいで現在地の正確な場所は不明だが、子供が一人でやって来られる場所でない事だけは確かだった。

「ダンジョンに迷い込んだ、って考えるのが普通なんだろうけど、色々とちぐはぐだな」

俺は言う。

一番考えられる可能性としては、少女が誰かと共にダンジョンへ足を踏み入れ、逸《はぐ》れてしまったという線。

しかし、その仮定であってもちぐはぐなのだ。特に、明らかに普段着としか思えない服装。手荷物も一切なく、傷らしい傷もない。

なのに、こうして気を失っている。

疑問だらけだった。

「わたしは放置をオススメする」

流石に見捨てる訳にもいかず、少女の介抱を行う俺達に向かって、ガネーシャは表情一つ変えずに澄んだ声音で非情とも取れる言葉を口にした。

「どう考えても怪し過ぎる。こんな場所に子供が一人、気を失って倒れてるだと？　魔物が化けていると考えるのが妥当だろうよ。仮に違ったとしても、あまりに異常な光景だ」

冷静に嚙《か》み砕《くだ》いてゆく。

一聴すると冷酷とも取れる発言であったが、ガネーシャの言葉は何一つとして間違っていなかった。

「仮に、わたしたちがダンジョンの攻略の為にこの場所へ訪れていたとしよう。ならば、わたしもここまで露骨に反対はしなかったやもしれん」

だが、今は事情が違うだろうが、と言う。

「お前達はクラシア・アンネローゼの姉を捜しに此処へやって来たのだろう。何も解決していないうちから更なる厄介ごとを抱え込むのは褒められたものではない。特に、わたしの勘がその子供には関わるなと警笛を鳴らしている」

「……今日はツイてるんじゃなかったのか」

ロキの苦しむ顔が見れたからツイていると、つい数分前に聞いたばかりだ。

「基本的にはツイているとも。だがわたしはジンクス以上に、その時その時の自分の勘を信頼している。よって、その子供は見なかった事にすべきだ」

「基準が無茶苦茶過ぎるな」

もし仮に、俺達がガネーシャと長年行動を共にしてきた仲というのであれば、その説得力を感じさせない勘を信じていたかもしれない。

事実、その部分さえ無視してしまえば、ガネーシャの言葉は正しいものばかりだ。

優先順位をはき違える訳にはいかない。

……ただ、である。

「とはいえ、確かにガネーシャさんの言う通りだと俺も思う。こんな場所にいるなんて、おかしい以外の何ものでもない」

偶然という線は捨てて考えるべきだ。

「……アレク」

真っ先に介抱に向かったヨルハが、俺を責めるような眼差しで射貫く。

ガネーシャの発言がヨルハにとっても正しいものだと自覚があったのだろう。

非難するような言葉こそ聞こえては来なかったが、肯定をする事が目の前の少女を助けない選択と同義と理解をしていたから、俺の名前を呼ぶヨルハの表情は苦々しかった。

「だけど、これが偶然じゃなかった場合、話は変わってくるんじゃないか」

「……というと？」

「この子が正体不明のこの空間の原因について、何らかの形で関わってる可能性が高い」

要するに。

「……四十二階層の地図を寄越したヴァネッサ・アンネローゼを助ける上で、この子供が重要な役割を果たす可能性が高い、と言いたいのか」

俺はガネーシャの言葉に頷いた。

「確かに、その言葉には一理ある。だが、」

ガネーシャは俺の言葉を聞いた上で、否定の言葉を紡ごうとした。

しかし、その言葉が最後まで口にされることはなかった。

「────これっ、て、まさか」

この中で唯一の治癒師とも言える人間。

クラシアの驚愕に塗れた声音に、ガネーシャの言葉は遮られ、全員の意識が彼女へと向いた。

外傷らしい外傷は見られないにもかかわらず、意識を失っていた少女。

彼女の右の手首を持ち上げながら、クラシアは甲の部分を凝視していた。

信じられないとばかりに瞠目《どうもく》する彼女の視線の先には、本来、人間にはないものが備わっていた。

否、ここでは備わっていたというより、くっ付いていた。

若しくは、同化していたが適当か。

透明感のある鉱石のようなものが、少女の手の甲に埋め込まれるようにして存在していた。

「そんなに驚く程のもんだったのかよ」

傍から見れば、手の甲に鉱石が埋め込まれた変わった人間……で、どうにか頭の中を落ち着かせられたかもしれない。

事実、オーネストはそう捉えているのか、絶句するクラシアに疑問を投げ掛けていた。

「……驚くなんて次元の話じゃないわよ。これは……これは、あたしの記憶が間違いじゃなければ——〝賢者の石〟と呼ばれてるものに限りなく酷似してる」

「……じゃあなんだ？　こいつが噂の、『ワイズマン』って奴って訳か？」

カジノにて俺達はチェスターからある程度の説明を受けている。

〝賢者の石〟の生成目的が、『ワイズマン』と呼ばれる四百年前の天才の蘇生である事も。

「……分からないわ」

「分からないだあ？」

「元々、あたしは錬金術師として向いていなかったから、知識も半端なのよ。だから、あたしは『ワイズマン』にとっての蘇生の定義を知らないの。これが〝賢者の石〟擬《もど》きって気付けたのも、殆ど奇跡に近いわ」

「……ねえ、クラシア。蘇生の定義って？」

ヨルハが尋ねる。

俺やオーネストも、その言葉の意味がいまいちよく分かっていなかったので、彼女の質問は渡りに船であった。

「生前の肉体ごと復活させる事を蘇生と捉えるか。はたまた、中身の復活だけでも蘇生と捉えるか。そういう話よ。後者の場合、器に規定はなくなる。だから、分からないの」

中身――魂の部分は『ワイズマン』その人で、身体――器はまるで別のものという可能性もあるのだと説明をされる。

つまり、目の前の人畜無害に見えるこの少女が、オーネストの言う通り『ワイズマン』であるという可能性は否定し切れないという訳だ。

「……なるほど。〝賭け狂い〟が今日はツイてる日と言ってたが、確かに今日はツイてるみてえだ」

良心は痛むが、これから起こり得るかもしれない犠牲の規模を考えれば逡巡すべきではない。ここで、少女を無力化してしまうべきだ。

丁度、お誂《あつら》え向《む》きとばかりにそれが出来る状況も整っている。

……そう、理解はしている。

だが。

――それが間違っていたら？

その可能性が、踏み出そうとした一歩を留《とど》める。

何より、少女はヴァネッサ・アンネローゼを捜す上での重要な手掛かりである可能性も高い。

それらの事情が複雑に絡み合い、何が正しくて、何が間違っているのかの判断が正確につかなくなる。

「だめ、だよ。だめだよ、オーネスト。それは、だめ」

「……だがヨルハ。最悪の場合を考えろ。それに、オレさま達が優先すべきは、そいつが何者であるかじゃねえ。〝クラシア《潔癖症》〟の姉を助ける事だ。埋め込まれたソレが〝賢者の石〟擬きってンなら、そいつは間違いなく関係者だ。ここで後顧の憂いを絶っておくべきだ」

「それ、は、分かっ、てる。分かってるんだけど、だけど、」

どれだけの危険性を孕《はら》んでいるのか、ヨルハも分かっていた。だが、分かっていて尚、未だ意識の戻らない少女を、悪人か善人かも分からないのに始末する事をヨルハは拒む。

どれだけ少女の存在が異常で、おかしかろうと、ヨルハ自身のお人好し過ぎる性格が、それを執《しっ》拗《よう》に拒む。

そんな時だった。


「……あなた、たちは？」

閉じられていた筈の瞼《まぶた》がゆっくりと開かれ、見た目相応の幼い声が聞こえてきた。


……しまった。


俺達の心境はものの見事に一致した。

少女が、『ワイズマン』である可能性が生まれた以上、少なくとも手足の拘束は必要だった。

噂通りの人物であるならば、まず間違いなく俺達を殺そうと動く事だろう。

警戒心をあらわに臨戦態勢に入る俺達であったが、あまりに気の抜けた問いかけに、誰もが毒気を抜かれたように身体を硬直させた。

だが、その一言が油断を誘う為の演技である可能性も否定し切れない。だから、

「二人ともそこから離れろッ‼」

俺は叫んだ。

魔法は何を使うべきか。

……ヨルハとクラシアの距離が近過ぎる。

殺傷性の高い魔法は論外。

ならば、拘束を目的とした魔法か。

付け焼き刃の域を出ない〝古代魔法《ロストマジック》〟で以《もっ》てどうにかすべきか。

加速する思考の中で、どうにか己の行動を定めようとする俺だったが、まるで無垢《むく》な子供のような瞳を向けてくる少女の様子を前に、疑問符が割り込んだ。

俺の目には少女が、大悪人と言われる類の人間には見えなかった。

やがて降りる静寂。

耳が痛くなる程の静けさを前に、相手の出方を窺う俺達の側でガネーシャが口を開いた。

「……人の名前を聞く時は、自分から名乗るのが礼儀と教わらなかったか、白髪のお嬢ちゃん」

「わたしの、名前。わたしの名前、は。わたし、は」

少女は頭をおさえる。

偏頭痛にでも堪えるような様子で、顔を顰めながら同じ言葉を繰り返す。

傍から見ても明らかに、少女の記憶は錯綜《さくそう》していた。

その理由は、先程までの気絶によるものなのか。クラシアが〝賢者の石〟擬きと呼んだ甲に埋め込まれた鉱石が原因か。

はたまた、他に原因があるのか。

そんな事を考えている間に、やっとの思いで思い出したのだろう。

「メ、ア。わたしの名前は、メア。メア・ウェイゼン」

少女は俺達にそう名乗った。

勿論、その名前に心当たりはなかった。

「わたしはどうして……あぁ、そうだ。そうだった。わたしはあ、あの場所から逃げ出してきて。あ、あ、れ。でも、どうして、わたしは」

ガネーシャの質問に答えた後、メアは独白するように現状把握を行ってゆく。

しかし記憶の欠落が酷いのだろう。

疑問で始まり、やはり疑問で終わる。

「……ッ、ヴァネッサ・アンネローゼという名前に心当たりは！」

割り込むようにクラシアが声を張り上げた。

他にも気になる言葉はあった。

だがそれ以上に、今はヴァネッサの安否の確認が最優先であった。

「ヴァネッサ、アンネローゼ？」

思考を中断し、メアはヴァネッサの名前を反芻《はんすう》する。

「しら、ない。でも、アンネローゼの名前は、聞いた事がある気が、します。多分わたしは、その名前を知ってる」

矛盾を孕んだ言葉。

しかし、メアがヴァネッサの事を知っている事は明確なものとなった。

「……アンネローゼの名前は何処で耳にしたの。あなたは何者？　姉さんは今、何処にいるの？」

「クラシア。気持ちは分かるけど、今は」

捲し立てるように疑問を投げ掛けるクラシアに、ヨルハが苦言を呈するように注意する。

見るからに記憶が混乱している人間に、疑問を投げ掛けたところで正確な情報は得られないだろう。

クラシアの気持ちは理解出来るところだったが、今はヨルハの言う通りであった。

「……アンネローゼって名前の人は、分かりません。でも、わたしはその名前を知ってた。だから多分、あそこにいた人の名前なんだと思い、ます」

「あそこ？」

俺が問い掛けると、メアは小さな首肯と共に答えてくれた。

「わたしが、いた場所です。わたしは、あそこから逃げ出してきました」

まるで、随分と前からこの本来存在しないダンジョン内の道にいたかのような発言だ。

オーネストやガネーシャも俺と同じ感想を抱いたのだろう。

話の腰を折るべきではないと考えてか、言葉にする事こそなかったが、目を細め、眉間に皺を寄せる彼らの行動は何か言いたげとしか捉えられなかった。

「そ、う。わたしは、逃げ出してきたんです。わたしは、お父さんを止めたかったから」

助けたい。ではなく、止めたい。

その状況に似つかわしくない言葉選びに、引っ掛かりを覚えるものの、メアが嘘をついているようには見えない。

恐らく、嘘偽りのない本音なのだろう。

やがて、メアはこの場に居合わせた俺を含む５人の姿を見回し、

「お願いが、あるんです」

伏し目がちに言葉を紡いだ。

「わたしに出来ることなら、何でもします。だから……だから、わたしのお父さんを助《止》けて《め》いただけませんか」

何処か悲痛にも似た表情で口にされるその言葉は、細々とした声音とは裏腹に、俺には心が張り上げるような悲鳴のように思えてしまった。

十四話　裏街騒動

だが、メアの言う父とは一体誰なのか。

そもそも、メアは何者なのか。

明瞭になっていない部分があまりに多過ぎて、悲痛な叫びのように思える懇願に二つ返事で頷く事は憚られた。

そうこう悩んでいる間に、かなり小さくはあったが、地面を蹴るような音が鼓膜を揺らす。

場所はかなり遠いが、それは紛れもなく人の足音であった。

「……逃げて来た、って言ったよな」

逃げて来た、という事は彼女は誰かから追われる立場であったのだろう。

とすれば、この足音の正体は。

「捕まえて聞き出せばいい気もするが、ちょいと不確定要素が多過ぎるわなあ？」

俺の聞き間違いではなかったらしい。

オーネストの反応から、確信する。

現時点において一番の不確定要素は、メア。

次に、この得体の知れない空間。

オーネストの言うように、今はまだ不確定要素が多過ぎる。

不用意に戦闘にまで発展させるのは褒められた事ではないだろう。

それを分からないオーネストではないからこそ、彼の頭の中にも戦闘という選択肢は真っ先に消えていた。

「……だな。話はまずここを離れてからにしよう。だから、先に一つ質問に答えてくれ」

メアと向き直り、俺は言葉を投げ掛ける。

「一体君はどうして、追われていた？」

誰に追いかけられていたのか。

この際それは後回しで良い。

問題は、彼女がどうして追われているのか、だ。

「…………」

俺の質問に、メアは露骨に目を逸らす。

言いたくないのだろう。

けれど、今ここで答えなければ最低限の協力すら得られないと割り切ったのか。

真一文字に引き結ばれていた薄紅色の唇が開かれ、言葉が紡がれる。

「……わたしが、お父さんにとっての枷《かせ》だから。それ、と」

「それと？」

「きっとわたしが、『ホムンクルス』だから」

メアの口から告げられた『ホムンクルス』という言葉に、俺達は聞き覚えがなかった。

だが、彼女の手の甲にある〝賢者の石〟擬きと、これまでの情報を統合すれば、それが何を意味する言葉であるのか、予想する事は可能だった。

しかし、近付いてくる足音が逼迫《ひっぱく》した状況を作り出し、冷静さを削り取る。

故に、メアが言い直すまでその事に気付けなかった。

「わたしは、既に一度死んだ人間なんです」

メアが告げると同時、地響き伴う轟音が周囲一体に突如として容赦なく響き渡り、

「な、に、あれ」

「……おいおいおい。流石に数が多過ぎやしないか……!!」

驚愕に染まったヨルハとガネーシャの声は、最後まで耳に届く事なく掻き消されてしまった。

そんな彼女らの視線の先には、黒々と染まった何かが無数に蠢いていた。

少なくともそれは、人のような形をしてはいたが、間違いなく人ではなく、もっと底知れない
——空恐ろしいナニカだった。

＊　＊　＊　＊

「————カジノを留守にしてるから何処に行ったかと思えば、随分としみったれた場所にいたもんだ。ねえ？　チェスター」

時は、アレク達がダンジョンに足を踏み入れる少し前にまで遡る。

ヴァネッサ・アンネローゼからの手紙にあったカジノのマークの意図を探るべく、カジノに向か

ったロキであったが、すれ違いか。

生憎の留守であった。

身を隠さなければいけない。

そんな事を言っていた割に、外に出かけるなんて余裕だなと思いつつも、久々の故郷に懐かしさを覚えながら向かった先に、燃え尽きた灰のような白髪の男――――チェスターはいた。

カジノで出会った時とは髪色も顔も違うのは今、彼が〝人面皮具〟と呼ばれる〝古代遺物《アーティファクト》〟のレプリカによって作られた容姿でなく、本来の彼の姿であるから。

そして、ロキが言うように、そこはあまりにしみったれた場所で、所々で漂う腐敗臭に鼻は曲がる。常人であればここに寄ろうという考えを抱く事はないだろう。


メイヤードに位置するスラム地区。

通称、裏街。


そこは、ロキとチェスターが幼少期を過ごした場所であり、彼らが初めて出会った場所。

無意識のうちに足を運んだその場所に、偶然にもチェスターはいた。

「身を隠す場所としても、ここは悪くねぇんだ。なにせ、ここなら普通の奴らは近寄りすらしねぇし、まともな地図もねぇ。抜け道という抜け道を熟知してる俺チャンからすれば、カジノの中よりもずっとこっちの方が身を隠すのに適してる」

ひしゃげた建物が重なった瓦礫《がれき》の山。

そこに腰掛けていたチェスターが、ロキの姿を視認するや否や立ち上がる。

「昔と違って、それなりの金を得た。地位も得た。人望も得た。でも、どうにも俺チャンはこのしみったれたドブ臭え場所の方が落ち着くらしい。これが、拭えぬ性分ってヤツなのかね？　なあ、お前はどう思うよ、ロキ」

「そんなもん知るかよ。自分の胸に手を当てて聞いてみろっての。それよりもだ。僕はキミに聞かなきゃいけないことがある。答えろよ、なあ、チェスター。キミは、何に手を出した？　何を知ってる？　何を、隠してる？」

お互いに短くない付き合い。

アレク達の前では殆ど触れなかったが、彼らは腐れ縁のような幼馴染だ。

あえて言葉にせずとも、お互いの思考はある程度分かってしまう。

そんな仲にある。

だから、彼らの会話に遠慮という二文字は入り込む余地はなかった。

ロキはチェスターからの他愛ない質問を当たり前のように切り捨て、己の用事を済ます。

適当な扱い極まりないが、ロキがメイヤードにいた頃はよくある光景だった。

「それじゃあまるで、俺チャンが悪事に手を染めてるかのような言い草だなぁ？」

やれやれと息を吐き、動揺した様子もなくチェスターは勘弁してくれよと言わんばかりに受け答えをする。

そこに勿論、違和感などあるはずがない。

ただ、チェスターを「優しくない」と言い表せる程度に、彼の為人《ひととなり》をよく知っているロキだからこそ、受け答え一つで信じる程、馬鹿ではない。

チェスターの信条に、「嘘」は吐かない、というものがある。

しかし、これは文字通り本当に嘘を吐いていない訳ではない。

あくまで、チェスターの立場で嘘を吐いていないというだけだ。

たとえば、チェスターが嘘の情報を嘘だと知らず、誰かに教えたとする。

その時、チェスターは嘘の情報を教えてしまったという結果が付随してしまうものの、チェスターからすれば、知っている情報をありのまま伝えただけ。

意図的に嘘を吐いている訳ではない。

その場合、チェスターからすれば落ち度こそあるものの、嘘を吐いたという事にはならない。

チェスター自身の思想も然り。

故に、付き合いが長ければ長い程、チェスターの信条に嘘がないと言い切れる反面、全幅の信頼を寄せる訳にはいかないという警戒心までもが育まれる。

「……ついさっき、僕はヴァネッサ・アンネローゼが残した手紙を確認してきたんだよ」

「あー、ロキの連れが捜してた奴か。良かったじゃねーか。これで、ヴァネッサ・アンネローゼが見つかるといいな」

「ああ、うん。そうだね。ただ、引っ掛かる部分が幾つかあったんだよ」

「……成る程。それで俺チャンを捜してたって訳だ。つまり、俺チャンは容疑者って訳か。いいぜ、幼馴染に不信感を抱かれるのは俺チャンとしても悲しいもんがある。聞きたい事があんなら遠慮なく聞けよ？　本来なら対価を要求するところだが、カジノでロキの連れから多めに代金を貰ってたからよ。あれの続きとして特別に答えてやんよ。勿論、ロキは知ってるだろうが、俺チャンは『死んでも』嘘は吐かねえぜ」

「じゃあ、遠慮なく。キミがここにいるのは、単なる偶然か？　それとも、僕がここに来ると分かっていたからか？」

意外にも、ロキの問いはヴァネッサに関するものではなかった。

まるで無関係な質問にも思える。

しかし、ロキとチェスターにとってはそうでなかったのか。

チェスターはここで初めて苦笑いを浮かべ、前髪を掻《か》き上《あ》げ、掻き混ぜる。

「……付き合いが長えってのも考えもんだよな。初対面の人間ならスルーするであろうその部分をまず先に聞くんだからよ。ああ、そうだ。俺チャンがここにいるのは偶然……じゃねえ。ロキが俺チャンを訪ねてくると知っていたから、あえて場所を変えさせて貰った」

カジノでは話せない事情があったのか。

はたまた、それ以外の別の事情があったのか。

だが、ロキからすれば、その部分はどうでも良かったのか。それとも、どんな問い方をしてもチェスターは答えないと察していたからか。

掘り下げようとする様子もなく、反応らしい反応は、僅かながら目を細めただけであった。

「なら、次だ。どうして。どうして、チェスターは今も〝人面皮具〟をつけてるんだ？」

「――――」

そこで初めて、チェスターは動揺らしい動揺を見せた。

苦笑いをしていた時も、まだ彼には余裕があった。恐らく、ロキからのその問い掛けも予想の範《はん》疇《ちゅう》を超えていなかったのだろう。

しかし、今回は違った。

ロキと会う際に、彼に対する信頼を示す為、あえて素顔を晒した——筈の状態で、何故かロキは未だに〝人面皮具〟をつけていると見抜いた。

その事実に、チェスターは驚愕の感情を隠しきれなかった。

「……俺チャンとした事が、どこで下手を打っちまったかね」

「僕の手癖の悪さは、チェスターが一番知ってるだろ？　だから僕はいろんな国の、いろんな技術を盗んで自分の物にしてきた」

決して褒められた行為ではない。

事実、所属するパーティー〝緋色の花《リクロマ》〟のリーダーであるリウェルからは、今後一切、そういう事は禁止とまで告げられている。

ただ、それ以前までにロキは様々な国で多くの技術を目にし、自身の能力向上に努めてきた。

これは、本当に単なる偶然であった。

「その過程で、僕は〝人面皮具〟のオリジナルを目にした事がある」

「……成る程。流石にそれは予想外だった」

「強奪は出来なかったけど、その代わり、〝人面皮具〟の情報を頭に入れてきた」

右の人差し指で己の頭を指差しながら、ロキは言う。

「だから、ある程度の癖は見抜けると自負してる。キミが、まだ〝人面皮具〟をつけている事も」

恐らくは、ロキに対する信頼を伝える為にあえて素顔に変えてきたのだろうが、〝人面皮具〟の知識を有していたが故に、それは悪手となった。

「その様子を見る限り、どうにも僕の思い違いってわけでもないらしい。じゃあ、最後の質問だ。キミが身を隠してる事はもう聞いた。情報屋なんだ。誰かに恨まれる事もあるだろうねえ」

「……だから俺チャンは情報屋じゃねえっつってんだろうが。」

そんなチェスターの抗議を聞き流しながら、ロキは彼らしくない真剣な面持ちで最後の質問を告げる。

「……ただ、気になってるのはそこなんだ。チェスターは、誰から身を隠す為に〝人面皮具〟を使っている？　今回の、一連の騒動を起こした連中から逃れる為か？　それとも、その騒動の解決に動いている者から隠れる為に？　……そもそも、レプリカとはいえ〝人面皮具〟をどうやって手に入れた……？」

「……最後と言いながら、質問が随分と多いじゃねーか。まあ別にいいんだがよ」

〝人面皮具〟の一件で見せた動揺も、既に表情から跡形もなく消したチェスターは、小さく笑いながらも答えてゆく。

「最初の質問についてだが……これは、そうだな。そうとも言えるし、そうじゃねーとも言える」

「どういう事だ」

「一連の騒動を起こした連中の一部に対しては、姿を隠す理由がある。んで、解決に動いてる連中に対しても、俺チャンは隠れる理由がある。ただ、まあ、隠れる必要のねえ奴も中にはいるがな。

つーか、ちゃんと事前に身を隠してるって言っておいたろ。……それと、〝人面皮具〟についても既に言ったが、大金を積んで手に入れたもんさ。正規のルートじゃ、売ってすら貰えなかったんで、相当な金がぶっ飛んでいきやがったがな」

オリジナルを直《じか》に目にし、その有用さ故にレプリカでも構わないからとロキも〝人面皮具〟を欲した過去があった。

しかし、手に入れる事は終《つい》ぞ叶わなかった。

金額が高過ぎて手が出せない以前の問題で、そもそも売ってすらいなかった。

どころか、レプリカであっても一国が厳重に管理している程のものであった。

だから、金を積んで手に入れたというチェスターの言葉がロキからすれば信じられなかったのだ。

あれは、それこそ殺して奪うくらいの事をしなければ手に入らない代物だと思っていたから。

「なあ、ロキ」

全ての質問に答えたチェスターが、ロキの名を呼ぶ。何処か哀愁漂うその声音に、ロキは嫌な予感を覚えた。

「俺チャンとお前、気付けば随分と長《なげ》え付き合いになっちまったよな」

ボロ雑巾のように子供は捨てられ、無法者が溢れ、犯罪が日常に溶け込んだこの裏街において、人の命はあまりに軽かった。

その日出会った人間が、次の日には死体になっていた、なんて事もさほど珍しくない。

そんな地獄で、ロキとチェスターは育ち、そして生き残った。

歩んだ道は違うものの、彼ら自身もここまで長い付き合いになるとは出会った時は思いもよらなかった事だろう。

「まっずい飯を食って、腐った水を啜って、喧嘩して、ボコられて、殺されかけて」

懐かしむように、チェスターは言う。

何も知らない人間が聞けば、誇張していると指摘をしただろうが、ロキはそんな指摘をしなかった。

何故ならば、それが嘘偽りのない事実であると身を以て知っているから。

「なんというか。よく生きてたよな、俺チャン達」

何らかの要素が一つでも加わっていれば、間違いなく命を落としていた。

彼らは運良く、薄氷の上を進む事が出来たに過ぎない。

「ロキはよ、十年前に俺チャンが言った言葉を、まだ覚えてっか？」

十年前、ロキはこのメイヤードを後にした。

その際に、ロキとチェスターはある約束を交わしていた。

「……この国を変えたい、だったかな」

「応よ。俺チャンは、この腐り切った国を変えたかった。裏街っつー地獄で過ごしてきた人間だからこそ、余計に、な」

裏街で育った人間同士だが、ロキとチェスターの思考回路、性格はまるで違う。

それは、冒険者の両親が帰らぬ人となり、裏街に身を寄せる事となったロキと、悪辣な人間の奸《かん》計《けい》によって家族を失い、裏街にて生きる事を余儀なくされたチェスターの、経緯《いきさつ》の違いが浮き彫りとなったが故のものであった。

だからこそ、ロキは生きる為に必要ならば何の躊躇いなく嘘を吐くし、それを自分の武器として扱おうとする。

やがて彼は、今は亡き両親の影を追って冒険者となる為に国を出た。

だが、チェスターは違った。

何より、己をどん底に叩《たた》き落《お》とした張本人のような汚い人間にはなりたくなかったから、嘘を吐かないという信条を掲げ、己のような人間がこれ以上生まれないように、国を変えたいと願ったのだ。

けれど、何をするにも、何を変えるにも。誰かを動かすにせよ、全て、金。金。金。金。

金がなければ何も出来ない。

人は信用しない。

信じられるのは、金だけ。

金だけは裏切らない。

故に、チェスターは拝金主義者となった。

「ただ、これが難しくてよ。内部から変えてみようと頑張っても、どうにもならねーの。俺チャンがどれだけ頑張って、足掻《あが》いても、クズは変わらず、そこにのうのうと生きてやがんだ。んで、膿《うみ》のように増えやがる。全く、クソふざけた話だよなあ？」

自虐めいた表情で、チェスターは笑う。

それは、己の力のなさを憂いたが故の自嘲だったのやもしれない。

「……で、そんな時だった。俺チャンは、あいつに出会った」

「あいつ？」

「ああ、得体の知れねー悪魔みてえな野郎だ。ただ、あいつの語る理想は悪くなかった。悪くなかったんだよ」

同じ言葉が繰り返される。

いやに感情が込められていた。

「だから、俺チャンはあいつに協力してやる事にした。それに、押し付けられたようなものとはいえ、恩もあったしな。極論、俺チャンは俺チャンの理想が遂げられるなら、別になんでも良かった。差し伸べられた手が、誰のものかなんてものもよ」

物思いに耽《ふけ》るように、チェスターは空を見上げる。

「実はよ、俺チャンもロキに用があったんだわ」

「……僕に？」

「ああ。ちょいと、頼み事がしたくてよ」

力を貸してくれという事であれば、今はヴァネッサ・アンネローゼの捜索にかかりきりだからと断ろうとするロキであったが、

「今日中に、メイヤードから出ていっちゃくんねーか、親友」

呼称が言い換えられる。

そこにどういう意図があるのか。

今のロキには分からなかった。

どころか、疑問符が思考を埋め尽くす。

チェスターも、ロキがヴァネッサを捜す事に協力しているのは知っている筈。

なのに、どうして。

「お前の連れは、正直どっちでもいい。だが、お前は。ロキとだけは殺し合いをしたかねえのよ」

まるで、メイヤードに滞在を続けていればチェスターと殺し合いをする事になるような言い草であった。

故に、ロキは眉を顰める。

「……イヤだね。僕としては誰かの思惑通りに動く事は嫌うところだし、何より、そうじゃなくてもそのお願いにだけは頷けない。僕にも、あの子達には借りがあるんだよねえ。だから、キミがヴァネッサ・アンネローゼを連れて来ない限り、そのお願いは聞けないかな」

「そのせいで、俺チャンと殺し合いになるとしても、か？」

「僕は自他共に認める嘘吐きの〝クソ野郎〟だ。ここで生きていた時に、そうやって生きるって僕自身が決めた。ただ、そんな〝クソ野郎〟にも守るべき一線はあるのさ。よく言うだろ？　恩を掛けられれば犬でも報うってさ。〝クソ野郎〟であっても、恩を仇で返す事はしねえのよ。つぅか、僕と殺し合いをする事になるって、キミ、今どういう立場に————」

あるんだよ。

本来ならばそう告げていたであろうロキの言葉は、最中に〝人面皮具〟を外したチェスターの行為によって中断させられた。

己の知っている顔でなくなっていたからではない。ロキの知るチェスターそのものだった。

チェスターの顔の右半分に、ある意味見慣れた〝闇ギルド〟特有のタトゥーが入っていた事を除きさえすれば。

「……悪い冗談はやめなよ、チェスター」

そのタトゥーの意味を、ロキはよく知っていた。冒険者ならば、誰もが知っている。

何故ならば、そのタトゥーは。

「俺チャンがそういう冗談を言わねえ人間ってのはお前が一番知ってるだろ、ロキ」

「……脅されてるのかい」

「んや。これは俺チャンの意思だ。誰を人質に取られた訳でも、強制された訳でもなく、俺チャン自身が選んだことだ」

「……なら余計に、出て行けなくなったねえ」

表情を歪《ゆが》めてロキは言う。

「ああ。やっぱりこうなっちまうか」

「ようやく、色々と合点がいった。裏街で僕を待ってた理由は、騒ぎを起こしても問題がないからか。ひと一人殺しても、誰にも気付かれないからか」

目の前の事実を否定したい気持ちで溢れている。だが、認めてしまえば全ての行為の辻褄が合う。合ってしまう。

「見ない間に、僕よりずっと〝クソ野郎〟になってんじゃねえの……!!」

「だから言ってるじゃねーか。メイヤードから出て行ってくれって」

「そのお願いを聞いて欲しいなら、もう少し情報をべらべら喋って貰わないと無理だねえッ!?」

魔法陣を、展開。

白銀の魔法陣が、左右上下、虚空にまで一斉に描かれる。

才能の暴力とも言えるアレクのような圧倒さは真似出来ないが、それでも補助魔法師としては突出した才をロキもまた持っていた。

「そういう事情なら話は別だ。大怪我しても悪く思わないでくれよ⁉ キミには、洗いざらい吐いて貰う‼」

殺す気こそないものの、身柄はここで拘束する。そのつもりで展開した魔法陣。

しかし、絶体絶命の立場にあるはずのチェスターは、焦る様子もなく言葉を続ける。

「流石は、ロキだ。魔法の運用に無駄がねえ。だがよ、俺チャンが、そんなお前の前に何の策もなく立つと思うか？」

ピシリと亀裂が走る音が聞こえる。

その、重奏。

どこか一箇所からではなく、複数から。

周囲を見渡すと、展開された筈の魔法陣に亀裂が生まれており、程なく形を留めていられなくなった魔法陣が霧散してゆく。

「それと、最早この会話に意味はねえと思うが、誓って俺チャンは嘘は吐いてねえ。カジノでお前達に答えたアレは、ミスリードこそ狙ってはいたが、嘘偽りのない真実だぜ」

目の前で起きた現実を信じられなかったロキだったが、悠然とした足取りで近付いてくるチェスターに対し、魔法を捨て、剣を生成する。

近接戦は専門外ではあるが、護身程度の心得はロキにもあった。

――――〝魔力剣《ソード》〟。

そのまま肉薄し、せめて足を使えなくしようと斬りかかったロキであったが、まるで蜃気楼《しんきろう》のように今度はチェスターの姿が掻き消えた。

「……どうなってるのかなあ、コレ」

幻術のような現象。

しかし、これまで培った冒険者としての勘が、ロキにこれは幻術ではないと訴えている。

何より、

「それに、キミは魔法が碌に使えない人間だったと思うんだけど」

ロキとチェスターが、それぞれの道を進んだ理由の一つがそれだった。

ロキには類《たぐ》い稀《まれ》なる魔法師としての才があった。しかし、チェスターにはそれがなかった。

「ああ。俺チャンに魔法の才はない。それは、今も変わらずだ」

言い切った。

ならば恐らく、本当にこれはチェスター本来の魔法ではない。

では、これはなんだ。

幻術のようなこれは。

魔法陣を刹那の間に打ち砕いたアレは。

思考が――――巡る。

そして、考えて、考えて、更に考えて。

やがて、ロキは答えに辿り着いた。

簡単な話だった。

魔法が使えない人間が、魔法のようなものを使っている。

ならばそれは、自前ではない何かだろう。

そんなものに心当たりは一つだけあった。


それは、骨董品《こっとう》のような廃れた技術。

使っている人間は、それこそ〝名持ち〟と呼ばれる〝闇ギルド〟の人間を除けば世界に両手で事足りる程だろう。

その正体の名前を────〝呪術刻印〟。


「────っ」

気付くや否や、ロキはその場から飛《と》び退《の》いていた。得体の知れないものに相対した時、起こり得る出来事に対応出来るよう、間合いを保たなければならない。

体に染み付いたそんな当たり前を、無意識のうちにロキは行動へと移していた。

「……随分と、凶悪な能力っぽいねえ。だけ、ど……ッ」

だが、肝心の能力がロキには分からない。

魔法陣を無力化し、幻術のような真似事《まねごと》を可能にする能力。

……少なくとも、あと幾つかの手札を隠していると踏むべきだろう。

足下に〝転移魔法〟の仕掛けを施しながら、ロキは苦笑いを浮かべる。

しかし、手札が不明瞭であるのはチェスターも同様のはず。

条件は、ほぼ同等。

地の利に関しては、ロキがチェスターよりも戦闘慣れをしているという点で帳消しだろう。

ならば、勝てない相手ではない。

そう————思っていた。

「悪いが、俺チャンにも時間がねえんだ。だから、ロキが譲らねえってんなら、容赦はなしだ」

チェスターが、手を掲げる。

そして、その行動に連動するように足下に黒い澱《よど》みが一瞬にして広がった。

悍ましいその闇から、何かが這《は》い出《で》てくる。

まるで一貫性のない魔法の連続。

ただ、この場にアレクの父であるヨハネスがいたならば、目を見開いて驚き、眼前の現象に向かって声を上げた事だろう。

何故ならば。


「————〝影法師《ドッペルゲンガー》〟————」


告げられた魔法は、〝怠惰〟の名を冠する男、ロンが使用していた限りなく〝固有魔法《オリジナル》〟に近い魔法であったから。

そして、圧倒的な物量の闇がロキに襲い掛かる。

多少の小細工など、知らん死ねよと言わんばかりの力技を前に、一瞬にしてロキは劣勢に立たされる。

「………わりぃな、ロキ。俺チャンにも、譲れねえ事情があんだ」

「ッ、ふざ、けんな。ふざけんなよ、チェスタぁぁぁぁぁあ！！！」

だが、それで終わるロキではなかった。最中に聞こえた謝罪のような呟きに苛立ちに似た感情をぶつけながら、己を鼓舞するかのごとく大声を上げ、押し返しに掛かる。

そして再び、魔法陣を展開。

先の幻術のような手段があるならば、あえて魔法陣を壊す必要はなかった。

しかしその上で壊したという事は、壊さなければいけない理由がチェスターにあったから。

この逼迫した状況下にありながら、どこまでも冷静だったロキは、その考えのもと、魔法を再度繰り出す。

勝ちを確信していたチェスターだったが、その往生際の悪さに。

頭の回転の速さに、笑みを浮かべた。

まるでそれは、流石だと称えるように。

そして程なく、耳を劈《つんざ》く衝突音。爆発音。地鳴り。

ありとあらゆる轟音が、裏街に響き渡る事となった。

十五話　歴代最強の騎士

「――……よし、逃げるぞ」

「またかよ⁉」

「倒せないんだから、仕方ないだろ⁉」

俺達と得体の知れない黒いアレとの間に、それなりの距離があった事。

加えて、先程からずっと逃げ回っていた事。

それもあって、試しに遠距離から魔法を撃ち放ってみたのが十数秒前。

直撃をした事で、得体の知れない黒い何かは爆裂霧散したかのように見えた。

だが、魔法で粉々になった筈のソレは、次の瞬間には何事もなかったかのように再生した。

魔法の属性の相性。威力の関係。

考えられる可能性を考慮し、属性を変えてもう一撃。威力を変えて更にもう一撃。

立て続けに更に一撃。

計四回、魔法を撃ち放った俺が出した答えは、魔法ではどうにもならない。

魔力の無駄遣い。

カラクリが分からないと手が付けられない。

ここで時間を取られるならば、再度逃走し、先にヴァネッサを捜すべき。

そう判断を下した俺は、全員に逃げるように指示をした。

「恐らくは幻術の類だと思うが、術者やタネを探すのは時間が掛かり過ぎる！　真面目に相手してたらそれこそ、先に魔力が尽きる！　それに、この空間そのものが条件になってる可能性もある」

この得体の知れない空間が、先の驚異的な再生速度に関係している場合、この空間そのものをどうにかするか、ここから離れるか。

咄嗟に思いつく解決策はそれしかない。

「……〝古代魔法《ロストマジック》〟で閉じ込める事も考えたが、効率が悪過ぎる」

大規模でやるには消費があまりに著しい。

無限に増殖をしているようにも見える相手に使ったところで、焼け石に水だろう。

やはり、逃げる他なかった。

だが、その結論にケチつけるように、あからさまにやれやれと溜息を吐く者が一人。

まさか、あの一瞬で解決策が思い浮かんだのだろうか。

俺は隠しきれない驚愕の感情を表情に貼り付け、溜息を漏らした張本人であるガネーシャに視線を向け——

「仕方ない。かくなる上は、わたしがひと肌脱ぐとしようか。この、〝運命神の《フォルトゥ》〟——」

「それだけは死んでも止めろッ!!　オーネスト!!」

「応よ、任せとけ。つぅわけで、死ね〝賭け狂い〟!!」

待ってました！　と言わんばかりの流れるような動作で、轟《ごう》!!　と風を巻き込んで槍がガネーシャに向かって突き出される。

まるで容赦のない一撃。

死んでも止めろと言ったのは俺なんだが、そこまでしろとは言っていないと訂正をしようにも圧倒的に時が足りていなかった。

勿論、俺がその攻撃を止められる訳もなく、殺意百パーセントのオーネストの突きによってこの場が殺人現場に早変わりかと思われたが、

「ぬわぁぁぁあッッ！！？　おい、お前っ!!　今、本気でわたしを殺すつもりで槍を突き出しただろうッ!?」

しかし、ガネーシャは持ち前の驚異的な身体能力で以て紙一重でそれを回避していた。

「気の所為《せい》じゃねえか？」

「いや、わたしが感じた殺気は紛れもなく本物だったぞ!?」

惚《とぼ》けるオーネストにガネーシャが必死に抗議する。過程はともあれ、ガネーシャの暴走が止まってくれてよかった。

流石はオーネストである。

「そんな事より、一つ気になってた事があるのだけれど良いかしら。それと、ガネーシャさんはメアさんを抱き抱えてもらえる？」

そ、そんな事より……!?

扱いの酷さにガネーシャが愕然《がくぜん》としていたが、これまでの彼女の行いを考えれば妥当だろう。

そして、抜け目なくクラシアがガネーシャの両手を正当な理由で以て塞ぐ。

最早、完璧としか言いようがなかった。

「メアさん。貴女《あなた》はそもそも、どうやって逃げてきたの？」

先の得体の知れない怪物がいる事から、この場が尋常からほど遠いのは火を見るより明らかだ。

そして、アレの他にも何かが潜んでいる可能性は極めて高い。それが人間かどうかは定かでないが、あの怪物を従える事が出来る存在か、はたまた、あの怪物をどうにか出来る存在である確率は極めて高い。

そんな存在相手に、人畜無害にしか見えない少女がどうやって逃げ切ったのかと訝《いぶか》しむクラシアの発言は当然のものだ。

「…………」

メアは口籠る。

視線を泳がせるその様子は、言いたくないというより、言っていいものなのかと悩んでいるように見える。

しかし、黙っている訳にはいかないと思ったのだろう。

「逃がして、くれた人がいたんです」

ゆっくりと口を開いたメアは、そんな事を言った。

「……わたしを『器』と呼んでいた人達から、逃がしてくれた人が二人、いたんです」

「器……？　というより、二人？」

枷の次は、器。

話を聞けば聞くほど分からなくなってくる。

オーネストは考える事を放棄したのか、乱暴に自分の髪をがりがりと掻《か》きむしっていた。

「その内の一人、が、確かヴァネッサって呼ばれてました」

記憶をどうにか探りながら、メアは答える。

そんな彼女の言葉に、クラシアはこう返した。

「あり得ない話ではないわね」

ダンジョンの中に位置するこんな場所で、無茶をやっている事を咎《とが》めたい気持ちがあったのだろう。

頭痛に耐えるような苦々しい表情を一瞬ばかり浮かべていたが、ここで何を言っても状況が変わる事はないと割り切り、言葉を続ける。

「元々、姉さんはそういう性格だから、恐らくメアさんの言葉は正しいと思うわ。ただ、やっぱり二人なのね」

ヴァネッサ・アンネローゼに魔法の心得は殆どない事から、ヴァネッサの側に誰かしらの協力者がいる可能性は高いと元々話をしていた。

それに、逃がした人間の一人がヴァネッサであれば、姿を既に隠している筈の彼女の名前をメアが知っている事にも辻褄が合う。

「だが問題は、何で逃がしたのか。何で、そこにいたのかが問題なんだよな」

正体不明の得体の知れない怪物から逃げながら、思案する。

メアを逃がしたのがヴァネッサだと仮定して――――しかし何故、逃げた筈のヴァネッサがこの場所にいるのか。

そして、〝賢者の石〟の危険性を知っている筈の人間が、どうしてメアを保護ではなく逃がすという選択肢を取ったのか。

……………考えが一向に見えてこない。

そもそも、彼女の協力者は、どんな理由があって協力をしている？

本当にそれは協力なのか？

利用ではなくて？


「……分からない以上、俺達に出来るのはその場所に向かう事くらいか」

ヴァネッサがどんな理由でメアを逃がしたのかは分からない。

だが、向かうにはメアの記憶だけが唯一の頼りだ。しかし、彼女を連れて行っていいものなのか。

一度、ダンジョンの外に戻り、学院長にでもメアを引き渡しておくべきではないか。

安全策に走ろうとする俺であったが、その考えは口にするより先に遮られる事となった。

「なら、わたしがあの場所まで案内します。今は、記憶が混乱してますけど、あの場所にもう一度行けば色々と思い出せる気がするんです」

それに――――と言葉を続けるメアの瞳の奥には、揺らぎのない確固たる意志のようなものが湛《たた》えられていた。

「それに、あの人達は、お父さんを止める為にはわたしが必要だって言っていたから」

故に逃げてきたのだとメアは言う。

「だから、わたしが案内します」

「分かった。なら、君に案内を頼もう」

「……何で勝手に了承してるのよ」

でも、自身の事を『ホムンクルス』と名乗る少女とはいえ、彼女を危険場所に向かわせるのは――と、躊躇《ちゅうちょ》する俺達の考えをガン無視して、了承の言葉を口にしたのはガネーシャだった。

「どうせ手掛かりは彼女の存在だけだろう？　なら、案内して貰えばいいじゃないか。それに、事態は恐らくかなり動いてしまってる。手遅れになる前に行動出来るなら行動しておいた方がいい」

尤《もっと》もな話だ。

ガネーシャの言い分は正しい。

「だが、一つ気になってた事がある」

「なん、ですか」

「君は、お父さんを止めてくれと言っていたな。それはつまり、君自身が君のお父さんが何をしでかそうとしているのかを知っているという事だ」

確かに、知らなければ、止めてくれという言葉は出てこない。

「まず、それも話して貰わないと止められるものも止められないぞ。ロン・ウェイゼンの娘、メア・ウェイゼン」

「……ッ、知っ、ているんですか。お父さんを」

「ウェイゼンの名前に引っ掛かっていたんだが、漸く思い出せてな。やはり、ロン・ウェイゼンで合っていたか」

「何だ、何だ。知り合いなのかよ？」

「知り合いではない。わたしが一方的にその名前を知っているだけだ。ロン・ウェイゼンは、魔道王国アルサスにて、二十年程前まで歴代最強の騎士と謳われていた者の名だ」

　オーネストの問いに、ガネーシャは淡々と答えた。

「……謳われていたって事は」

「ああ。ロン・ウェイゼンは二十年程前に死んだ人間の名前だ。だが、ロン・ウェイゼンには奇妙な噂があった」

「奇妙な噂……？」

「ロン・ウェイゼンは、実は生きているのではないのか。そういう噂だ。彼の象徴とも言える影魔法は、使い手が極めて限られる魔法。しかも、歴史を遡っても彼以上の使い手はいないとされている程だ。だから、〝闇ギルド〟に所属している〝影法師《怠惰》〟と呼ばれている影魔法の使い手が、ロン・ウェイゼンなのではという噂があった」

　息を呑《の》む。

　フィーゼルにて、ギルドマスターのレヴィエルから〝怠惰〟とは戦うなと警告を受けていたから余計にそんな反応になってしまった。

「……だが、死んだ人間が生き返るなどあり得ない話だ。尤も、死んだ筈の人間がここに一人いる以上、説得力の欠片もない話になってしまっているがな。とはいえ、その噂はもう十年以上前からのものだ。彼に限って言えば〝賢者の石〟が絡んでいるという事はないだろう」

「……ガネーシャさんって随分と物知りなんだね」

「一応わたしの故郷がアルサスだからな。ロン・ウェイゼンの話は家族からよく聞かされたよ。清廉潔白で、人望の厚い騎士だった、となる。だからこそ、噂程度に留まっていた。仮に生きていたとしても、彼が〝闇ギルド〟なぞに身を寄せる人物ではないと信じる人間が未だに多いが故に」

道理で詳しい訳だと、ヨルハの問いのお陰で理解する。

「まあ、こんな事に加担しているんだ。噂は本当だった、と仮定すべきだろうな。それで、ロン・ウェイゼンは何をしようとしている？」

一切の容赦ない棘《とげ》のあるガネーシャの言葉に、メアは悲しげな表情を浮かべる。

しかし、先の言葉に対して否定をするのではなく、メアはその問いに対する答えを口にした。

「……わたしも、何が本当なのかは分かってません。聞いた言葉を、ただ鵜呑みにしているだけですから」

前置きをひとつ。

あくまで耳にした話であると言った上で、メアは言葉を続けた。

「『ワイズマン』の復活と――――『獄』の開放。そう、言っていました」

「正気か？」

聞き慣れない言葉に、眉根を寄せる。

だが唯一、ガネーシャだけは真っ先にその言葉に反応した。

『ワイズマン』の復活についてはチェスターから聞き及んでいた。

だから、然程の驚きはない。

しかし、『獄』とは一体何なのだろうか。

「……まさかここで『獄』が出てくるとはな。流石のわたしも、都市伝説の類だと思っていたぞ」

「その『獄』ってのは何なんだ？」

「手に負えない極悪人が収容されている、と噂されている場所。それが、『獄』だ。だが、あくまでそれは噂でしかない。誰もその場所を知らないし、誰もその場所を見た事もない。だから、都市伝説の類だと思っていた。いや、思っている」

メアから話を聞いて尚、信じるに値しないとガネーシャは思っているのだろう。

「一説によれば、ギルドを創設した『大陸十強』の一人が密かに管理している……と、噂もされていた筈だが、あくまで噂の域を出ないものだった筈。だが、もし仮にそれが本当の事ならば」

「本当の事ならば？」

「『獄』に収容されている者が解放される事があれば、このメイヤードは間違いなく地図から消えるぞ。それも、一日も経たずにな。……一体、何を考えてるんだ。ロン・ウェイゼン」

「……その履行が、わたしを生き返らせる為の約束って言ってたんです」

「だから枷なのか。……物事が複雑過ぎて嫌になってくるな。で、だから止めたいと。だから、助けてくれと。そういう事か」

どういう理由が絡んでいるのかは知らない。

その背景に何か大切な理由があるのだろう。

自己犠牲を顧みず、自己満足の為に突き進めるだけの理由があるに違いない。

だが、自己満足で一方的に助けられた人間は、はたして本当にそれを望んでいるのか。

それで、本当に救われるのか。

少なくともメアは、望んでいなかったのだろう。だから、こんなにも悲しそうな顔をしているのだろう。

「となると、時間はねえかもな。それに悪《わ》りぃが、そのロン・ウェイゼンって奴を止めるには恐らくてめえの存在が不可欠だ」

少女を巻き込む事は気が進まないが、ロンの行動の理由にメアが深く関わっているならば、彼を止めるには彼女の存在が必要不可欠である可能性が高い。

ガネーシャの記憶が確かならば、一国の、それも、歴代最強とまで謳われた騎士ならば、相当な手練《てだ》れである事だろう。

ヴァネッサが何故、メアを逃がしたのか。

共に行動しているのは一体誰なのか。

不明瞭な部分が些か多過ぎる気もするが、そうも言ってられない。

「……分かってます。これはそもそも、わたし達の問題ですから」

どこか安全な場所に逃げ、誰かに解決の全てを委ねる気はないとメアは言う。

「決まりね」

行動方針は決まった。

唯一、この空間の道を知っているであろうメアに案内をして貰う。そんな時だった。

「ところで、メアちゃんはどうしてボク達に頼ろうって思ったの？　疑う訳じゃないけど、ボクがそんな状況に置かれてたら誰でも彼でも信用しようとは思えないなあ……なんて思っちゃって」

それだけ余裕がなかったから。

と言ってしまえばそれまでだが、ヨルハは何か違う理由があると感じたのか、そんな質問を投げ掛ける。

「わたしを、助けてくれた男の人が教えてくれたんです」

何気ない質問。

しかし、返ってきた有り得ない返答に、俺達は全員驚く羽目になった。

「この先を逃げていけば、五人組の男女に出会う。その人達に出会ったら、助けを求めろって。きっと、力になってくれるだろうからって」

「は？」

まるで、そうなる未来が見えていたかのような助言を受けたメアの言葉に、素っ頓狂な声が五つ、重なる事となった。

十六話　立ち塞がらせて貰おうか

「……常識的に考えてあり得るのか、そんな事が」

「あり得るだろう。勿論、ツイていたならばの話だが」

「てめえは取り敢えず黙ってろ」

未来視の効果を齎《もたら》す魔法は存在しない。

〝古代魔法《ロストマジック》〟も同様に、存在しているとは見聞きした覚えもない。

だからあり得るとすれば――〝固有魔法《オリジナル》〟の可能性だけ。

ただ、〝固有魔法《オリジナル》〟の魔法は総じて相応のリスクが伴うものだ。

例えば俺達が使う〝リミットブレイク〟。

適正の壁を無理矢理に壊すアレは、十分という制限がつく上、その後は身体中が悲鳴を上げ、使い物にならなくなる。

直近では、ベスケット・イアリの〝固有魔法《オリジナル》〟を目にする機会があったが、彼女もまた、リスクを背負っていた。

思考を覗くという反則染みた能力であったが、恐らくあれは覗ける情報に限界がある。

リクの頭を覗いた際に、目から血を流していたのがその証左。

偶然、ベスケットに才能があったからアレは有用なものになっているだけで、あの能力は覗いた人物の技量を盗み取る訳ではない。

仮に、数時間先の未来を視《み》る事が出来たとして、そのリスクは一体、どれ程のものなのか。

「……いやでも、ガネーシャさんの言葉は一理あるかもしれない。少なくとも、〝固有魔法《オリジナル》〟の可能性より、ボクは単に予想が当たった――――もしくは、予想出来るだけの条件を整えてたって考える方が自然だと思う」

「今のメイヤードのダンジョンは、人の立ち入りが制限されてた。工作はし放題……となると、確かにその線の方があり得るか」

問題は、その人物が敵なのか。味方なのか。

恐らく、ヴァネッサを匿っていた張本人である事から、〝賢者の石〟生成に関わっていた勢力の人間ではない可能性が高い。

ただ、単なる善意でヴァネッサを匿っていたと考えるには楽観的過ぎる上、偶然、匿えるだけの手段を持った人間が居合わせたとは考え難い。

「でも、姉さんを匿えるだけの手段を持ち得た人間が、あえてこの子を逃がすってリスクを選んだ理由が分からないわ」

「単純に、制限付きの能力だったか。はたまた……逃げられない理由があったか」

「何はともあれ、行ってみるしかねえわな」

間違いなく、そこにヴァネッサはいたのだ。

彼女の行方を知る為にも、向かう事は必須だった。

「……質問続きで悪いんだけど、俺からも一ついいかな。ヴァネッサ・アンネローゼと一緒にいたもう一人の男。そいつの名前を覚えてないか。もしかしてその人は、」

――グランって呼ばれてたりしなかったか。

カルラと共にいた際に生まれた疑問。

その正誤を問おうとした、瞬間だった。

ず、ず、と地響きに似た音が鳴る。

大地が揺れ動き、ぱらぱらと崩落の音さえも聞こえ始める。

続くように、轟音が。

足下から聞こえるその音と共に何かの前触れのように、心なし、この空間を覆う紫煙が不気味に揺らめく。

「……すみません。丁度、聞こえなくて」

「いや。やっぱり今は先を急ごうか」

言葉を途中で遮られた俺は、メアへの質問を取りやめる事にした。

仮にその者がグランであったとしても、なかったとしても、やる事は変わらない。

今は少しでも早く、メアがいた場所へと向かうべきだろう。

背後から迫る得体の知れない怪物達を尻目に、俺達は先を急ぐべく走る事にした。

＊　＊　＊

異臭と形容すべき、鉄錆《てつさび》と肉塊による強烈な死の臭い。

紫煙に包まれた空間ながら、足を伝って確かに感じる表面の滑《ぬめ》り。

人同士によって生まれたであろう戦闘痕が、確かにそこにはあった。

「————たく、おれの人生が予定通りにいったためしなんて一度もなかったが、ここまで来ると笑えてくるな。ただ、だからこそある程度の予想が出来るんだが」

散乱するチューブの残骸。

壊された棺。瓦礫の山。肉片。血溜《ちだ》まり。

歴戦の兵士すら身を竦ませるであろう只事《ただごと》ではないその惨状の側で、血を流す外套の男。

泰然とした立ち姿には隙はなく、手練れである事が窺える。しかし、そんな彼は追い詰められていた。目に見えて分かるほどに疲弊しており、相対するシルクハットの男との力量差は最早、明白であった。

「本当は、あんたと戦う気なんざ微塵もなかったんだがな。何せ、あいつからも勝ち目がないと忠告をされていたから。〝怠惰〟を相手にお前では、逆立ちしても勝てないと言われていたから」

そもそも、外套の彼にとって戦闘は門外である。本来の予定では、裏でサポートに徹し、タソガレからの依頼をこなすつもりだった。

だが、不測のアクシデントがそれを許さなかった。故に、こうして戦っていた。

「全く、嫌になんぜ、この正義感はよ」

今から遡る事、二時間ほど前。

〝古代魔法《ロストマジック》〟によって構築された空間の中で待機していた彼、グラン達はあり得ないものを見た。

それは、棺に入れられていた少女の姿。

そして、そんな少女に再度作成したであろう〝賢者の石〟を使用しようとする研究者達の姿。

故に、ヴァネッサは飛び出した。

そこから、アクシデントの連続だった。

ヴァネッサからその危険性を説かれ、今すぐに行動しなければ取り返しのつかない事になると捲し立てられたグランは、危険過ぎるが故にヴァネッサを止めようとした。

だが、研究者達が口にする妙な言葉もあって、その剣幕にグランは押し負けた。

何より、グランには自分でさえも分からない妙な正義感があった。

生来のものと言っていい。

〝闇ギルド〟の人間を目にすると、無性に嫌悪感に苛まれる事の他に、彼は幼い少女を見捨てられない正義感を持っていた。

己の失った過去に関係していると自覚はしていたが、どれだけ無謀であっても見捨てる事だけは出来なかった。

そして、研究者から少女――――メアを救い出し、ヴァネッサは彼女にとある魔法を掛け、救う為にと一人、研究所の場所へと恐らくあるであろう薬を求めて走っていった。

グランは、間違いなく厄介な奴が出てくると踏んで、ヴァネッサを追いかけさせない為に『隠れる』選択肢を捨てた。

だからこそ、自分の側に置くより逃がした方がいいと考えてメアをあえて逃がした。

結局、その予想は正しかった。

多少、〝古代魔法《ロストマジック》〟を上手く使えるだけの人間が、勝てるような相手ではない。

〝怠惰〟と呼ばれるロンの戦闘能力は、それ程までに底が見えなかった。

「流石に、荷が重いどころの話じゃねえぞ、くそったれ」

内心の焦りを出来る限り隠しながら、グランは言葉を吐き捨てる。

本来の予定ならば、ロンの相手は『大陸十強』のカルラ・アンナベルがする筈であった。その為に、わざわざ彼女に〝賢者の石〟の錬成陣――――タソガレを匂わせる手紙を送り、二重の意味でカルラを釣ってメイヤードに誘《おび》き寄《よ》せたのだから。

ただ、神という存在はとことんグランの事が嫌いらしい。


打てる手は全て打つ。


それを信条にするグランだからこそ、今、ダンジョンにやって来ていたのがカルラではなく、別の五人組であると知っていた。

だが、贅沢《ぜいたく》は言っていられない。だからメアには、カルラと縁がある彼らを頼れと言葉を残した。

ただ、多少の危険をおかしてでも、カルラとの接触をしておくべきだったか。

今更過ぎる後悔をしながら、グランはくひ、と不敵に笑った。

「……ならば何故、邪魔をした」

「そんなもん、決まってるだろ。見過ごせねえからだよ。それに、あんな話を聞いて首を突っ込まねえ訳にもいかないだろ」

研究者達が口にしていた妙な話――――それは、まことしやかに囁かれる噂。

本当に存在するかも分からない、『獄』について。

「成る程。確かに、出来なくもないわな。お前が、『影』じゃなく、『夢』なら出来なくもないな……!!」

己の願望《ユメ》を現実に昇華させる夢魔法ならば。

本当に存在しているならば、彼の力で『獄』への入り口をこじ開ける事は不可能でない筈だ。

――漸く、合点がいった。

元々、グランの中には拭い切れない痼《しこり》があった。〝賢者の石〟の生成には、研究者でない〝怠惰《ロン》〟の力は必要ない。

精々が、見張りの人間としての価値しかない。

なのに、研究者達はメアと呼ばれた少女をロンの枷と呼んだ。まるで、この計画に欠かせない人間のように。

その理由が、グランにはどうしても分からなかった。

だが、先ほど漸くその理由が判明した。

ヴァネッサも知らなかった事から、一部にしか共有されていない極秘事項だったのだろう。

「……誰が想像出来るってんだ。〝賢者の石〟を用いて『ワイズマン』を蘇生させ、〝賢者の石〟に組み込まれる隷属の技術の応用で『獄』の住民を利用するなんざ」

『ホムンクルス』の生成が行われている以上に、嫌な予感がするからとグランを送り込んだタソガレの予感は見事に的中してしまっていた。

「……考えがイカれてやがる。世界相手に戦争でもふっかける気かよ」

「さてな。ワタシには、そんな事はどうでもいい。〝嫉妬《ブックメーカー》〟のやつが何を考えていようが、テオドールが何を企《たくら》んでいようが。この先の未来に何を描き、何を望んで何を見ていようと、ワタシからすればそんなものはどうでも良いのだよ」

肩を竦めながら、マジシャンめいた身なりの男――――ロンは言う。

グランとの間に決定的な差があるからこその余裕なのか。

どうあってもこの先の未来は変わらないと決めつけているのか。

もしくは、グランがヴァネッサを匿った時と同様に、別空間にメアを匿っていると踏んでいるのか。

それとも、棺の中に安置されていたあの少女が目覚めた事を彼はまだ知らないのか。

ロンの殺意はグランにのみ向いており、ヴァネッサを追い掛ける様子も、メアを追う様子も見受けられなかった。

〝古代魔法《ロストマジック》〟は、使用者が死ねば効果は解除される。

故に、グランを殺してしまえばいいと考えている可能性は十二分にあった。

「あの時交わした約束を果たしてくれるのであれば、ワタシもまた、あの時交わした約束を果たすまで。それだけの話なのだよ。たとえその内容が、如何に救い難いものだろうと」

「……それを本当に、お前の娘が望んでるとでも思うのか」

「何も知らない人間ごときが、知ったような口を利かないでもらえるかね……？」

ぞわり、と背筋が凍る程の殺気。

ロンの周囲は異様なまでに波打ち、黒い靄《もや》が容赦なくグランに襲い掛かる。

ヴァネッサが、ロンほどの人間から一度とはいえ逃げ切れた理由。

それは、運良く彼女がロンの動揺を誘う言葉を口にしたからであった。

ヴァネッサは、ロンが自身の娘の蘇生を望んでいる事を知っていた。

だから、多くの人間の犠牲の上で成り立つ〝賢者の石〟を用いて蘇生された人間が、本当にそれで喜ぶのか。

何より――研究者の一人として参加していたヴァネッサが、ここで生成されている〝賢者の石〟がかつて『ワイズマン』が作り上げたものと構造が致命的に異なっている。

貴方が望む結果を、得られる可能性は限りなく低い――。

それらの言葉を偶然にも突きつけたからこそ、運良くヴァネッサはロンから逃げる事に成功した。

「……いや、知ってるさ。下手すりゃあ、ヴァネッサ・アンネローゼよりも知ってるさ。お前が信じるかは知らんが、おれは一人の『ホムンクルス』をよぉく知っているからな」

『大陸十強』――規格外の世紀の毒使いを、グランはよく知っていた。

彼の治療さえも受けたグランの場合、それこそ身を以て。

「『ホムンクルス』の製造に関わってしまった希代の毒使いを、おれは知ってるから」

「……毒使い、だと」

「お前でも知ってるだろうよ。『大陸十強』、タソガレの名は」

グランのその会話に、時間稼ぎの意図がある事をロンは見透かしていた。

だがそれでも、『大陸十強』の名前があまりに大きかった事。直近で、『大陸十強』に関わる意味深な発言をテオドールがしていた事もあり、ロンはグランの言葉を無視する事は出来なかった。

——あんな技術は、生まれるべきではなかった。

そんな後悔の言葉を常日頃より口にし続ける人間を、グランは知っていた。

希代の毒使いであり、筋金入りの〝研究者嫌い〟。

タソガレが『ホムンクルス』に固執する理由は、己が『ホムンクルス』であると同時に、その製造に己が望んだ訳ではないとはいえ、関わっていたからであった。

「……そうか。カルラ・アンナベルを巻き込んだのはキミだったのかね」

魔法学院に鎮座する根っからの引き籠もり。

そんなカルラ・アンナベルの重い腰を上げさせた人間が、『大陸十強』絡みの人間というならば納得が出来る。

そう結論づけてロンは目を細めた。

「ああ。何があっても止めなきゃいけなかったんでな。念には念を入れさせて貰った」

「く、ふっ。ふふふ、ふは、ははは、はっ。あははははははははははははっ！！！」

グランの言葉に対し、ロンは弾けるような哄笑《こうしょう》で以て応えた。

取り繕ったものでなく、本当に、ただただ可笑《おか》しいというように嘲りの感情を顔に滲ませてロンはどこまでも愚かだとグランを嗤《わら》う。

「何が、あっても？　止めなきゃいけない？　ふ、ふふは。正気かキサマ。冗談にしてももう少しマシなものがあるだろう？　こんな世界を守って、一体どうなるという」

未だ抑え切れない笑みを噛《か》み殺《ころ》しつつ、ロンは問い掛ける。

顔は笑っているが、目は異様に澄んで据わっていた。戯言《たわごと》を宣う道化呼ばわりされたグランであったが、声を荒らげて即座に否定をする事はしなかった。

記憶こそ失っているが、己の過去が決してまともなものではないとグラン自身も理解している。

どちらかと言えば、彼はロン側の人間だ。そんな自分が、世界を守るかのような言い草をしている。

だからこそ、ロンの哄笑を否定出来る筈もなかった。グランもまた、心のどこかでそう思っている者の一人であるから。

「『大陸十強』も堕《お》ちたものだな。力量が及ばないどころか、こんな夢見がちな男を寄越すとは」

――――おれも、そう思う。

グランは喉元付近まで出かかった言葉をどうにか飲み込み、苦笑いを浮かべて誤魔化す。

もし仮に、この場にグランではなくタソガレがいたならば、こんな状況には陥っていなかった事だろう。

そもそも、ヴァネッサの暴走を許さなかっただろう。

彼女らが引き起こした不測の事態に見舞われて尚、己の目的を果たしていた事だろう。

力不足極まりない。

己の力量をそう評価しつつ、しかしグランは、いや――――と言葉を口にする。

「……いや、そうとは限らねえだろ。未だにちっともお前に勝てる気はしないが、負けるとは一言も言ってないだろうが。それに、おれじゃなければあの二人を助けるなんて選択肢は取らなかっただろうし、取れなかっただろうよ」

だから、タソガレの判断は間違っていなかった。

そう己の心の中で言葉を続けて、自分の正体を悟られないようにする為か、外套の先を引っ張り、グランはフードを目深にかぶり直す。

「それに、考えてもみりゃ、悪い話でもねえか。外には恐らく、〝嫉妬《ブックメーカー》〟がいるんだろうが、そっちの戦力らしい戦力はそんだけだろ。お前がおれに釘付《くぎづ》けにされていれば、それだけ他の負担が減る。まぁ、生きてる心地はしないいんだが」

ロンの発言からして、〝嫉妬《ブックメーカー》〟もいる事は確かだ。

だが、考えようによってはロンをここで足止め出来るのは悪い話ではない。

そんな事を考えながら、魔法を展開する。

「正直なところ、お前が意地を通そうとする理由も、『ホムンクルス』に縋《すが》ろうとする理由も、どちらも分からないでもない」

ここで、『ホムンクルス』の欠陥を説明したところで、ロンは納得をしないだろう。

彼にとって娘の蘇生は生きるよすが。

手段である『ホムンクルス』は希望の光だ。

「それが、執拗に『夢』じゃなく『影』を使おうとするお前ならば尚更に」

雁字搦《がんじがら》めにロンが過去に縛られている事は明らかだ。でなければ、かつての己の魔法のみを使うという行為に走るとは思えない。

『夢』を使えば終わるだろうに、ロンは何故かそれをしない。

グランはその理由を、制限等ではなくロンの心情的な問題からくるものだと見透かした。

「ただ、意地や義理があるのはお前だけじゃねえんだわ」

刹那、ばりんっ、と硝子《ガラス》が割れるような音が四方から轟《とどろ》いた。

「それに、おれはお前らが大嫌いなんだ。だから、こんなのはおれの柄じゃないんだが、あえて言おう。立ち塞がらせて貰おうか」

魔法の発動。

奇妙な文字列が空間中に浮かび、まるで意思を持っているかのようにそれらが蠢き、発光。

己の手足のように、予備動作も最小限に行使するグランの技量にロンは眉を顰め、その正体を看破する。

「……〝古代魔法《ロストマジック》〟か」

「御明察。そんな訳だからさ、おれの気が済むまで戦《付き合》ってくれよ。〝ロン・ウェイゼン《怠惰》〟」

止まっていた戦闘音が、一際大きく再び鳴り響いた。

十七話　〝オーバードーズ〟

——割れる。砕ける。血飛沫が、舞う。

お前は未来でも見えてるのかと喚《わめ》きたくなる程に、ロンの力量というものは理不尽の塊であった。

魔法を発動しても、発動しても防がれる。

それが、効力を僅かでも発揮した後ならばまだ理解が出来た。

しかし、繰り出した攻撃のその殆どが、どこに展開するのかも一瞬で突き止められ、本来魔法では破壊不可能な〝古代魔法《ロストマジック》〟を発動前に無力化してくるのだから最早、手に負えない。

ただ、元々戦闘を得意としている人間ではなく、寧ろ裏方に徹する後方支援に適したグランだからこそ、そのタネに気付けた。

ロンは決して未来視をしている訳ではなく、この空間に広がる紫の靄、その揺らめきを用いて判断している。

僅かな空気の変化。振動。違和感。

それらを使う事でタイムラグなしで魔法の出どころを突き止めて、効力を発揮する前に無力化しているのだ。

恐らくは、この空間そのものが『夢』魔法によるものだろう。

——……嗚呼《ああ》、本当に。

「やってらんねえな……！　くそったれが」

ジリ貧だ。

表情を歪めるグランの脳内は、その言葉で埋め尽くされている。

そもそも、有用であった筈の〝古代魔法《ロストマジック》〟が廃れた理由は、その難度と適性を持つ人間の少なさが原因ではあったが、それだけではない。

単純に、それだけの効果を見込める代償として、通常の魔法と比べて非常に燃費が悪かった。故に、こうして使い手はひと握りとなってしまっている。


だからこそ、グランは決断を迫られていた。


千日手に陥ったこの状況。

一応は拮抗《きっこう》した状況を作れているが、グランの魔力残量は既にあまり余裕はなく、対してロンは殆ど魔力を消費していない。

時間稼ぎ目的だったのだから、本来はこれで問題ないのだ。

どうにか最後の最後まで時間稼ぎをすれば問題はなかった。

メアと共に恐らくここに駆け付けているであろう人間が、『カルラ・アンナベル《大陸十強》』ならば、何も問題はなかった。

しかし、現実は違う。

万全の状態。

尚且《なおか》つ、既に夢魔法を展開しているロンに優位な状況で彼を打倒できる人間は、果たして世界に幾人存在するだろうか。

少なくとも、『大陸十強』レベルに肉薄している人物でなければ土台無理な話だろう。

メイヤードにいる人間に限るならば、きっとカルラしかいない筈だ。

だが、ダンジョンの中にカルラはいない。

向かっているのは別の人間。

ならば、この状態のまま託せばどうなるかなぞ未来は透けて見えている。

このまま時間稼ぎに徹するか。

はたまた、『賭け』に出るか。

眉間に皺を刻みながら、グランは懐に手を忍ばせた。その時だった。

「実に、イラつくものだねえ」

息一つ乱していないロンがぽつりと呟く。

「キミを見ていると、昔の自分を思い出す。まるで昔の自分の鏡像でも見させられているかのようだよ」

忙しなく攻撃の応酬を繰り広げていた事もあり、若干解けた時季はずれのマフラーを巻き直しながら、ロンは苛立ちめいた様子で言葉を続けた。

「特に、自分の都合じゃなく、誰かの為に戦おうとするその姿にどうしようもない苛立ちを覚える
——その先には、地獄しかないというのに」

かつて国を守る騎士であったロン・ウェイゼンの名声は未だに残っている。

以前の彼が、どれだけの騎士であったのか。

どれほど慕われていたのか。

二十年以上経過した今でも、その名声が色褪《いろあ》せていない事実が全てを物語っている。

少なくとも、ロンが誰かの為に戦う騎士であった事は疑いようもない。

「キミは先程、ワタシに娘が本当にこんな事を望んでいるのかと問うたが……その問いに改めて馬鹿正直に答えてやるとすれば、答えはノーだ。恐らく。いや、間違いなく、娘はこんな事は望んでいまいよ。だが、それがどうした」

何もかもを知った上で。

自覚した上で行っているのだと告げるロンを前に、グランは感情を隠しきれなかった。

下唇を強く噛み、どうにか冷静さを保たせる。これが、相手の策略とも限らないから。

だが、ロンが何かを仕掛けて来る様子は不思議となかった。

「父としての誇りも、何もかも。娘を死なせてしまったあの時に全て無くなった。顔向け出来ないとも。結果的に、娘を自刃させてしまったワタシが、顔向け出来る訳がないだろう」

だから、どれだけの汚濁を被る事になろうと、今更でしかないとロンは言う。

「そんなワタシがこの罪を贖《あがな》えるとすれば、あの出来事をなかった事にする他あるまい。娘の死を、なかった事にする他あるまい」

その為だけに、今という時を生きてきた。

その為だけに、テオドールの手を取り、〝闇ギルド〟という場所に身を寄せた。

恨みも買った。殺しもした。

偏《ひとえ》に、その贖いを成就させるが為に。

「仮にワタシの立場だったとして、キミは、そう思わないかね」

用意が出来たと言わんばかりに影の刃が四方に展開され、窮地に立たされたグランにロンはそんな事を言う。

見え透いた引き延ばしの時間は終わりだとでも言いたかったのだろう。

「……さあ。どうだろうな。悪いが、生憎《あいにく》おれの頭ん中には記憶が殆どなくてね」

恍《とぼ》ける。

本当は、微かな記憶がある。

小さな感慨がある。

顔も、名前も、もう何もかもが靄がかってまともに思い出せないが、それでも確かに己にもそう思えるだけの大切な存在が――――沢山いた事は自分の中の奥深くでちゃんと覚えている。

だから全く共感出来ない訳ではない。

ただ、グランは。

「でもおれは、仮にあんたの立場に立っていたとしても、その道だけは選ばねえと思うな」

「…………」

「死は悲しいもんだ。ああ、二度と会えなくなる。それは、悲しいもんだ。泣きたくなる。後を追いたくなる。でも、だとしても、死んだそいつの覚悟を『嘘』に変えるのは違うだろうよ」

記憶がない筈なのに、珍しく饒舌《じょうぜつ》にグランの口はぺらぺらと回る。

「死に報いる方法は、きっとそんなんじゃねえ。もっと、尊いもんだ。誰かの生を犠牲にして生み出された二度目の生の押し付けなんかじゃねえ。……少なくともおれは、そいつの分まで、胸張って生きれる生き方をする事だと思う。どれだけクソで、消したい過去だらけだろうとな。まぁ所詮、綺麗事《きれいごと》である事は否定しないがな」

グランは知り得ない事だが、その言葉は、レッドローグにてアダムの前で誓いをこぼしたリクの血を吐くような叫びに、どこか似ていた。

死んだからには、理由があるのだろう。

誰かを庇《かば》って死んだ奴。

理不尽な不幸に見舞われて死んだ奴。

誰かの為に、命を捨てた奴。

世界には様々な人間がいる筈だ。

でも彼らは、どんなに悔いだらけでもたった一度の人生を泣いて、後悔して、足掻いて生きてきた。

そしてたった一回の人生だからこそ、身を切られるような思いでその選択を掴み取ってきた筈だ。

何物にも代えられない『覚悟』を以て、生き抜いた筈だ。そんな奴らが、多くの人間の犠牲の上で成り立つ仮初《かりそめ》の二度目の生を与えられて――果たして喜ぶのだろうか。

その為に、更なる犠牲を招く結果に見舞われるとして、果たして喜ぶのだろうか。

「……綺麗事だな。キミも、あいつも。虫酸《むしず》が走るような綺麗事をよくもまあ宣うものだ。……そして、それが正しいと信じて疑っていないその顔も、癪《しゃく》に障るね」

そう、これは綺麗事。

大事な人間との記憶一つ思い出せないグランだからこそ口に出来る綺麗事。

自覚があるから、グランは自嘲めいた笑みを自分の表情に軽く刻んだ。

「でもおれは、それが正しいと思ってる。そもそも、じゃなきゃこうしてお前と相対してないだろうよ。それにおれは、子供の頼み事には弱いんだよ」

――――お父さんを、止《助》めて《け》くれませんか。

研究者達に取り囲まれ、利用され、得体の知れない実験台にされ掛けていた少女の言葉。

何故、そこまで事情を理解しているのか。

どうして、グランが〝闇ギルド〟側の人間じゃないと思ったのか。

疑問符が浮かんだが、グランはその言葉に拒絶で応える事はしなかった。

何故なら彼は、子供の頼みには弱いから。

恐らく、記憶を失う前にそうなるに至るだけの出来事に見舞われていたのだろう。

「タソガレからの頼み事でもあるんだ。だから、止められないにせよ、せめて力を削《そ》ぐくらいしとかねえとな」

懐に忍ばせていた手を引き抜き、そのまま口元へと持っていく。

次の瞬間――――ガリ、と音を立てて何かを飲み込んだ。


――――〝過剰摂取《オーバードーズ》〟――――。


グランは本来、戦闘に特化した人間ではない。寧ろ、研究者側の人間。

だからその考えに至った。

足りないならば、補ってしまえばいい。

魔力が足りないならば、増やしてしまえばいい。身体への負担は計り知れないが、それでも限定的に魔力の限界値を、薬で取り払ってしまう。

それが、〝過剰摂取《オーバードーズ》〟。

「……ちょいと負担がでけぇが、そうも言ってられんだろ」

何処か呆れながら。

しかしそんな様子も一瞬。

眦《まなじり》を決してグランは言葉を紡ぐ。

意識は己の足下へ。

「──〝飛翔《タラリア》しろ〟──!!」

視覚化された呪詛《じゅそ》のように、文字列がグランの脚に絡みつく。

転瞬、その場からグランの姿が掻き消えた。

移動した先は、ロンの正面。

そして再び、グランは懐に手を忍ばせる。

──もう一度〝過剰摂取《オーバードーズ》〟だろうか。

ロンの思考に割り込むその可能性こそが、あえてわざわざグランが見せ付けるように披露してみせた一番の理由。

「──っ」

懐から取り出したのは小瓶。

器用に蓋を開けながら、毒々しい色に染まる中身をグランはぶち撒け、飛び退いていた。

「…………流石に、簡単には決まっちゃくれねえか」

魔法の力量は、ロンの方が圧倒的に上。

発動兆候を見せるだけで防がれてしまう。

多少の魔力量を上げたところで、時間稼ぎが少しだけ長く出来るようになる。

それが関の山だ。

だからこそ、油断を誘い、魔法以外のものでどうにかしようとしていたグランだったのだが、その不意打ちでさえも躱された事実に奥歯を強く噛《か》み締《し》めた。

「────毒、か」

ぶちまけられた小瓶の中身を浴びた場所は、容赦なく溶け始めていた。

〝毒王〟────タソガレ。

タソガレの下で過ごしていたグランだからこそ、毒の心得があり、毒の常備もしていた。

そして勿論のこと、

「ああ。そうだ。それは正真正銘、タソガレの毒だ。出来れば決まってくれると嬉《うれ》しかったんだがな」

見事に躱された。

直接浴びてくれれば文句はなかった。

けれど、ロンは見事に躱してくれた。

最低限だが、グランの予想通りに。

「正直、この環境で戦うのはあんまり好きじゃないからよ」

じゅわり、と未だに音を立てて煙を上げながら溶け続けるソコへ、グランは意味深な言葉と共に声をやる。

ロンの頭の中には妙な引っ掛かりが。

仮にも『大陸十強』。

〝毒王〟とまで呼ばれた人間が作り上げた毒が、こんなに生易しい訳がない。

グランが嘘を吐いている可能性もあるが、そうでなかった場合――――。

「さぁて、ようこそ――――」

ロンは危機を察知した己の本能に従い、展開していた影の刃を殺到させる。

加えて、グランがぶち撒けた正体不明の毒をどうにかしようとする。

だが、殺到させた筈の刃はロンの意思を無視し、的外れな方角へと飛来してゆく。

その結果に違和感を抱く最中、喜色に染まったグランの声がやって来た。

「――――歪みの世界へ」

ぐにゃり、とロンの世界が歪んだ。

この紫の靄に包まれた場所全てが、『夢』によるもの。

にもかかわらず、それすらも上回り、効果を齎している。

「……これ、は、神経に作用してるのかね」

魔法で上回った訳ではない。

これは単に、上回っているように見せ掛けているだけ。

瞬時にタネを看破したロンの洞察力の高さに、グランは嫌気がさす。

グランが〝過剰摂取《オーバードーズ》〟を使用した理由は、この歪みの世界での耐性を得る為でもあった。

片やまともな視界。

片や歪みに歪んだ視界。

この差は歴然だ。

状況的有利は最早、ロンにはないと言えるだろう。

「だが、それがどうしたというのだ。五感がままならないなら、攻撃対象を全てに変えてしまえばいいだけの話ではないのかね？」

ぱちん、と指を鳴らす音が一度。

直後、先程までとは比べ物にならない程の物量の影の刃が展開される。

上下左右。

文字通り、それは視界の悉《ことごと》くを埋め尽くす。

「……普通、そういう対処は出来ねえから想定してないんだけどな。ったく、化け物がよ……ッ」

仮にも〝毒王〟が用意した毒だ。

タソガレの毒が狂わせるのは視覚だけではない。聴覚もズレている筈だ。

恐らく、ロンの耳にはグランの声がすぐ側からのものに聞こえている事だろう。

なのに、即座に目だけではないと勘付き、全方位に攻撃を展開する。

その冷静さを前にして、やはりタソガレのロンに対する評価は間違っていなかったとグランは自覚させられる。

「だけどよ。その状態じゃ、これは防げねえだろ」

文字列が、大気に走る。

上書きでもするように、それはロンが展開した影の刃にまで侵蝕《しんしょく》を始め、呑《の》み込《こ》んでゆく。

〝古代魔法《ロストマジック》〟が防がれていた理由は、ロンの五感が正しく機能していたから。

〝過剰摂取《オーバードーズ》〟までしたグランの攻撃を無傷で防げる道理は、どこにもない。

――――出力強化――――。

割れるような痛みに耐えながら、グランは薬で無理矢理に拡大させた限界値へと足を踏み入れる。

支配。侵蝕。支配。侵蝕。支配。侵蝕。

数える事が馬鹿らしくなる程の凶刃の半数が瞬く間にグランの支配下に置かれる。

「さて。痛み分けといこうか、クソ野郎が」

今浮かべられる一番の屈託のない笑みを表情に刻み、グランは巻き起こった轟音と爆風の中で笑い叫んだ。


久しく感じていなかった明確な痛み。

歪む世界のせいでままならない感覚。

ゆっくりと遠ざかる意識の中で、ロンは思い返す。

結局一体、己はどうしたかったのだろうか。

復讐《ふくしゅう》は、考えた。

国に復讐をする事は、ロンも考えた。

だが、なまじ騎士であったが故に、国の命令に背けない騎士達の行為に理解が及んでしまった。

そして何より、娘と共に過ごしたあの場所だけは、壊したくなかった。

ならば、国を変えようか。

そう思ったが、仮に王を殺したところで娘は帰って来ない。

ただただ、虚《むな》しさが残るだけとしか思えなかった。

悩んだ。

何をすればいいのか。

何をすべきなのか、悩みに悩んだ。

そんな時だった。

ロンは、テオドールに出会った。

そしてロンは、彼の手を取り、娘の蘇生と引き換えにテオドールの望みに手を貸す事にした。

それが、ロンにとって正しい道であると信じて疑っていなかった。

失う物が最早何一つとしてないロンには、その道しか残されていなかったから。

だが、ある人物との邂逅でロンは迷いを抱く事になった。

その人物こそが、ヴァネッサ・アンネローゼだった。


『────ロンくんさ、ヴァネッサ・アンネローゼを監視してくれないかな』

『ワイズマン』の蘇生の為に必要不可欠な人間。だから、潜入に成功していると思っているであろうヴァネッサを、ロンが監視する事になった。

ヴァネッサ・アンネローゼは研究者としても優秀だった。

だから、即座に捕まえず、利用出来る最後の最後まで利用する方針だった。

そのせいで、多く関わる羽目になり。

そのせいで、揺らぐ羽目になった。

職務を放棄し、カジノに向かってチェスターの下を訪れていたのもそれが理由だった。

表向きは、ヴァネッサの行方を尋ねる目的。ただ本当は、彼女の言葉は、本当なのかと尋ねようとしていた。

だが、結局答えは得られなかった。

チェスターが、避けるようにロンの前に姿を見せようとしなかったから。


「──────……ならば、ワタシはどうすれば良かったというのだね」

案の定というべきか。

爆風に包まれ、砂煙が立ち込める中で当たり前のように声がやってくる。

「もし仮に、この虚しさを埋めてくれる『何か』がいつか訪れるとして、それが今、何の『安らぎ』になるという。何の『救い』になるという。そもそも、訪れる保証がどこにあるというのだよ？」

胸を張って生き抜いた結果が、今。

真っ当に生きた先に待ち受けていたのは地獄。

「ならば、人の恨みを買ってでも、己なりの『救い』を己の手で求める事こそが正しき道と思わないかね。そもそも、この世界は間違っているのだから」

迷う必要などなかったのだ。

ヴァネッサ然り、グランの言葉にも耳を傾ける必要などなかったのだ。

己と同じ境遇の人間ならばまだしも。

当時の娘と親しい人間ならばまだしも。

何も知らない人間の言葉なぞ、耳を傾けるに値しない。

「故に、ワタシの邪魔をするならば誰であろうと容赦はしない。礼を言っておこうか。お陰で吹っ切れたよ」

空間が、歪む。

先程までとは異なる兆候。

ヨハネスとの戦闘の際も執拗に『影』しか使わなかったロンが、『夢』を使おうとしている。

「耐性出来上がんの早すぎだろうが……ッ」

……これは、藪蛇《やぶへび》をしてしまったかと冷や汗を掻きながら、先のやり取りで少なくない傷を負っていたグランは防御に徹しようとして。

「…………っ、ま、ず」

このタイミングで〝過剰摂取《オーバードーズ》〟の副作用が襲い掛かる。

尋常でない痛みが頭に走り、身体がふらつきを覚えた。

そのせいで、一歩遅れてしまう。

その一歩こそが、致命傷。

「ではな。タソガレの犬」

急速な喉の渇きを覚えながら、グランは死を覚悟して――――しかし刹那、何もかもを遮るように、愉悦ここに極まれりと言わんばかりの弾んだ声音。

加えて、悲鳴や叫び声。

姦《かしま》しい音と共に天井が突如として崩落した。


「――――〝運命神の金輪《フォルトゥナ》〟――――！！！」

「〝賭け狂い〟、てめえまじで後で覚えとけよッ⁉」

「もうやだぁぁぁぁぁぁあ！！！　落下今日でもう二回目だよ⁉　ボク高いところ苦手って言ってるのに‼」

「命知らずにも程があるだろ！！！」

「二度とパーティー組まない。二度とパーティー組まない」

「あわわわわわ」

十八話　棺の中身

「……普通、ここは感謝こそすれど文句を言う場面ではないと思うのだがな」

ガネーシャが、文句しか口にしない俺達に視線を向けながら呟いた。

それもその筈。

元々俺達は、メアの案内のもと、ヴァネッサを捜す予定だった。

しかし、その予定はものの見事に狂った。

理由は単純にして明快。

道が変わっていたから。

考えればすぐに分かる話だった。

本来ダンジョンに存在しない道。

そんなものを創り上げる存在が、メアが逃げたという異常事態が引き起こった現状を前に、これまで通りの道を据え置きにする訳がないのだ。

恐らくは道を変化させたのだろう。

だから、俺達の予定は狂い、どうしようもなくなった。

残されたのは、己なりに道を探すか。

はたまた、その場で足踏みをするか。

それにあたり、ガネーシャが二手に分かれよう、確実な案内がないなら、纏まって動く理由もない。そう口にし、二手に分かれる事になった――そこまでは良かった。

問題はここからだった。

「……真っ先に〝古代遺物《アーティファクト》〟を使って足場をぶっ壊すのは、流石に予想外過ぎるだろうに」

散々に責められた後だったからだろう。

ガネーシャもガネーシャなりに気を遣ったのか、少し離れた場所で使用するという気遣いを見せてはくれたのだが、そんなものはこれっぽっちも関係がないと言わんばかりに効果が発揮された。

とどのつまり、全員がものの見事に巻き込まれた。

地盤が急に緩んだとでも言うべきか。

ひび割れる不穏な音と共に、俺達はそのまま落下する羽目になってしまった。

「だから、もう一度〝運命神の金輪《フォルトゥナ》〟を使ってやっただろう。そらみろ。全員無傷だろうが」

ぶくぶくと若干一名、メアが泡を吹いているように見えるが、どうやらガネーシャの視界には入っていないらしい。

ついでに、落下の際にオーネストがクラシアやメア達の下敷きになっていた事も見えていないようだ。

「……それで、よ。これは一体どういう状況だあ？」

身体についた砂を払いながら、オーネストは目を細める。

むせ返るような死臭が真っ先に鼻についたが故か、オーネストの声音は強張《こわば》っていた。

「見るからに怪しそうな外套男に……あれはカジノにいたちょび髭か？」

オーネストが荒稼ぎをする前に、周囲の視線と話題を掻《か》っ攫《さら》っていた正体不明のちょび髭。

　だが、カジノで出会った時とは雰囲気がまるで違っていた。

　研ぎ澄まされた鋭利な刃のような空気を纏っており、無差別に殺気を撒《ま》き散《ち》らしている。

　間違っても、オーネスト相手に頰を痙攣させながら半笑いで「ありえん」などと口にしていた人間と同一人物には見えなかった。

「穏やかじゃないな」

　壊れた何かの残骸。血塗《ちまみ》れの肉塊。

　凄絶な破壊痕。血を流す、二人の男の姿。

「――――く、は、は……ははは」

　突然、昏の隙間から溢れる乾いた笑い声が鼓膜を揺らす。

　その音の出どころは、ひどい頭痛に耐えるように、左手で頭を押さえる外套の男。

「まさか、五人のうちの一人がお前だったとは。流石のおれも、こうなる未来は想像出来なかった。ヴァネッサ・アンネローゼのやつも、予想出来まい。万が一の保険のせいで、己が妹をこんな場所に引き寄せてしまう、なんてのはな。まぁいい。ここまで来ちまったなら、あいつには悪いが利用させて貰おう。いや、利用する以外に道はないんだ」

　ひとりごちるように、ぼそぼそと呟く外套の男の声は鮮明には聞こえない。

　彼の声よりも、未だ断続的に続く崩落の音の方がよっぽど大きいから。

　やがて、晴れゆく不明瞭だった視界の中で響く声音。

「……〝嫉妬《ブックメーカー》〟ではないのだね。いや、妙な偶然もあったものだ。カジノで偶然出会った顔とこんな場所で再び、出会う事になるとは。だが、ワタシの邪魔をするというのであれば、誰であろうと――――」

この剣呑とした場にあまりに似つかわしくない穏やかな声音で言葉が告げられる。

だが、それも途中まで。

先の落下で意識を飛ばしたメアの下へ視線を向けたロンの言葉が不自然に止まった。

「メ、ア……？」

まるで、幽霊でも目にしたかのようにどこか呆《ほう》けたような声音。

言葉にこそされていなかったが、その態度は信じられないと告げているようなものだった。

そして、続くちょび髭男――――ロンの反応に、その驚愕の感情は俺達にまで伝播《でんぱ》した。

「いや、違う」

「…………は？」

瞳の奥に、明確な拒絶の感情が湛えられる。

間違っても、娘に対するものではなかった。

次の瞬間、ロンの姿が掻き消える。

まるで、初めからその場にいなかったかのように。

「姿形はメアだが、違う。これはメアじゃない。これは、ワタシの娘ではない。ならば、キサマは一体誰だ？」

場面が無理矢理に差し込まれたかのように、ロンの姿が目の前に現れる。

そして、姿を覗かせる闇色の刃。

振るわれた凶刃に対して、俺は反射的に〝古代遺物《シュヴァルト》〟を差し込み、防御。

「……ッ、ぐっ、メアを連れてここから逃げろッ!!　ヨルハ!!　クラシア！！！」

凄絶な衝突音と共に得物を伝って痺れがやってくる。

だが、音の割に衝撃の威力が少なく感じた。

その訳が、俺の発動と同時に展開された目の前の見えない壁のような盾であると見抜いた上で、俺はそれを展開した張本人であろう人間――――外套の男を一瞥した。

「気にするなよ。敵の敵は味方、って言うだろ」

――――〝古代魔法《ロストマジック》〟。

しかも、無音かつ無拍子での発動。

恐るべき練度だった。

ただ、その発動兆候や癖に覚えがあった。

微妙に異なっているが、彼の動きはリクによく似ている。面影が、どうしても重なる。

その間に、新たな影――――オーネストが割り込み、顕現させた〝古代遺物《アルマレステカ》〟を用いてロンに向けて刺突を一度。

「あ？」

しかし、その刺突は防がれることはなく、そのままロンの身体を素通りした。

まるで、実体ではなく幽体であるかのように。

そしてそのまま、槍から抜け出したロンは、右上上空に身体を躍らせて脚撃を繰り出す。

その動作を前にして、オーネストは手首の動きだけで一瞬で槍を旋回し防御を試みる。

間一髪間に合う防御。

轟く衝突音。

しかし、直後、ロンの力任せによる一撃によってオーネストが力負けをし、身体は後方へと大きく蹴り飛ばされた。

「……くそ、がッ。一体どう、なってやがる……‼」

先程は槍を通り抜けた実体のない身体。

だが今は、ちゃんとした実体として蹴り飛ばしてきた。

全くもって意味が分からない。

オーネストの疑問は尤もなもので、俺でもその現象は不思議極まりなかった。

「……魔法、なんだろうが訳がわかんねえッ。それに、なんだあの馬鹿力はよ……‼」

「……〝影魔法〟の応用、にしても、系統が違い過ぎると思う。〝古代魔法《ロストマジック》〟でも、ない」

思考を巡らせ分析する。

俺の知識が足りていない〝影魔法〟関連かと考えたが、それにしても系統が違い過ぎる。

これは、幻惑系統の魔法だ。

……ならば、こいつはロン・ウェイゼンではない……？

だが、ロンでないならばあれ程露骨に、過剰な反応をメアに見せる筈がない。

堂々巡りだ。

どうしたらいいのか。どうすべきなのか。

何をどこまで信じるべきなのか。

「────なあ、お前ら。目的は同じ。だから、共闘しようぜ。なんて、本来は言いたいところだったんだが、お前らにはやる事があるだろ。それに、見ての通りコイツは普通じゃない」

最中、よく分かっただろと指摘をするように、外套の男から言葉がやってくる。

そのまま、連続して魔法の発動。

四方を覆うようにロンの周囲で結界が展開。続けざまに見たこともない魔法――――視覚化された呪詛のような文字列が、紫の靄に紛れて漂っていた毒々しい何かと混ざり合い、ロンへと襲い掛かる。

恐らく、魔法攻撃だけは有効なのだろう。

オーネストの攻撃に目もくれなかったロンの表情に、皺が刻まれていた。

「やっぱり貴方は」

言いかける。

でも、頭の中に渦巻いた疑念をどうにかする前に、外套の男の言葉が続けられたせいで遮られてしまう。

「そんでもって、おれの場合は一人の方が色々とやり易い。だからコイツに構わず、お前らは遠慮せずに先へ行けよ。特別に相手を引き受けといてやる。それと、」

――――ヴァネッサはこの先にいる筈だ。

最後の言葉は、ロンに聞こえないようにと考えたが故の配慮か。

唇の動きだけで伝えられた。

ロンに真正面から「娘でない」と否定をされたメアの事については気になる。

だが、今はヴァネッサが優先だ。

この先にいるのであれば、言う通りに追いかけるべき。

けれど、この状況を見るに外套の男の劣勢は火を見るより明らかだ。

決して少なくない血を流しており、喘鳴《ぜんめい》が途切れ途切れに聞こえてくる。

何故、ヴァネッサの手助けをしたのか。

何故、ロンの足止めをしているのか。

疑問だらけだが、今の外套の男の様子を見るに、この状況を打開出来るだけの何かを隠し持っているようには見えない。

だから、彼の言葉に従った場合、恐らく十中八九、グラン・アイゼンツの可能性が高い外套の男は命を落とすだろう。

何かしらの事情故に、譲れないのか。

はたまた、俺達を欺いているが故にこの行動に至ったのか。

彼に対する情報が不明瞭過ぎるが為に分からない。でも。

「オーネスト」

「あいよ」

——なら、ここからは二手に分かれよう。

そう口にするより先に、オーネストからの返事が来た事に若干驚いてしまう。

でも、お前の考えそうな事は分かンだよと言わんばかりの半眼で見つめられた事で、俺はたまらず苦笑いを浮かべてしまう。

「……何年の付き合いだと思ってンだよ。てめえの考えてる事くらい分かるっての。だが、あの化け物を二人で止められンのか？」

視線の先では、外套の男が行使した〝古代魔法《ロストマジック》〟がどういう原理か自壊を始めていた。

忌々しげに鳴らされる外套の男の舌打ちが、意図した自壊でないと証明しており、本来であれば盤上不敗の一手とも言える〝古代魔法《ロストマジック》〟が、足止めすら満足に出来ていない。

「無理だろうな」

即座にそう返事をしたのはガネーシャだった。

「わたしが知る限り、ロン・ウェイゼンは『天才』の類の人間だ。しかも、騎士としての経験値も計り知れない。相手にするともなれば相応の犠牲を払う必要があるだろう。だが、それだけならお前ら二人で問題はなかった筈だ。そもそも、あの外套の男一人でどうにかなっていただろう」

「……何が言いてえよ」

「問題は、あいつが使っている魔法だ。恐らくは、禁術指定異端魔法。それも、その中でもとびきりの『最悪』────。だから、オーネスト・レイン。お前ではなくわたしが残ろう。何より、気にいる事がある」

「ぁあ？」

二人で止められるか否かを問うた理由は、オーネスト自身が手を貸してくれようとしていたからだろう。

ガネーシャもまた、その意図を見抜いた上で言葉を告げていた。

「物理特化のお前と、魔法特化のあいつでは相性が悪いと言っている」

そこまで言ったところで、喉を鳴らしながら外套の男がクハ、と笑った。

やがて、その笑いは苦笑に変わる。

「……先に行けって言ってるのが聞こえないのかよ」

「聞こえてる。聞こえてるが、二手に分かれてここでコイツを足止めしておく方が効率的だ。それに、敵の敵は味方であるが、敵を殺す為に敵の敵を囮に使う可能性もゼロではあるまい」

だから、オーネストの代わりに残ると口にするガネーシャだが、俺からすれば彼女の能力は未知数だ。

確かに、魔法使いの土俵において物理特化のオーネストが勝負を挑むことは圧倒的な実力差がない限り無謀に等しい。

とはいえ、ガネーシャの言っている事は正しいが、運任せな戦闘スタイルの彼女よりはオーネストの方がずっと――――。

そこまで思ったところで、思考を遮るようにガネーシャの声が続けられた。

「特に、今日のわたしは運が良いんだ。言っただろう。ツイていると。それも、相手が『夢』であるなら抜群に」

――――パキ、リ。

そんな音と共に、細氷が幻視される。

目の前で舞い散ると共に、ひゅぅ、と冷気を伴う風が吹き抜けた。

「足止めが目的ならば、わたしほど適任な人間もいまい」

フィーゼルに所属するSランク冒険者。

その中でも訳ありが集うパーティー〝ネームレス〟、最後の一人。

「一応言っておくが、わたしの氷は少しばかり寒いぞ」

ガネーシャがロンに向かってそう告げた直後、大地に氷が恐るべき速度で走り、広がると共にソレは俺達の世界をいとも容易《たやす》く氷原に染め上げた。

オーネスト達と俺達を分けるように、氷の壁さえもが生まれていた。

「……は。運に頼る必要なんて、どこにもないじゃないか」

思わず本音が漏れる。

魔法師である俺からしても、その才能は圧倒的だった。

魔法陣の高速展開。

有無を言わせぬ間に、自分の土俵へ引き込んだ。

その実力は、Sランクに相応しいの一言。

少なくとも俺は、〝運〟なぞに頼る必要のない確かな実力を彼女は持っていると思った。

「違うな、アレク・ユグレット。いくら強かろうと、いくら経験を積もうと、いくら小賢《こざか》しかろうと、〝運〟がなければ死ぬ時は死ぬ。そういうものだ。だから、自虐こそしていないがわたしはわたしの魔法に絶対の信を置いていない。何故なら、魔法の実力は〝運〟に劣るものと考えているからら」

否定をされる。

それは、明確な拒絶であった。

過去に何があったのか。

詮索をする気はなかったが、ここまでの実力を持った人間が己の実力を過信するどころか全く信用していない理由とは一体何なのだろうか。

「余所見《よそみ》をするな。死ぬぞ」

意識がロンから逸れた瞬間、ガネーシャからの言葉と同時に氷が席巻した場所から、殺意と共に異形と形容すべき槍のような矢が飛来する。

反射的に身を翻し、回避を試みるも、恐るべき速さで肉薄したソレは頬を掠《かす》め、火傷のような熱さが走った。

「泣けよ、震えよ、ひれ伏せよ――――」

地獄の底から聞こえてきたかのような、地を這《は》うような低い声音。

疲労らしい疲労も、焦燥も、感情の熱さえも、何も感じさせない平坦《へいたん》な声だった。

だからこそ、余計に気味が悪い。

魔法とはそもそも、詠唱を必要としない。

だが一部の魔法使いは前口上を述べる。

それは偏に、イメージの明確化。

魔法とは一言で表すならば、イメージの具現である。

故に、使い辛い大魔法の場合、このように詠唱のような前口上を述べる人間も少なくない。

凍《い》てついた場所から聞こえてくる声音が、こんなにも恐ろしいと感じる事は後にも先にも、もうないだろう。

「――――〝悪夢の具現《トラウマレプブロ》〟――――!!」

「―――〝天蓋星降《ステラカーテン》〟―――!!」


恐ろしかった。

故に、手にしていた〝古代遺物《アーティファクト》〟の換装という動作は、頭で考えるより先に行動に移された。

影色に染まった大きな手が、鋭利な爪を伴って地面から這い出てくる。

同時、影色の騎士と思《おぼ》しき物が複数召喚。

魔法を幾ら打てど、消滅しなかったあの怪物とよく似たそれは、警戒心を引き上げるには十分過ぎる代物だった。

直後、〝古代遺物《ステラティオ》〟によって生み出された星々のような光が、言葉もなく降り注ぐ。

さながらそれは――――〝飛来する隕石《メテオ》〟。

大地を抉り、穿《うが》つそれは、生み出される影色の怪物の粉砕には至らないものの、確実に行動を制限してゆく。

故に、彼の狙いであるメアにまで攻撃を届かせない事に成功する。

「先に行け、オーネスト!!」

「しゃぁ、ねえか……ッ!!　先に行っとくぞ!!!」

「………チ」

ぐにゃりと空間が歪む。

変貌する光景。

しかし、その先を読むかの如き速度にて、氷原が侵食され始める。

「たく、強《つえ》えやつが二人もここに残ってどうするよ……!!　だが、助かったのも事実、か。なら、悪《わり》ぃが付き合って貰うぜ。ヴァネッサ・アンネローゼが恐らく生命線である今、あいつを行かせる訳にはいかねーんだ」

そして、外套の男による〝古代魔法《ロストマジック》〟。

〝古代遺物《アーティファクト》〟に、大魔法と、最早、大技のバーゲンセールだ。

しかし、それでも攻め切れない。

決定打が生まれない。

寧ろ、そこまでして漸く時間稼ぎらしい時間稼ぎとなっている。

その事実に顔が歪んだ。

「……そこの男。聞きたい事がある」

「いいぜ。おれに答えられる事ならなんでも答えてやる。ただし、あいつの足を止められてる『今』限定だけどな」

「十分だ。では、あの子供は、本当に『メア』か?」

「それは、どういう事だ?」

てっきり、直前の「生命線」という男の言葉について尋ねるとばかり思っていた。

だが、そういえばその前にガネーシャは気になる事があると言っていたことを思い出す。

「気になっていたのは、あの少女の記憶の失い方についてだ。かつてわたしは、〝心操魔法〟と呼ばれる異端魔法の使い手に出会った事がある。メアと名乗ったあの少女の記憶の失い方は、〝心操魔法〟を使われた人間のソレだった。記憶の欠落というよりあれは、記憶を無理矢理に消されたが故の症状とよく似ていた」

「……随分と、周りが見えてるな」

〝心操魔法〟とは、端的に言い表すならば、精神的な効果を齎す魔法のひとつ。

使い方は様々で、他者に用いる場合もあれば、己自身に使用し、「思い込ませる」事で自己の強化を施す用途もある。

だが、通常の魔法とは異なり過ぎるが故に〝異端魔法〟と呼ばれていた。

「……記憶を無理矢理消したのか？　いやでも、どうして。何の為に。いやそもそも、記憶を封じ込む事なんて、」

そこで俺の言葉が止まる。

俺の記憶の中に、それが出来る人物がいたから。

研究者と呼ばれる者達――――錬金術師。

彼らならば、多少の記憶を封じ込む事くらいならば可能であった筈だ。

状況からして、それを行った人物はヴァネッサ・アンネローゼだろう。

もし仮に。

仮に、あれがメアではなく、『ワイズマン』なのだとしたら。

仮に、メアであり、『ワイズマン』でもある存在であったならば。そのように判断出来てしまった理由は兎も角、ロンがああして拒絶した事に説明がついてしまわないだろうか。

「……そうだ。ヴァネッサ・アンネローゼが記憶を飛ばした。だがあれは仕方がなかった。誰が想像出来るよ。『ワイズマン』と書かれた棺の中に、あんな少女がいるなんてことはよ」

十九話　〝ブックメーカー〟

「……だけど俺は、あの子が演技をしているようにはとてもじゃないが見えなかった」

父を止めてくれ。

そう告げたあの悲鳴のような言葉は。

慟哭のような懇願は、俺には演技に見えなかった。

正真正銘の本心だと思った。

でなければ、俺達もメアの言葉を馬鹿正直に信じ、手を貸そうと考える事はなかっただろう。

「そうだ。それが問題なんだよ。だから、これはおれの考え過ぎであると思っていた……が、あいつのさっきの反応からして、『無関係』である可能性は殆どゼロに変わった」

となると、可能性として『ワイズマン』が彼女自身に絡んでいる確率が極めて高い。

どうにか出来る人間は、その原因である〝賢者の石〟に精通した者だけだろう。

……成る程。

だから、ヴァネッサが生命線なのか。

「……説得の線は」

「無理だな。そもそも、それが通じるなら今おれは血を流してすらいねえよ」

メアが利用されていると知れば、ロンを抑え込めるのではないか。

メアの本心を伝えれば。

そんな考えが浮かんだが、「論外だ」とでも告げるように、外套の男に一蹴されてしまう。

「……あの様子だと、あの少女を引き合いに出すだけ無駄だな。寧ろ、余計な怒りを買うだけだろう」

ロンがメアをメアとして認識していない以上、メアの想いを伝える行為は火に油を注ぐ事と何ら変わらないとガネーシャが言う。

ならば、残された手段は一つだけ。


力尽くで止める。


これに収束してしまう。

だ、が。

「……倒せるのか。あれを」

「さぁな。だが、倒せないにせよ、最低でも足止めをしなくちゃいけないなあ？」

らしくない弱音が無意識のうちに俺の口を衝いて出た。

理由はどこまでも単純明快だ。

外套の男が与えた傷。

先の攻撃によって加わった傷。

万象一切を凍らせる威力で放たれたガネーシャの氷撃。

たとえ、相当な手練れが相手であっても、致命傷に近いダメージを与えていた筈だ。

なのに、視界に映り込むロンは、視界を覆い尽くす氷を影色の何かで侵蝕させながら、何事もなかったかのように歩き始める。

それだけならば良かった。

何もかもが、まるで「夢」であったかのように無傷に変わっていなければ、ここまでらしくない弱音を俺が吐く事はなかっただろう。

「……とは言ったものの、流石に〝夢魔法〟。禁術指定になるだけあって、聞きしに勝る悪辣さだな」

ガネーシャも既に口にしていたが、外套の男の言葉のお陰で、理解する。

これが、〝異端魔法〟の中でも特に「最悪」と名高い禁術指定魔法――――〝夢魔法〟。

言ってしまえば、ロンは「其処《そこ》に在る」と思い込む事で、妄想を現実に投影させている。

とはいえ、ここまでなら幻術と同じだ。

だが、『夢《ユメ》』は、根本的に違っている。

アレは、己の願望を現実に昇華させるもの。

幻術のように、「在るように見せている」のではなく、実際に其処に在るのだ。

だから、ひどくタチが悪い。

故に、思い込みさえすれば、身体の傷すらも「なかった事」に出来てしまう。

故に、どう足掻いても、正面から勝負を挑んで勝てるビジョンが浮かばなかった。

ただし、その対価として莫大《ばくだい》な魔力を必要とする。

勝ち筋があるとすれば、相手の魔力の枯渇だけだろう。

ただ、その欠点を知っているからこそ、違和感があった。

ロンの魔力の残量に、微々たる変化すら生まれていないのだ。

考える。

その種は。仕掛けは。

一体、何なのだろうか。

思考を巡らせる事、数秒。

外套の男がロンを〝怠惰〟と呼んでいた事を思い出す。

幸か不幸か、俺は〝名持ち〟と呼ばれる人間と既に出会い、そして実際に戦った。

フィーゼルダンジョン〝ラビリンス〟で出会った〝憤怒《ふんぬ》〟と呼ばれる男は行使していたではないか。普通の魔法とは異なるあの────。

「…………、っ、〝呪術刻印〟、か」

答えに、たどり着く。

かつて見た〝呪術刻印《ソレ》〟は、単に攻撃の手段でしかなかった。

だから、無意識のうちにソレは攻撃の手段なのだと可能性の幅を狭めてしまっていた。

けれどもし、そうでないならば。

〝怠惰〟と呼ばれる〝呪術刻印〟が、魔力量の上限という名の枷を外すものである可能性は十分にあるのではないか。

詳細は分からない。

分からないが、物凄く嫌な予感がした。

そんな時だった。

────どくん。

不意に、心臓が大きく脈を打った。

続け様に、ざりざりと音を立てて思考にノイズが走る。

覚えのない痛みと違和感に俺は顔を顰め————俺ではない誰かの記憶が強引に俺の頭の中に割り込んで侵蝕を始めた。

鮮明に映り込んだ光景は、多くの人間の侮蔑の眼差し。堆《うずたか》く積み上げられた屍体《したい》。黒く濁った鮮血。篠突《しのつ》く雨が降る、夜の景色。

そこから始まる胸を締め付ける記憶の数々。

誰のものかも分からない心象であり、誓いという名の杭《くい》を己に打ち付けた誰かにとっての、原風景であった。

これは————一体なんだ。

一体、なんの。誰の、記憶だ？

疑問を抱いた直後、誰に言われるまでもなく本能的に理解する。

遅れて、流れ込んでくる記憶が教えてくれる。

これは、ただ家族との平穏を願った男が、珍しくもない惨劇《悲劇》に巻き込まれ、世界に斬り捨てられたかつての鈍色《にびいろ》の景色なのだと。

実際に味わい、感じた記憶でないにもかかわらず、悪意と敵意が濃密に絡みついてくるような不快感を前に、俺は堪らず、胃に溜まったもの全てを吐き出してしまいそうになった。

どうしようもなく不快で、心地が悪くて、シャットアウトしたくて、どこまでも悲しい記憶だった。

「————ッ、ぅぐ」

「……どうした、アレク・ユグレット」

鮮明に喚起される惨状が否応なしに網膜に焼き付けられてしまった俺は、口元を押さえ、胃の内容物の逆流を防ごうとする。

そんな俺の行動に、ガネーシャが気付いた。

目尻に涙が滲む。

どうしてこんな記憶《異物》が俺の頭の中に混ざり込んできたのか。

原因は不明だが、こんな状況で不安を煽る事はしたくなかった。

「なん、でもない。気にしなくていい」

……ロンの仕業だろうか。

一瞬、そんな思考が俺の頭の中を支配する。

だが、ガネーシャや外套の男までもが俺と同じ現象に見舞われた様子は一切なかった。

肝心のロンは——まるで能面を被っているかのような無感情の貌《かお》で此方を射貫いている。

感情が、全く読めない。

だから、気にしないようにしよう。

そう割り切ろうとするが、先の記憶が俺の中でべったりとへばりついて離れない。

どころか、スライドショーのように場面が移り変わる。

次から次へと、記憶が移り変わる。

時間にして数秒にすら満たない時間。

しかし、俺の中では数分以上もの濃密さで以て脳裏に映し出される。

そして、破鐘の悲鳴によって全てが黒く塗り潰されて——謎の回顧は終わりを告げた。

ロン・ウェイゼンという男の生き様をまざまざと見せつけるだけ見せつけて、終わりを告げた。

ただ、妙な違和感があった。

吐き気は治った。

だが、焼けるように両の目が痛かった。

「——……〝魔眼《レジエレ》〟、だと」

無感情だったロンの貌が、呆ける。

まるで、信じられないものでも目にしたかのような表情で、馴染《なじ》みのない単語が彼の口から溢れでた。

ロンのその発言の意図。

行動の理由は気になる。

だが、それよりも今は彼を止める事が最優先だ。幸いにして、先の回顧のお陰でロンの〝呪術刻印〟のカラクリは凡《おおよ》そ理解した。

同時に、〝夢魔法〟との戦い方もまた。

〝異端〟と呼ばれる魔法とはいえ、それは結局、突き詰めればどこまで行っても〝魔法〟でしかない。

ならば、使えない道理はない。

ここに残ったのが、俺で良かった。

実力的な問題ではなく、相性問題。

きっと、俺も残っていなければ、ロンを止める事は叶わなかっただろうから。

だから俺は、馴染みのある魔法を紡いだ。

遍《あまね》く事象を凍らせる氷を扱うガネーシャ同様、『夢』にとって天敵とも言える魔法、を。

「────〝反転魔法《リフレクト》〟────」

＊＊＊＊

「それで、どうするつもりだお主」

ところ変わって、メイヤードに位置するある場所にて、妙齢の和装女性──カルラ・アンナベルは、ヨハネスに言葉を投げかける。

「どうするもこうするもねえだろ」

そもそもの話。

ヨハネスは、ヴァネッサ・アンネローゼと違い、〝賢者の石〟の一件を嗅ぎつけてメイヤードに滞在していた訳ではない。

そして本来、ロン・ウェイゼンを追っていた訳でもない。

ヨハネスがメイヤードにいる理由は、正真正銘、己の息子であるアレク・ユグレットの為。

感性が善人であるヨハネスは、〝賢者の石〟生成という狂行に見て見ぬふりが出来ず、加えてカルラが〝賢者の石〟に拘《こだわ》ったからこそ、調べていたのだが、当初の目的は全く異なっていた。

「連中に、アレクの〝魔眼《レジエレ》〟がバレる前に対策を打つ。アリアと同じ末路を辿らせる訳にはいかねえ。封が剝がれ掛けてる以上、おれにはこうする以外にやってやれる事がねえ」

〝魔眼《レジエレ》〟とは、限りなく〝固有魔法《オリジナル》〟に近く、限りなく〝呪術刻印〟と酷似しているもの。

そして、過去にそれを持ち合わせ、扱えた人間はここ百年遡っても一人だけ。

アリア・ユグレット一人だけであった。

ユグレットとはそもそも、〝魔眼《レジエレ》〟を持つ一族。

ただし、あくまでそれは、数百年単位で前の話。最早風化した話でしかなかったのだが、つい最近、それが覆された。

所謂《いわゆる》、〝先祖返り〟と呼ばれる体質であったアリア・ユグレットの存在故に。

そして、アレク・ユグレットはその血を色濃く受け継いでいる。

本人に自覚はないが、適性に恵まれた魔法、その全てを驚異的な速さで習得していた理由がそこに詰め込まれていた。

ただ、それでもまだ『天才』という域に収まっていた理由は、アリア・ユグレットが「封」をしていたから。

己がそれ故に命を狙われる事になったと知っていたから、生前にアリアはアレクに封を施した。

しかしその封も、二十年近い時を経た事で殆ど解けかかっている。

アリアだけが特別だったという前提が崩れかけている。だから、再び封を施す為にヨハネスはメイヤードへとやって来ていた。

「……あの日おれは、アリアを止められなかった」

エルダス・ミヘイラが巻き込まれたあの時。

あれは決して、偶然起こった出来事ではない。ある意味、必然的に起こった出来事だった。

連中の目的は〝神降ろし〟であり、エルダスであり、そして、アリア・ユグレットの〝魔眼《レジエレ》〟であった。

アリア・ユグレットの持つ善性を見抜いた人間からすれば、「無関係な」人間を彼女の目の前で巻き込む事ほど有用な手段もなかっただろう。

彼女の性格を考えれば、間違いなく見て見ぬふりは出来ないから。

引き起こされた原因に己がいた場合、もうどうやっても止められない。

「今でも後悔してる。だが、あの時は……あれが、最善だった。そう、思ってる」

エルダス・ミヘイラを助けられた。

最悪の事態も避けられた。

その時の傷が原因でアリアは命を落とす事になったが、それでも、これが最善であったと納得していないと一目で分かる表情で、苦々しげにヨハネスは告げる。

「だから、アリアの分までおれが面倒を見てやらねえといけねえだろ」

アレクの傍を――――ガルダナ王国をヨハネスが後にした理由は、決してアレクの世話になりたくなかったからではない。

〝魔眼《レジエレ》〟の封が解けかかっている事に気が付いたから、ヨハネスは国を出た。

アリア・ユグレットの代わりに、封を施せる人間、もしくは、代わりとなる魔導具を探していた。

故に、ヨハネスはメイヤードにいたのだ。

そして今、この混沌《こんとん》下にある中で、多くの人間の悪意と思惑が入り混じる中で、封を施せる人間の確保に急いだ。

ロンは、ヨハネスがロンへの私怨、もしくは〝賢者の石〟を阻止する為に動いたと捉えていたが、そうではない。

本当は、〝賢者の石〟の生成にあたって攫われていた人間の一人に用があった。

場所が不明だった為に、その場で何ヵ月も足踏みをさせられていたが、ヴァネッサからの手紙を始めとした手掛かりの事もあり、漸く辿り着いた。

だが――――。

「だから、どうするもこうするもねえんだ。おれがやる事は何も変わんねーよ。たとえ手掛かりが死んでいたとしても、おれは次の手掛かりを探すしかねーんだ」

目の前には人間だった〝ナニカ〟が転がっている。

〝ナニカ〟と形容した理由は、その屍体がただの屍体ではなかったから。

心臓をくり抜かれ、体内にある筈の血液、その大半を失っていた。

言うなれば、ミイラに近い。

「……ただ、こうなってくるとアレク達が心配だ。だから、」

そんな屍体が複数存在していた。

何かが起こっている。

だからと、足を動かし、行動を再開しようとするヨハネスであったが、

「〝魔女〟？」

カルラが足を止めていた。

視線は、足下へ。

黒ずんだ血で描かれた斑《まだら》模様のナニカを注視していた。

「ヨハネス」

「……悪いが、無駄話は後にしてくれねーか。見ての通り、時間が」

「お主は一度、〝闇ギルド〟の頭領を見ていた筈よな。特徴をもう一度教えろ。それと、名前もだ」

「……。理由を聞かせろ」

カルラが意味もなく、そんな事を言う人間でないのをヨハネスはよく知っている。

寧ろ、彼女は無駄をとことん嫌う人間だ。

だから、ヨハネスもまた、足を止めた。

「妾の、古い友人が関わっている可能性がある。……否、関わっておる。断言してもよい。間違いなく、この一件に関わっておる」

魔法陣とも、錬成陣とも程遠い斑模様で何が分かるのだろうか。

一瞬、頭に浮かんだその感想を飲み込みながら、ヨハネスは眉間に皺を寄せた。

「……二百年近く前にいた友人の一人が、こういったものをよく使っていた。所謂、〝古代魔法《ロストマジック》〟。その、更に原種《オリジナル》よな」

普通の魔法と、〝古代魔法《ロストマジック》〟の違いとは、とどのつまり、「魔法陣」を使うか否か。

この一点に帰結する事だろう。

最近は、魔法陣を用意するという最適解が生まれてしまっているが、一昔前までその最適解は存在していなかった。

存在していた最適解は、魔法陣の代わりに文字を用いる発動方法。

グラン・アイゼンツの使用方法こそがその典型的な例と言えるだろう。

「ただ、これはあやつではない。あやつにしては粗末に過ぎる上、あやつは既に生きていない」

カルラの古い友人とはつまり、『大陸十強』。

その人間が用いていた魔法を使っているということはつまり、同類である可能性が高いと言いたいのだろう。

カルラは、〝闇ギルド〟の頭領が『大陸十強』である可能性が高いと言っているのだ。

「……餓鬼だった。眼帯をした、餓鬼だ。名前は、テオドールって呼ばれてた。魔法は、わりぃ。殆ど見てねー。というより、使う魔法その全てが、ありふれたものしか使ってなかった」

相手に情報を与えたくなかったのか。

はたまた、それしか使えなかったのか。

分からないが、少なくとも特徴的な魔法を行使する姿をヨハネスは目にしていない。

「手札を見せたくない、と以前までは捉えておったが、恐らく違う。単純に、使えなかったのであろう。妾と同じ、〝呪われ人〟であるから。その上で、あやつの魔法を見ていて、模倣出来るような人間となると、限られるよな」

「……あやつ？」

「お主も噂くらいは聞いた事があろう？　罪人達の監獄である『獄』を作り上げた張本人よ」

「……本当に存在したのか」

「存在しておる。もっとも、『獄』という名の檻《おり》を作り上げた人間は妾をして、『天才』と言わしめる程の人物であった。アレが都市伝説の類になる理由もよく分かる。なにせ、アレの存在は徹底的に秘匿されていた故にな。存在を意図的にバラさない限り、露見のしようがないわ」

檻であるならば、投獄する人物が必要だ。

恐らく、信頼出来る一部だけが知っているのだろう。

「ただし、例外が一つだけ。あやつの魔法を知っている人間ならば、こじ開ける事は不可能ではない。ただし、あくまで不可能ではないというレベルであるが。そして、それをしでかす可能性と、それが出来るだけの技量を持ち合わせた人間を、妾は一人だけ知っておる」

相手は、『大陸十強』。

カルラがここまで言うのだ。

勘違いの線は薄いだろう。

〝闇ギルド〟の名持ちを相手にするのとは訳が違う。

同時に、ヨハネスとアリアという腕利きが二人いて尚、完全には止められなかった理由が判明する。最後まで得体の知れなかったあの少年の皮を被った存在が、『大陸十強』ならば全てに合点がいく。

自らの意思で表舞台から姿を消したとはいえ、国がはじまって以来の「化物《ヨハネス》」と。

天稟《てんぴん》や天賦の才という言葉すら生温《なまぬる》いとまで言われ、多くの天才に認められた正真正銘の〝怪物〟――――アリア・ユグレットがいて尚、エルダスを助け出す事が精一杯であったかつての記憶。

仮に、腕利きが二、三人いたところで焼け石に水だ。それが無謀である事はヨハネスが一番、身をもって知っている。

……やはり、アレク達が危険だ。

懸念がヨハネスの頭の中を支配する。

そんな中、カルラがテオドールと呼ばれていた男の正体を告げようとして、

「名を――」

「……オィオィ、本当にいるじゃねえか。あの無精者で引き籠もりな学院長が出歩いてやがるよ」

聞き覚えのない声が鼓膜を揺らした。

否、メイヤードに本来いる筈のない声だったが故に、聞き覚えがないと反射的にカルラの頭は認識したのだ。

ヨハネスが知らずとも、カルラはその声の主を知っていた。

何故なら彼らは、魔法学院の卒業生であったから。しかも、オーネスト達のような問題児であって。

事実、こうして驚いていなければ彼の失礼極まりない物言いに対して、拳骨《げんこつ》の一つもくれてやっていた事だろう。

「……レガス・ノルン、か？」

記憶が確かならば、かつて教師を務めたローザ・アルハティアが赴任したレッドローグに彼らは拠点を構えていた筈だ。

ローザが魔法学院を後にする際、そういった話をしていたからカルラはそれを思い出す。

しかしだからこそ、解《げ》せないとばかりに眉根が寄った。彼らは何故、ここにいるのか。

「俺の名前を一発で当てるあたり、偽者って訳でもなさそうだなァ？　オイ、ライナー。見つけたぞ」

レガスの肩の上で浮遊する人形にも、カルラは覚えがあった。

これは、彼の相棒であったライナー・アスヴェルドの人形。

常に二人で行動する人間だったが故に、分かりやすかった。

やがて、人形と入れ替わるように新たに現れる人影。

「……こいつらは、お前の知り合いなのか」

「魔法学院の卒業生だ。お主の息子といい勝負をするくらいには手を焼かせられた」

「あ、アレクも偶に周りが見えずに無茶する奴だからな……」

それで――――。と、カルラが言葉を続け、

「こんなところまで、何の用だ。偶然、とは言わんよな？」

「勿論。僕達は、ローザちゃんに頼まれてメイヤードにまでわざわざやって来たんだよ、学院長」

「頼まれた？」

「これを、渡して欲しいんだと」

人形と入れ替わったライナーが、そう言って書類の束をカルラに渡す。

「……こんなものをどこで手に入れおった？」

「敵の敵は味方って言うだろォ？」

要するに、〝闇ギルド〟に恨みを持つ人間から得たものだと告げられ、カルラは一応の納得をする。

だが、即座に目を通した書類の中には到底見過ごせない内容がずらりと並んでいた。

特に。

「この情報は、確かなのであろうな？」

「少なくとも、ローザちゃんは間違いねえって確信してたぜ。勿論、裏を取った訳じゃねえ。だか

ら、信じるか信じないかはあんた次第だ。学院長」

「分かった。ならば信じよう。確かに、ローザが確信していなければ自分の教え子をわざわざこんな場所に寄越す筈もないわ。……状況が変わったぞ、ヨハネス。ここからは、二手に分かれる」

「ああ？　……おい、なんで二手に分かれんだよ。つか、〝魔女〟さんよ、なんて書いてあったんだよ」

一人、状況を飲み込めていないヨハネスが、押しつけられるように書類を渡される。

「メイヤードに、〝ロン《怠惰》〟以外の名持ちがおるそうだ。しかも、よりにもよって〝嫉妬《ブックメーカー》〟よ」

幻術を扱う――――と、噂をされている名持ち。普通に考えれば、一番脅威でない人間だ。

何故ならば、固有に近い〝異端魔法〟などでない幻術には、歴《れっき》とした対策が既に存在しているから。

だが現実、一番得体が知れず、脅威と思われている名持ちの人間は、〝嫉妬《ブックメーカー》〟であった。

それは、彼には全ての魔法が使えるという情報を除いて、他には情報が無かったから。

幻術使いという部分も、単にその情報から予想された憶測でしかない。

つまり、彼に関しては何も分かっていないのだ。何も分からない敵ほど、恐ろしいものもないだろう。

「そして〝嫉妬《ブックメーカー》〟と呼ばれている人間の名前は、」

ただ、腕利きが三人掛かりで相手をすれば、どうにかなるレベルではあるだろう。

勝てないにせよ、どうにか勝負らしい勝負になっていた筈だ。

ただしそれは、その相手が正《まさ》しく敵であると認識出来ている場合に限る、が。

「チェスター・アルベルトだ」

二十話　何も分からない

――――娘を、救いたい。

純粋にただただ、己の娘の事を想い、蘇生に文字通り全てを犠牲に、全てを捧げようとしている男の過去に。行動に。

そして、言葉に俺は悲観した。

間違ってはいない。

父としても、人としても、その想いは決して間違ってなどいない。

ただ――――その為の手段が最悪だったというだけで。

「……メアの皮を被った偽者といい、〝魔眼《レジエレ》〟といい、随分と驚かせてくれる。そして今度は、あの時の焼き直しかね？　ただ、様子を見る限りどれも本意ではないようだが」

俺の行為を前にして、ロンは呟いた。

両の目は依然として、焼けるように痛い。

恐らくは、〝魔眼《レジエレ》〟という言葉が関係しているのだろう。

だが、今は後回しにする他なかった。

本当は、〝魔殺しの陣《マジック・イーター》〟でどうにか出来るならどうにかすべきであった。

だが、この空間が「魔法」で作られている以上、もし仮に発動してしまった場合、どうなるかは予想もつかない。

下手をすれば、助けるべき相手すらも巻き込んで全員が生き埋めになる可能性だって否めない。

だから、これだった。これしかなかった。

俺に出来るベストは『其処にある』と思い込むべき対象である周囲一帯。

その全てを〝反転魔法《リフレクト》〟で埋め尽くしてやる事だった。

「……二十年近く前のあの時も、丁度、こういう状況であったか」

独白のように思えるロンの声。

しかしそれは、確かに俺に向けられていた。

「馬鹿な奴であったよ。敵であるワタシに同情し、救おうなどという感情を僅かでも抱かなければ、結果は違ったであろうに。だから、ああそうだ」

次いで、軽くロンが右の手を振るう。

すると何故か、ぴしりと壊音が展開した筈の魔法陣に走った。

ロンの言う馬鹿な奴とは、誰なのか。

その答えを俺は凡《およ》そであるが理解していた。

俺の意思など知らんとばかりに追憶させられたあの記憶の中に、俺と関わりの深い人物がいたから。

エルダスを除いて俺以外に使えないと思っていた魔法を、まるで己の手足のように使う母《ひと》がいたから。

嗚呼、確かにそうだ。

たった一人の肉親を救おうとして。

しかし、その肉親は己が守ってきた筈の人間のせいで死に。

何一つとして守れず、何一つとして報われなかった男は、肉親を蘇《よみがえ》らせる方法があるという救済の手を差し伸ばされ、娘を助けられるのならばと、利用される道を選んだ。

確かに、同情を禁じ得ない。

「これはもう知っているのだよ」

「ああ。そうだろうな。でも、対処には少しとはいえ時間を要するだろ？」

「……なに？」

ロンの言葉を肯定する俺の言葉に、その行為は愚かしいと言わんばかりに歪められていた彼の表情が凍りついた。

この空間はそもそも、ロンの魔法によって創り出されたもの。

ならば、かつて一度経験した事柄に対しての対策を施していても何ら不思議な事ではない。

特に、彼の悲願が絡んでいるのだ。

念には念をと用意をしていた事だろう。

かつて、とことん己が苦しめられた〝反転魔法《リフレクト》〟が相手ならば尚更に。

「……ハ、ははハッ。正気じゃないな」

何かに気付いたガネーシャが笑う。

「……周囲一帯に魔法陣を敷き詰める行為を、たった一瞬の為に使い捨てにするだなんてとてもじゃないが正気の沙汰じゃない。でも、だからこそ、値千金の一瞬という時間を確実に得る事が出来る。尤も、わたしならばもっと効率の良い賭けをするが」

魔力は有限故に、破れかぶれの特攻など、「愚かしい」の一言で完結する。

ただ、これは決して愚かな行為ではない。

俺の予想が正しければ、ロンの魔力は無尽蔵だ。厳密には違うとしても、ロンならばどれだけの犠牲を払ってでも「無尽蔵」に変えるだろう。

であるなら、ジリ貧だ。

殆ど無敵に近い『夢』を相手に戦うともなれば、まず間違いなく先に俺達の限界が訪れる。

そして、僅かな時間しか稼げずに終わる事だろう。

『夢』による事象をひたすら凍らせ続けても、やがて限界はくる。

〝反転魔法《リフレクト》〟の限界もくる。

〝古代魔法《ロストマジック》〟の限界も、また。

だから俺は、ガネーシャではないけれど賭けをする事にした。

先の哄笑は、その事も踏まえてのものだったのだろう。

「合わせてくれ」

外套の男に向けて、俺は言う。

彼がグランでない場合、破綻する行為。

しかし、悠長に言葉を交わして打ち合わせをする時間は許されていない。

ぶっつけ本番。

この限られた言葉と時間で、どうにか理解してもらう他ない。

俺に出来る事はただ、彼――グラン・アイゼンツがやり易いように、リクと同じ癖を真似て行使するだけ。

「おいおいおい。お前、なんでおれの癖を知ってるよ」

ロンの時のように、記憶が頭の中に流れ込んだ訳ではない。

ただ俺は、リクの癖を模倣しただけ。

それでも、外套の男からこの反応が出てくるという事は、俺の予想は間違っていなかったのだろう。

「っ、気になる事は多いが、まあ、目を瞑《つぶ》ってやる。少なくとも、これをおれに委ねたお前の判断は間違ってない!!」

大量の魔力を犠牲にして生み出した一瞬の重み《価値》を刹那の間に理解した外套の男は、俺を問いただす事を後回しに、合わせてくれる。

積み上げてきた経験は勿論、センスも、技量も、〝古代魔法《ロストマジック》〟における何もかもにおいて、俺は外套の男に劣っている。

そもそも、俺達が駆けつけるまで、一人でこの怪物《ロン》の足止めをしていた人間だ。

比べる事すら烏滸《おこ》がましい。

外套の男の足下から這い出で、蛇のようにうねり出す文字列が四方へと伸びてゆく。

そして、左の手を掲げた彼が言葉を紡ぎ、ソレは完成する。

「覆い尽くしちまえ――〝刻梵陣《ヴェリカ》〟――!!」

構築されると同時に自壊を始める〝反転魔法《リフレクト》〟。

刹那、魔法で防ぐには時が足りないと判断したのか、何処からか取り出した得物を片手にロンが此方へ言葉なく肉薄を始める。

「────」

「だが、それも一歩遅い」

ガネーシャの氷による足止め。

しかし、即座に溶かされる。

其処に氷がないと思えば、氷は消える。

『夢』の世界ではそれが当たり前なのだから。それでも、その間は致命的。

次いで繰り出された単調な連続の攻撃を、俺は再び換装。

〝古代遺物《シュヴァルト》〟を取り出し、用いる事で防ぎ、これでロンごと閉じ込める事が出来た。

俺達は、その結果に満足をする────そう思っただろ、ロン・ウェイゼン。

「……転移魔法、だと?」

そして俺は魔法陣を浮かべた。

強いから。

経験値が並じゃないから、一発で看破してしまう。そして必要以上に警戒をしてしまう。

だけど、彼は俺が転移魔法の適性がない事を知らない。

ただ、得体の知れない相手としか知らない。

だから、これが活《い》きてくる。

雷の魔法で、精巧に擬態しただけの張りぼての魔法陣にロンは警戒をしてしまう。

特に、側にいたのが何も知らないガネーシャと外套の男の二人というのも良かった。

「い、や、ブラフか」

転移魔法とは、二つの点を繋ぐもの。

転移陣が発動した時、転移先に指定した陣も起動しなければ、転移魔法は完成しない。

その様子がない事から、ロンはブラフであると一歩遅れて気付いた。

しかし、その間に次が完成する。

続けて大魔法。ガネーシャによる、その合わせ技。

「〝凍ル世界《ニヴルヘイム》〟──〝氷河の番人《コキュートス》〟」

大地に再び氷が走り、周囲の気温ががくりと低下する中、眼前全てを支配する氷が、パキリパキリと音を立ててある形の構築を始める。

それは、槍を携えた巨人だった。

まるで魂を吹き込まれたかのように、自律して動くソレは狙いをロンへと定める。

最早、制御はガネーシャから離れており、術者を殺したところでもう止まらない。

やろうと思えば、ガネーシャの真似事は俺にも出来るだろう。

しかし、これを一息で行うともなれば、後どれだけの修練を積めば良いのか、想像もつかない。

「────で、おれでダメ押しってとこか？」

最後に、外套の男。

「びびったぜ。なにせ、おれが嘘をつく時の癖をお前が知ってるなんて思わなかったからよ」

偶然にも俺は、リクの癖を熟知していた。

ヨルハに攻撃すると見せかけて――――。

そんな立ち回りを彼はしていたから、見せかけの攻撃をする時の癖も、一応知っていた。

ダメ元ではあったけれど、それすらも理解してくれるとは思わなかった。

最悪、結界の中に閉じ込めれば良いと考えていたが、これは嬉しい誤算だった。

……だからこそ、リクの最期を彼に伝えるべきか。考えると心が痛むが、今はその偶然に感謝をしよう。

「幸いにして、まだ〝過剰摂取《オーバードーズ》〟の効果は続いてる。遠慮はなしといこうじゃねえか」

見せかけでしかなかった筈の〝古代魔法《ロストマジック》〟の行使はそのままに、同時並行《マルチタスク》で、別の魔法を用意。

「――――〝弔骸の丘《リビングデッド》〟――――！！！」

視覚化された文字列が、大地に溶け込む。

続け様に、そこから隆起するナニカ。

それは、骸《むくろ》だった。

人の形を失った屍人《しにん》。

その、軍勢ともいえる圧倒的な物量。

悍ましい声をあげて、それは人間であればあり得ない挙動で以て身体を起こし、ロンへと焦点を定める。

そして最後に、俺が更に畳み掛ける――――！

先の意図しない、覚えのない記憶の喚起によって目にした光景。

ロンが行使していた得体の知れない〝夢魔法〟を使わせない為に。

そう思って畳み掛けた俺達の行動に、間違いはなかった。隙はなかった。

完璧と言っていいものだった筈だ。

間違いなく、全力だった。

だったのに。


「────……さて。良い夢は見られたかね？」


行使しようとした魔法の音の代わりに、聞こえる筈のない声が聞こえた。

案外それは、近くから。

案外それは、庭でも散歩しているかのような様子で、普段となんら変わりなく。

嘘だと頭が否定するが、その声が幻聴でも、油断を誘う為の偽りでもない事は何故か分かってしまった。彼の存命の理由は、続く筈だった轟音が、僅かの物音すら立てずにパタリと途絶えた事が
その証左と言えるだろう。

本当に文字通り、全てが消えた。

一部ではなく、全てが。

夢から覚めた時のように、一瞬で全てが。

「……幾らなんでも、出鱈目《でたらめ》過ぎるだろう」

得体の知れない剣術を扱い、状況の把握も常人のソレとはかけ離れていた親父と。

多くの天才から認められていた母が揃っていて尚、倒せなかった化物。

それが、〝夢魔法〟であり、ロン・ウェイゼン。

相手が悪すぎる。

現実逃避すら出来なかった俺は、小さく笑った。

頰を引き攣らせる苦笑いしか出来なかったが、俺は笑った。せめてもの、強がりを見せつけるように。

……〝夢魔法〟を使われた時点で、勝負は決まっていた。宮廷魔法師としてガルダナに籍を置いていた際、漁《あさ》りに漁った書庫の文献にも、ついぞ〝夢魔法〟に対する対策の記載はなかった。

ただ、魔力切れを狙うしかない。

そのくらいだった。

この調子だと、結界に閉じ込めるという選択肢も恐らく、ダメだった事だろう。

だけど、彼をオーネスト達の下に行かせる訳にはいかない。

その感情が、身体をどうにか奮い立たせる。

だから。だからと足掻こうとして。

「ワタシを止めたいならば、カルラ・アンナベルを連れてくるべきだったな」

しかし、その言葉を最後に何故だか俺の視界が真っ黒に染まってゆく。

端からゆっくり、絶望の代名詞のような真っ暗闇が侵食を始める。

側で、悔やむような声をあげる外套の男の言葉や、俺と同様に驚愕を隠し切れないガネーシャの声が聞こえたが、それも遠ざかってゆく。
まるで、意識を手放し、夢の世界に落ちてゆくかのような、そんな奇妙な感触だった。
音が消えて。
匂いが消えて。
そして、視界が塗り潰されて。
こうなる可能性を俺は知っていたのに。
知っていたのに、止められなかった。
「キミ達では、ワタシを止められやしない。キミ達如きでは、ワタシは止まらない」
その言葉を最後に、何も分からなくなった。

二十一話　僅かな邂逅

この時点で、俺の命運は決定されたのだろう。

――如何なる抵抗も無意味。


ふと、そんな言葉が脳裏に浮かんだ。

同時に、身体に痛みが走った。

五感のほぼ全てが痴《し》れて尚、痛覚だけは辛うじて生きているらしい。

ただ、残ったものが痛覚だけだからか、特に敏感だった。そのせいで、痛みは普段と比べ物にならない程、鮮明に感じられ、俺に激痛を齎した。

だけど、未だに「生きている」という自覚はある。

視覚も、聴覚も、嗅覚も。

ほぼ全てが痴れる中、反射的にどうにか避けられたのだろう。

でもそれは、僅か数秒程度の命を繋いだだけの変化だ。誤差と言ってもいい。

「……勘弁、しろよな」

自分が紡いだ言葉すら、耳に届かない。

口パクで言葉を口にしているような状況。

真に、発せているかどうかも判断出来ない中、俺は今出来ることをしようと思考を巡らせる。

だが、その間にも新たな傷が身体に生まれる。抵抗すべく、魔法を撃ち放とうと試みるが、本当に魔法が放てたのかすらも正しく認識出来ない。

得物を振るってみても、空を切った時以上に感触がない。

なのに、痛みだけが立て続けに身体を蝕《むしば》む。

裂傷。裂傷。裂傷。裂傷。

……それでも俺が存命している理由は、単に偶然の産物であり、五感を失われた中での極限の集中力の成せる技なのかもしれない。

醜くも抗う俺であったが、正直なところ、これが延々と続くと考えると頭がおかしくなりそうだった。

終わりの見えない戦い。

圧倒的に不利な状況。

死神の鎌がずっと首に掛けられた状態で行われる命のやり取り。

これは、一体いつまで続くのか。

俺はどうすれば、これから抜け出せるのか。

この窮地を脱する事が出来るのか。

ガネーシャや、外套の男は無事なのだろうか。

——俺は、どうしたらいいのだろうか。

余裕のない頭で必死に思考を巡らせても、浮かび上がるのは諦念ばかり。

こうなってしまえばもう、相手の独壇場だ。

俺がどう足掻こうと、未来は変えられない。

現実、俺が一方的に傷を負っている。

恐らくは、負い続けている。

限界はもうすぐそこだ。

そんな諦めばかりが頭の中を支配する。


————どうしたら、良かったのだろうか。


今更、最善の策を思いついたところでどうしようもない癖に、そんな事を思ってしまう。

微塵も意味などない問いをこんな状況にありながら、投げ掛けてしまう。

否、こんな状況だから、なのかもしれない。

なにせ、俺はまだ死ぬ訳にはいかなかったから。俺達の物語は。冒険は、まだこれからだ。

だから、これで終わるなんて納得出来るはずがない。何より、まだ俺はみんなに恩返しの一つすら出来てないというのに。

でも、打開策がどうやっても見つからない。

故に、どれだけ考えたところで結果は変わらない。時間の無駄で、浪費で、無意味な抵抗。

本来ならば、そのはずだった——その俺の行動は、決して無駄にはならなかった。

『——じゃあ、諦めるの？』


不意に声が聞こえた。

五感、その殆どがまともに機能しない中。

絶体絶命とも言える状況の中。

何処からともなく不思議な声が俺の鼓膜を揺らす。否、鼓膜というより、その声は頭に響くような音だった。

初めて聴く声の筈なのに、ひどく懐かしい。

ひどく、安心感を齎してくれる。

だから。

「諦める、訳がない。どうしようもなくなっても、俺は俺に出来る事をやるだけだから」

だから俺は、こう答えることが出来た。

何を弱気になってたんだ。

魔力は——残っている筈だ。

自分のものを自分のものとして認識すら出来なくなっているけれど、がむしゃらに魔法を撃ち放てばまだ時間を稼げるかもしれない。

そこまで考えたところで、疑問に思う。

――――はて、当たり前のように答えたが、先の声は一体、誰のものだったのだろうか。

そもそも、どうして聞こえるのだろうか。

そんな疑問を抱く俺を前にして、謎の声は息を吐いた。

呆れの感情が籠ったものではなく、「そうだよね」と俺の答えに同調するような、そんな吐息。

『本当は、この〝保険〟を使わなくていいなら最後の最後まで使わないで欲しかった。でも、無理だよね。私とヨハネスの子供だもん。無茶をするよね。まぁ、うん。そこは仕方ない』

……一体、何を言っているのだろうか。

そうは思えど、俺はその声を不審がる事は出来なかった。

なぜならば、あはは、と悪戯《いたずら》っぽく笑う声を、俺はずっと昔に聞いていたから。

加えて、この言葉を信じるならば、声の主は俺の――――。

……でも、納得している場合ではない。

意識を逸らせば逸らしただけ、俺は死が近づく状態に置かれている。

ロンの攻撃をどうにかする為にも。

『あぁ、大丈夫。これは思念みたいなものだから。外の時間は完全に止まってる。ただ、本当に止まってるだけだから解決にすらなってないんだけど』

「思念……？」

『そう。それが、私の〝魔眼《レジエレ》〟の能力だったから、といえば分かりやすい？』

焼けるように熱かった筈の両の目は、ロンのせいで微妙な違和感程度に変わっている。

ただ、彼が俺の目を見て口にしていた〝魔眼《レジエレ》〟という言葉は未だに謎で、喉に刺さった小骨のように、俺の中で煩わしく引っ掛かり続けていた。

だから、気になっていた。

『〝魔眼《レジエレ》〟っていうのは……そうだね。簡単に説明するなら、目を介して魔法のようなものを発動出来るその一点においては、限りなく〝呪術刻印〟に近いかな。で、私の〝魔眼《レジエレ》〟の能力は、「時間の固定」。だから、こうして自分の時間を思念という形で固定する事が出来た。こうして私がアレクと話をする事が出来てる理由は、そういう事なんだ』

そして、命を落とした理由も、それが深く関わっていると、何処か寂しげで申し訳なさそうな様子で告げられる。

「時間の固定」

もし、その言葉が本当に正しいのであれば、規格外にも程がある。

最早、〝固有魔法《オリジナル》〟の域だ。

しかも、桁違いに万能な能力の持ち主であったベスケット・イアリすらも上回る程の能力だ。

ひとり、俺が驚愕に目を見開く中、彼女は言葉を続けた。

『……本当はさ。家族三人で、話すとか。そんな事に力を使いたくはあったんだけどね。でも、私はヨハネスと違って何もしてあげられなかったから。だからせめて、こういう形で母親らしい事をしようと思った。きっと、無茶をするだろうなって事は分かってたから。ヨハネスには……申し訳ない事をしちゃったんだけど。でも、笑って許して貰うしかないかな。私の性格は、ヨハネスが一番知ってる筈だし』

……それにきっと、この保険の存在もバレてるんだよね。って、彼女は笑う。

『でもだから――死なせない。アレクだけは絶対に、死なせないよ』

気がつくと、俺の目の前に亜麻色の髪の女性がいた。

視覚を含む五感が機能していない筈なのに、俺の目にはよく知る人物が映っていた。

実際に言葉を交わした記憶は殆どないけれど、親父が後生大事にしていた写真に映り込んでいた人であったから、俺もよく知っている。

やがて、その見慣れた貌は、目と鼻の先ほどの至近距離にまで近づいて――そして、おでこをコツンと軽く突き合わせられる。

「なに、を」

琥珀《こはく》色の瞳と目が合う。

何をしているのだろうかと思ったのも束の間。

ロンを目にした際に、俺の意思とは関係なく流れ込んできた記憶の奔流が、再び頭の中に流れ込んでくる。

でも、肝心の中身がまるで違った。

何より、ロンの時は朧《おぼろ》げにしか理解出来なかった筈のものが、今はずっと鮮明に理解出来る。そんな気がした。

『出来ることなら、私の口で全て教えてあげたかったんだけど……私に許された時間はあまりないから。だから、〝星屑の祈杖《ステラティオ》〟の本当の使い方も含めて、アレク自身に理解をして貰う他なくて』

だけど、少しだけ違和感がある。

流れ込んでくる記憶は、どこか断片的だ。

部分部分でしか理解出来ない。

ただ、記憶とは違う別の何かも頭の中に流れ込んでくる。

『〝魔眼《レジエレ》〟には、色々と種類があるんだ。皆が皆、同じ能力って訳じゃない。だから、私の予想が正しければ、アレクの能力は「本質を理解する事」だと思う。それは、生物だろうが、無機物だろうが関係なく』

そう言われて、妙に腑《ふ》に落ちた。

であるならば、理解が出来る部分も多かったから。

魔法学院の教師であったローザをして。

他の教師達をして、俺の魔法の習得速度は異常の一言だった。そう、常日頃言われてきた。

理由が、それであるならば、納得が出来るような気がした。

『私が施した「封」はもう解けてる筈。だから、理解出来てる筈だよ。どうすればいいのか、なんてものは』

頭に流れ込んでくる記憶。

ベスケットのように、何もかもを覗けるような万能な能力ではない。

本質を理解したからといって、見様見真似《みようみまね》で模倣出来る訳でもない。

あくまで、そう。

ただ、理解をする事が出来るだけ。でも、今はこの能力が何よりも心強かった。

「………止めないんだ」

時間がないと言っていた。

ならば本来、ここで俺が口にすべき事柄は、〝魔眼《レジェレ》〟についてか。

もしくは、既に一度戦った事のある彼女に、ロン・ウェイゼンとの戦い方を聞くべきだろう。

けれど、俺の口を衝いて出てきた言葉は、脈絡のないそんなものだった。

こうして、思念を固定するだなんて行為をやってのけた理由は。

そもそも、〝星屑の祈杖《ステラティオ》〟を遺した理由も。

今、俺と言葉を交わしている理由も。

何もかもが、「心配」だからという純粋な気遣いからくるものだと理解してしまったから。

なのに、そんな言葉を一言として口にしない。口下手な訳でも不器用な訳でもないのに、口にしない。

何故だろうかと思っての、問いだった。

『そりゃあまあ。私だって散々、無茶をして、周りに心配をかけてきた人間だから。どの口が言うんだよって話になるでしょ。それに、無茶をする時は、何かしらの譲れない理由がある時だって、私が一番分かってるから。だったらさ、止められる訳がないよね』

「…………」

『ただ、母子《おやこ》揃って似たり寄ったりな人生を歩むとは思いもしてなかったけど。……いや、母子《おやこ》だからこそ、似ちゃうのかな。アレクはどちらかと言えば私に似てるから、仕方がないと言えば仕方がないのかな』
　暗に、無茶をする性格であると言われて微妙な気持ちになったが、ローザから散々言われていた事もあってか、すぐに受け入れる事が出来てしまった。
　そして流れ込んでくる、断片的な記憶。
　その側には、常に親父がいた。

――おれが気に食わなかった。だから、国を出た。アリアのせいじゃない。どうせ、遅かれ早かれおれは国を出てただろーよ。王子だろうが何だろうが、気に食わねえもんは気に食わねえ。だから未練なんてねーよ。気にすんな。


　俺の知らない――そもそも、俺の生まれていない頃に口にされた親父の言葉。

　自身の生い立ちを一切話そうともしない親父の秘密を、意図せずして垣間見てしまう。

　確かに、言える筈もない。

　イシュガル王国と呼ばれる大国の第三王子として生を受け、貴族社会の中で生きてきて。

　平民ながら、周囲を実力で黙らせたにもかかわらず、身分の違いゆえに貶《おとし》められ、策謀に巻き込まれたアリア《母》を守ろうとしたお人好し。

　その原因が、己が深く根付いた国そのものにあり、企てた人間が兄であると知った親父が、「気に食わねえから」という言葉だけを残してこれまで積み上げた全てを投げ捨ててアリア《母》と共に国を出たという――そんな記憶。

「……確かに、よく似てる気がする」

親父の立場が、俺にとってヨルハ達なのだろうか。

事情は違うが、その境遇は確かによく似ている。そんな気がした。

『それで、お人好しなところは……うん。ヨハネスに似たのかも』

殆ど何も話せてないのに、おでこを合わせていると何故か俺の心の中を見透かされている気に陥る。否、見透かされているのだろう。

あのにぶちんなオーネストにすら心配をされた俺だ。もう少し、ポーカーフェイスでも覚えなきゃいけないのかなと思って、俺は苦笑いを浮かべた。

『ああ、ならきっと、肝心なところで抜けてるところも似ちゃったのかな。あのね、あのね。寒くなったら、ちゃんと体調管理には気をつけなくちゃいけなくて。お金の使い方も、考えて使わなくちゃいけなくて。それで、それでね』

魔法学院も卒業し、宮勤めもして。

成人なんてとうの昔に迎えた俺に向けるべきではない言葉の数々。

そこで理解する。

彼女の中では、幼い頃の俺で時が止まっているのだ。

決して、俺が頼りないからではなくて、そう考えれば当然とも思える発言。

父と二人の生活も決して悪くはなかったが、きっと、家族三人揃っていたならば、さぞ楽しい日々を送れていたんだろうなと、ふと、そう思ってしまった。

時間がない事を気にしているのか。

あたふたと、指折り数えながら『それとね。それとね』と、同じ言葉が繰り返される。

日常的な心配ばかりで、思わず微笑ましく思う笑みが溢れてしまって。

そして、

『――――それでね。大事な人は、悲しませちゃだめだからね。……まぁ、私が言っても説得力の欠片もないんだけどさ』

「……。分かってる」

『うん。なら、よし』

表情に入り混じった悲しげな色は、見間違いかと疑ってしまう程の一瞬で隠れた。

でも、それが見間違いでない事は俺がよく知っている。

だから、何を言おうかと考えたが、俺はただ、その言葉を肯定するだけにとどめる事にした。

『じゃあ、これが最後かな』

至近距離にあった彼女《母》の顔が遠のく。

『〝魔眼《レジェレ》〟は万能なものだよ。〝呪術刻印〟のように、代償らしい代償もなくて、魔法には到底不可能な事象を現実のものに出来るから。だからこそ、まだテオドールに知られる訳にはいかない。だから、おまじないを掛けさせて』

直後、両目にちくりと痛みが走る。

何故、そこでテオドールが出てくるのだろうか。

『テオドールは、もう手段を選んでない。当たり前の人倫を期待しちゃいけない。私がそうであったように、〝魔眼《レジェレ》〟を持っていると知られれば、まず間違いなくアレクまでもが標的になる。彼自身が利用されていた存在という事もあって――彼も、人を利用する事に然程の躊躇いを抱いてない。ロン・ウェイゼンが〝夢魔法〟に目覚めた事だって、本当は、』

「……テオドールは、一体何者なんだ？」

そこで、言葉が止められた。

一瞬、テオドールに続きロンの名前が出てきた事で、俺の現状を知っているものかと思ったが、どうにもそうでないらしい。

本当に偶然、その二人の名前が出てきたようであった。

でなければ、俺がテオドールについて尋ねた瞬間に、こんなにも驚いたような貌は見せなかっただろうから。

『……アレクも、もう出会っちゃってたか』

時間の限界が近いのだろう。

声が遠のいてゆく。

声量を小さくした訳ではないだろうに、聞こえにくくなってゆく。

でも辛うじて、俺は声を拾う事が出来た。

『彼は、ね――かつて、神さまって呼ばれていた存在に、操られていた人間なんだ』

表情に滲んでいた感情は、憐《あわ》れみのような。

悲しみのような、嘆きのような。

……そんな、感情ばかり。

「――」

ただ、どうしてそんな事を。

そんな事情を知っているのだろうか。

そう尋ねようとした俺の声が、言葉になる事はなかった。

『ごめん。もう、時間みたい』

意識が遠のいていくような、そんな不思議な感覚に見舞われる。

視界が、ぼやける。

『でも、大丈夫。また会える。また会えるから』

「……分かったよ、母さん」

『――――』

最後に何かを言おうとしていたが、その言葉は全く聞こえなくて。

でも、また会えると言っているのだ。

その時に、続きを話そう。

そう思い、俺は思考を切り替えた。


……やるべき事は、分かった。

どうすれば、ロンと対等に戦えるのか。

〝古代遺物《アーティファクト》〟と思っていた〝星屑の祈杖《ステラティオ》〟の本当の使い方。

そもそもこれが、〝古代遺物《アーティファクト》〟ではなく、〝ダンジョンコア〟によって作り出された特別な武器である事も。

〝夢魔法〟の本質とは、「願い」だ。

「願い」の強さによって、何もかもが左右される。

だから、揺るぎない意志と願いを携えた〝夢魔法〟使いなど、悪夢の象徴のような存在だった。

真正面から戦って勝つだなんて、土台無理な話でしかない。

故に、真正面から正々堂々と戦う選択肢はあり得ないのだ。

かといって、小細工や策を弄したところで、灰のように吹き散らされるが関の山。

ならばどうするのか。

決まっている。

力が足りないならば、どこかから持ってきてしまえばいい。

全知全能に近い『夢』に対抗出来るだけの力を——ダンジョンの力を、引っ張ってくればいい。

今の俺ならば、どうすれば良いのか。

それが、よく分かる。

——本質を理解する事のできるアレクになら、扱える筈だよ。

そんな幻聴に背中を押されながら、俺はこの悪い夢を斬り裂くために、唱える事にした。

「覚醒《おき》しろ——〝星屑の祈杖《ステラティオ》〟——」

何処かで何かが共鳴するかのような音と共に、俺の視界を覆い尽くしていた暗い紗《しゃ》のようなものが取り払われた。

二十二話　それぞれの想いと道理

本当に、僅かな邂逅。

どうして、このタイミングで行われたのか。

もしかすると、何かしらの条件があったのかもしれない。

ともあれ、だ。

「どうにも、今日は俺もツイてるらしい」

「何をしたのかは知らないが……そら見たことか。わたしの言う通りだっただろう？　今日のわたしはツイてるんだ」

五感を封じられ、絶体絶命の状況にありながら、しぶとくも命を繋げられたという理由が眼前には広がっていた。

その理由に、得意げに声を上げるガネーシャが一枚噛んでいる事は明らかで、今はその声に肯定する他なくて俺は苦笑いを浮かべた。

即座にロンが俺達を殺せなかった理由。

それは、ガネーシャの持つ〝古代遺物《アーティファクト》〟である〝運命神の金輪《フォルトゥナ》〟による無差別乱発。

お陰で、ロンは思うように俺達に手出しが出来なかったのだろう。

輝きを放つ腕輪と、天変地異でも起こったのかと錯覚してしまう光景が全てを物語っている。

「……確かに、こうなると否定は出来ないな」

加えて、意図しない母との邂逅。

〝魔眼《レジエレ》〟の覚醒。

そして何より――――ロンとダンジョン《ここ》で出会えたという偶然。

それらを考えれば、ツイているという言葉では足らないだろう。

何故ならば、俺がロンと対等に戦える可能性が生まれるのは、ダンジョンの中という限定された空間においてのみの話であったから。

「――――」

焦点の合わない虚ろな瞳ではなく、確かな理性の宿る瞳。

言葉も正しくロンに向けられており、痛みを覚えて初めて傷を負ったことを知った筈の俺が、間違いなく彼を見据えている。

痴れている筈の感覚が、完全に戻っている。

それを理解したからこそ、息を飲み、ロンは驚愕に目を見開いていた。

「……何を、したのかね」

「何をしたと思う」

律儀に答えてやる理由も、義理もない。

これは、決して盤上不敗の一手とも言える『夢』を掻き消した訳ではない。

ただ、上書きをしただけ。

視覚ならば、見えるように上書きを。

聴覚ならば、聴こえるように上書きを。

何もかもを上書きし、補完した。

俺がやった事は、ただそれだけ。

勿論、それをする場合、『夢』を上回る何かでなければ土台無理な話だ。

そうでなければ、上書きなど出来る訳もなく、塗り潰されるだけだから。

だから俺は、その為にダンジョンの力を利用した。

厳密には、〝ダンジョンコア〟に含まれる力を利用した――共鳴という形で。

そうする事で、限定的に力を借り受ける事が出来るのだと理解したから。

「まぁ、答えを待ってやるつもりも。待ってやれるほどあんたを侮る気もないんだけどな」

〝ダンジョンコア〟には、不思議な力がある。

〝裏ダンジョン〟と呼ばれる〝楽園《エデン》〟へと続く道を作り上げる為の力。

そしてもう一つ、魔法師にとっての触媒。

魔法の効力を上げる為の魔導具染みた力だ。

だが、ダンジョンが造られた経緯を理解するものからすれば、〝ダンジョンコア〟の力がその程度な訳がないと気づいた事だろう。

そもそもダンジョンとは、神を抑え込む為に苦肉の策として神が造り出した檻なのだから。

その力は。その奇跡は、代償すらなしに死人を蘇生させる事は勿論、凡その願い事を叶えられる全知全能なものである。故に、その力を僅かでも使ったならば。

「――――〝多重展開《アクセラレーション》〟――――」

「……な、に」

高速で展開された魔法陣が、今度は消えなかった。

普段の、それも十数倍はあろうかという物量。視界に収まり切らない程のそれは、ロンからすれば良い的だった。

ガネーシャ達と力を合わせた時のように、丸ごと全て消し去る腹づもりだったのだろう。

なのに、幾ら〝夢魔法〟を行使しても、それが消えない。

ロンの反応から、そう思っているであろう事は手に取るように分かった。

「────〝天蓋星降《ステラカーテン》〟────ッッ！！」

「チ、ィッ」

消す事は、不可能。

術者の五感を消す事も、不可能。

だが、『夢』が使えなくなった訳ではない。

故にこそ、ロンは応戦という選択肢を掴み取った。

けれど、その選択が何の障害もなく許される事はない。

「────危ねえ、危ねえ。危うく、〝道連れ〟をしてやるところだった」

手に得体の知れない小瓶を携えた外套の男が、笑う。

最中、展開される〝古代魔法《ロストマジック》〟。しかし、〝星屑の祈杖《ステラティオ》〟を介してダンジョンの力を借り受けていない彼の攻撃は、『夢』によって呆気なく消される。

でも、構わないと言わんばかりに。

学習をしない愚者のように、外套の男は面白おかしそうに笑いながら繰り返す。

「お前の『夢』に、限界がねえ事はよく分かった。でもよ、その力。全くのリスクなし、って訳じゃないだろ？」

愚直に、何度も。何度も。何度も。何度も。

一瞬で消し飛ばされるとしても、少なからずの労力がそこにはある。

あえてわざわざ広範囲に発動されたものを消し飛ばすのだ。顔にこそ出ていないが、消費する力もそれ相応だろう。

いくら無尽蔵とはいえ、ノーリスクな訳がないのだ。

事実、ロンの息はほんの僅かであったがあがっていた。

「……だから、何だと言うのだね」

狙いを定めた〝天蓋星降《ステラカーテン》〟から逃れるように、ロンが俺達の下へと肉薄を開始。刹那の時間で距離をゼロへと詰めにかかる。

『夢』で消せずとも、相殺すらせずとも、ここまで距離が離れていなければ安易に撃ち放てまい。

言葉はなくともそう言っているであろうロンの行動は、正しくその通りという他なくて。

「だから、何だと言うのだね。だからワタシが引き下がるとでも思ったか？　だから、ワタシが諦めるとでも思ったか？　笑わせるなよ……？　ワタシの人生が、予定通りに進んだためしなど、一度としてなかった。故に、この程度の支障は支障と言わんのだよ」

「下がれ、ガネーシャ‼」

割り込む。

ロンにとっての優先すべき脅威は、『夢』の効かない俺と、『夢』の効果を受けながらも、抵抗らしい抵抗が出来ていたガネーシャの二人。

だからこそ、すぐに始末出来る人間かつ、脅威を減らす為にとガネーシャを狙ったのだろう。

直後、響き渡る金属音。

杖《つえ》と、剣の交錯する衝突音が殷々《いんいん》と鳴り響き、共に飛び散る火花が辺りを彩る。

だが、拮抗した状況を作り出せたのは僅か数合まで。

軌跡の後すら残る剣撃を前に、俺が押し負けるのは最早、必然だった。

ロン・ウェイゼンは、元より魔法使いとして名を馳せた人間ではない。

彼は、騎士として名高い人間だ。

ならば、俺が近接戦闘で及ばないのは自明の理。捌《さば》き切れなかった剣撃によって、斬り裂かれた頬からツゥ、と血が滴り、鋭い痛みが肌を灼《や》く。

だが、全く対応出来ない訳ではない。

その理由は、俺が常日頃よりオーネストと剣を合わせていたからでも、〝剣聖〟メレア・ディアルを始めとした規格外の剣士と斬り結んだ経験があったからでもない。

勿論、一因ではあるだろうが、一番の理由は間違いなく、彼の剣が恐ろしく真《ま》っ直《す》ぐで清廉で、基本に忠実な本物の騎士の剣だったからだろう。

「……他に、選択肢はなかったのかよ」

故に、口を衝いてそんな言葉が出てくる。

「今更、その問答が必要かね」

確固たる戦う理由がある。

ロンにとってそれは、曰く正義であり、その切先が今更、俺の言葉一つでぶれる訳もなかった。

寧ろ、怒りを増幅させるだけの引き金でしかなかった。

でも。それでも、だ。

「……ああ、必要だ。あんたには。あんたにだけは、俺がここにいる理由を教えてやらないといけないから」

息もつかせぬ剣撃の嵐。

剣と杖が交差する音を聞きながら、それに掻き消されないようにと、俺は声をあげる。

十合、二十合、三十合――。

しかし、剣の道を生きてきた人間からすれば、経た年月の浅い俺の剣など、いいカモでしかないのだろう。

辛うじて防げていた筈の攻撃であったが、徐々に明確な差が生まれ始める。

「ヴァネッサ・アンネローゼを助けに来たのが一番の目的だ。でも、俺は……俺達は、メア・ウェイゼンに頼まれて、あんたを止めにもやって来たんだ」

言葉を口にしている余裕など、本来俺にある訳もない。にもかかわらず、言葉を紡ぐ。

実力の差に開きがある以上、目の前の攻防に向けるべき注意や思考を発言という行動に割けば割くだけ、それは目に見えた傷という代償に変わってゆく。

否、それどころか、ロンは赫怒《かくど》の形相で瘧《おこり》のように身体を震わせながら、血走らせた目を大きく見開いて叩《たた》き付《つ》けるように剣を振るってくる。

「――メアに、止めろと頼まれただと？」

空気が、硬直する。

緊迫とした空気が漂い、間断のない攻撃を続けていたロンの手が初めて止まった。

けれど、即座に攻撃の手は再開される。

「そんな訳が、あるかッ。ワタシが、あの子を殺したのだ。ワタシは、あの子に恨まれて当然の人間だ……。あの子は、ワタシのせいで命を絶った。絶つ事を選ばざるを得なかった……!!　それは、紛れもない事実だ!!」

剣の荒れが目立ち始める。

だが、それでも剣の実力は伯仲とは程遠い。

そして、こちらが本来の口調なのか。

これまでの道化染みた取り繕った仮面が剥げ始めていた。

「だというのに、メアに頼まれて？　止めにきただと？　あり得ない。それだけは、あり得ないのだよ」

悲しみとも、怒りともつかない響きが言葉に滲む。

それはきっと、ロンにとってメアが蘇生された事実に気がついた、ついていない以前の問題であるからなのかもしれない。

もっと根本的な理由があるからなのかもしれない。

恐らくそれは————。

「……ハ。嗚呼、そうか。そういう事かね。そういう体で、ワタシを止めようとしていたのかね。

成る程、であるならば、合点がいく。であるならば、キサマらがメアの偽者を用意した理由にも説明がつく。そしてならば尚の事、ワタシは、」

濃密な殺気と共に言い放たれる言葉。

続けられるであろう言葉は容易に想像が出来た。

最中、危機が迫る。

だが、先程口にされた発言の差異に、逼迫した状況であって尚、俺は疑問を抱かずにはいられなかった。

俺達の下に現れた不思議な少女。

メア・ウェイゼン。

彼女の本当の正体は分からない上、あの出会いが真に偶然であったのかも分からない。

でも。だけど、あの慟哭のような悲鳴染みた言葉が、偽ったものでない事は理解が出来た。

それは、本能的なものであり、かつ、宮廷魔法師として過ごした中で、魔窟のような宮廷で多くの嘘や偽善をこの目で見てきたから断言出来たことだった。

少なくとも彼女は、本気で目の前のロンの事を父と呼び、心配をしていた。

本気で止めてくれと願っていた。

救ってくれと願っていた。

今ならよく分かる。

きっとそれは、彼なりのメアの為の贖罪《しょくざい》が、メアの望むものとはあまりに乖離《かいり》していたから。

食い違っていたから。齟齬《そご》があったから。

どこまでも、すれ違っていたから。

「……あんたは、メアに恨まれてると思ってるのか」

「逆に聞くが、恨まれない理由があるのかね」

全てを、何もかもを犠牲にしてでも成し遂げようとしていた娘の蘇生。

「妻も助けられず、娘も助けられず、どころか、死ぬ理由をワタシ自身が作り出した。ワタシは、あの子に何かを与えてやるどころか、奪う事しか出来なかった。何故。なぜ、そんなワタシが恨まれていないと思う……‼」

贖罪だけではないのだろう。

大切な存在だからこそ、助けたいという至極真っ当な想いもそこにある。

けれど、それはロンにとって使命感であり、義務感であり、必然であり、唯一出来る彼なりの償い方であると決めつけてしまっている。

漸く分かった。

だから、メアは止めてくれと懇願したのか。

その願いが果たされた時、死という形でロンがメアの前から姿を消すと分かっていたから、彼女は止めたかったのだ。そもそもメアはそんな事をこれっぽっちも望んでいなかったから。

だから。だから。


「────それは、違う」

こうして、メア・ウェイゼンは戻って来てしまったのだろう。

どうにかして搾り出したような声音は、俺にとって聞き覚えのあるものだった。

それは紛れもなく、メアのものだった。

「なに、考えてやがる……っ」

いの一番に反応をしたのは外套の男。

声のした方へ視線を向けると、たった一人でメアがいた。

そこに、オーネスト達の姿はなく、肩で息をするその様子から一人で抜け出して来たのだと一目で理解する事が出来た。

「わたしは、そんな事は望んでない……!! それに、恨んですら、ない。恨む訳がない……!! 恨んでなかったから。わたしは、お父さんに生きていて欲しかったから、迷惑を掛けたくなかったから、だからあの時――――」

最後まで言葉が口にされる前に、メアの発言は強制的に遮られる事となった。

その理由は、ロンが敵意の焦点をメアに向けたから。

俺との戦闘の最中であるにもかかわらず、俺へ割く労力を削ってでもロンはメアを殺しにかかる。

ロンは目の前のメアを、メアとして認識していないから。

己が娘の存在を侮辱するナニカとしか捉えられないから。

「なんで戻ってきた！！！」

展開されたロンの魔法の対処に掛かりきりだった俺に代わり、ロンの行く手を外套の男が阻む。

あえて二手に分かれた理由は、勿論、ガネーシャを助ける為ではあったが、メアを逃がす為でもあった事に何故気付かないのだと責め立てているようでもあった。

「……わたしは、他でもない当事者だから」

自分一人の力ではどうにもならない。

だが、だからといって全てを誰かに委ねるのは違うのだと彼女なりの考えを口にする。

故に、リスクを背負ってでも己一人でここへ戻ってきたのだと。

「その考えが間違ってるとは言わない。だけど、」

あまりにその選択は危険過ぎだ。

言葉を口にするより先に、攻撃が飛んでくる。背筋が凍る程の寒気を齎す魔法攻撃。

黄金の波紋が予兆として虚空に現れ、怒濤の連撃猛攻が頭上に描かれた魔法陣から降り注ぐ。

「……っ、ぐッ」

俺はそれを、防ぐ事で精一杯であった。

ロン・ウェイゼンを前にして、俺は誰かを守りながら戦うという事が出来ない。

何故なら、それだけの実力を持ち得ていないから。

試みた瞬間に綻びが生じる。

それは、明確な傷となり、奇跡的なバランスで保たれている今の拮抗に近い状況が呆気なく崩れ落ちる事を意味する。

もし、それが出来るとすれば。

出来る可能性があるとすれば、恐らく〝リミットブレイク〟を使った場合。

だが、それは駄目だった。

それは、選べない。

己の身体の限界が云々《うんぬん》の話ではなく、もっと違う使えない理由があった。

(────……恐らくは、保《も》たない)

視線を向ける。

今まさに手にしている〝星屑の祈杖《ステラティオ》〟へと。

その先端に、ヒビが生まれていた。

いつついた傷なのかは分からない。

だが、一つ言えるのはロンと対峙《たいじ》してから生まれた傷である事。

使えば使うだけ壊れる可能性が高くなる。ロンと限りなく対等に戦う事が出来ているのはこの杖のお陰だ。

〝リミットブレイク〟を行使しようものならば、まず間違いなく壊れる事だろう。

だから俺はその選択肢を選べない。

「……チ、おれは援護に回る!! 女!! おれと代われ!!」

外套の男は叫び、メアを守る役割を代われと言う。

そして後退する事でガネーシャが一息に数メートル程の距離を取った事を確認してから、彼は魔法を行使。

それは、覚えのある〝古代魔法《ロストマジック》〟であった。

「────〝おれの時間は加速する《クロノクロック》〟────!!!」

這い出る文字列。

絡みつくように、外套の男の足下へ。

どころか、それにとどまらず、俺とガネーシャにまで纏《まと》わり付《つ》いてゆく。

「小賢しいッ！！！」

応戦。

張り合うように、ロンの動きもまた、加速する。

動きが速くなれるのはロンとて同じ。

『夢』は誰しもが見られるもの。

『夢』とは誰しもが好きに思い描けるもの。

そこに、限界など本来はありはしないのだ。

——ただし、『夢』に限界はなくとも、『人』に限界は存在する。

恐らく、外套の男は徹頭徹尾、ソレを狙っていたのだろう。

唯一の活路がロンの消耗であると理解していたから。今になって、その試みが活きてくる。

俺もそうだが、俺以上に疲れが見えてきていた。

「……ワタシは、成さねばならない。やり遂げなければならない。何があろうと、成し遂げると決めたのだよ。どれだけの障害があろうと、誹《そし》りを受けるとしても。そう、二十年前に誓ったのだよ」

独り言のように、ロンは呟く。

己を奮起させるべく、脳に今一度刷り込んでゆく。そして。

「だから……今更引き下がれる訳も、引き下がる訳もないのだよ……!!　ワタシの。ワタシの、邪魔をするなァァアアアッ!!」

割れんばかりの咆哮《ほうこう》と共に、何度目か分からない肉薄が行われる。

同時に、高密度な魔力を帯びた剣が轟、と唸りながら振るわれようとして。

「ッ、成功、してくれよ……っ!!　〝多段術式《コネクティア》──複合魔法〟!!!!」

即席の、ローザの真似事。

これまでの俺であれば、失敗した場合を恐れるあまり、手を出してはこなかったが、単なる雷魔法、単なる火魔法のみでは止められない。

そう理解をして、リスクを掴み取った。

ずきり、と頭が痛む。

体調不良の頭痛とは、比ではない痛み。

だけれど、その代償を受け入れた事もあって、ロンの剣がひしゃげ、使い物にならなくなる。

しかし、彼の足は止まらなかった。

同時に、展開される氷魔法。

全力で、全開で、全盛に行使されたガネーシャのソレは、容赦なく周囲一体を凍らせにかかる。

だが、凍った側から無力化が始まる。

僅かコンマ一秒すらも足止めになっていない。理不尽の権化と言わんばかりの現象に、下唇を強く噛み締めながら、ガネーシャは〝運命神の金輪《フォルトゥナ》〟を使おうとして。

しかしそれよりも早く、ロンの手元に新たな得物が現れる。

何処からともなく現れたその槍は、紛れもなく、〝古代遺物《アーティファクト》〟であった。

「この期に及んで、隠し持ってたのかよ……ッ！！」

剣と槍とではそもそもの間合いが、まるで違う。加えて、〝古代遺物《アーティファクト》〟ともなればそこにどんな能力が込められているのか。

見当もつかない。

だから、対峙するガネーシャに逃げろと叫ぼうとするが、圧倒的に時が足りなかった。

外套の男もどうにかしようと試みていたが、それでも間に合いようがなくて。

「────〝寂魔の灰鉄《レイ・ヴァルカ》〟────!!」

「……大丈夫。その為にも、わたしはここに戻って来ましたから」

その声は、俺でも。外套の男でも。

ましてや、ガネーシャのものでもなかった。

俺達の前では終始、落ち着きがなかったメアとは思えない程落ち着いた声音で口にされたソレは、安堵《あんど》を齎すほどに冷静で澄んでいた。

理由は分からない上、子供でしかない見た目のメアとはあまりに似つかわしくないものであったが故に、ロンと同様に疑ってしまう。

彼女は、メアではない誰かなのではないのかと。

しかし、思考を巡らせる暇すらなかった。

突き出されたロンの槍は、何もかもを巻き込み、特大の轟音を齎した。

二十三話　〝ロストメモリア〟

「……〝寂魔の灰鉄《レイ・ヴァルカ》〟の弱点は、槍にもかかわらず穂先に刃が存在していない事。ただ、刃として形だけ見えているだけである事。対象から向けられる敵意に応じて威力が増幅する〝古代遺物《アーティファクト》〟である事、です」

周囲を覆い尽くす砂煙。

その中で朗々と響くメアの声。

聞こえるという事実が、これ以上なく彼女が無事であるという事実を示していた。

「だから、敵意がない相手には然程のダメージも与えられない。それが、〝寂魔の灰鉄《レイ・ヴァルカ》〟の能力……そう、わたしだけは教えて貰ったから」

「…………」

余波は極めて大きいものだった。

しかし、その中心にいたメアとガネーシャは、その言葉の通りと言わんばかりに、ほんの僅かの傷も負っていなかった。

確実に殺したかったならば、得物を願えば良かった。

殺せるだけのナニカを願えば良かった。

でも、それをしないどころか、場合によっては傷ひとつ付けられない可能性を含む選択をした。

きっとその理由は、ロンの中にも『迷い』があったからなのではないだろうか。

理由は判然としないが、彼はメアをメアでないと見抜いた。にもかかわらず、これまでの会話や出来事の数々を前にして、疑念が生じたのかもしれない。

彼女は、本当はメア・ウェイゼンなのではないかと。

「他でもない、貴方《お父さん》に」

瞬間、ロンの表情から動揺が見てとれた。

否定をしたい気持ちで埋め尽くされていたのだろう。

だが、素直に否定出来ない理由があるのだろう。

それがなんなのか。

俺には予測という形でしか分からない。

だが、その迷いこそが、ロンにとっての致命的な隙であった。

ずきり。

「……づ、ぐッ」

不意に一際大きく両目を中心に広がった鋭い痛みに、俺は瞼を反射的に閉じる。

能力を使ってもいないのに。

そんな感想が一瞬浮かんだが、俺自身、〝魔眼《レジェレ》〟の使い方を一切理解出来ていない。

理解出来るのは瞳を通して目にしたものだけ。だからもしかすると、常時使用している状態になっているのかもしれない。

だが、それがどうした。

この絶好の機会は、何があっても逃す訳にはいかない。下唇を血が滲む程に強く噛み締め、どうにか耐える。

そしてそのまま、この絶好の隙を見逃すまいと、蹲《うずくま》りそうになる自分の行動をどうにか抑えて肉薄を開始。

すぐさま、ロンに行動を気付かれるが、そんな事は承知の上だ。気付かれない、なんて希望的観測の下に動いていたつもりなど毛頭ない。

故に、俺はあえて気付かれる前提で動いてやった。

「ガネーシャ！！！」

背後へ回り込むように移動しながら、大声で叫ぶ。決してそれは、援護しろという意味ではなく、メアを連れてその場から離れろという意思表示。

あえて大仰に大袈裟《おおげさ》に立ち回った理由は、それ以外にない。

「……く、ふふは、ははは ッ!! 分かってる。分かっているとも。まともにしていては逃げられるものも逃げられまい!! なら、わたしがすべき事はひとつだなあ!?」

メアの行為に呆気《あっけ》に取《と》られていたガネーシャだったが、即座にメアを己の側に引き寄せ、哄笑を轟かせる。

腕に嵌《は》めた金輪が、眩《まばゆ》い程に光を放ち始める。

大技の連続発動でさえも、たった一秒の足止めすら出来なかった。

堅実に動こうものならば、封殺される未来はガネーシャでなくとも誰しも透けて見えた事だろう。

ならばやれることは、そもそも一つしかないのだ。

「さあ、運命は如何に⁉ ――――〝運命神の金輪《フォルトゥナ》〟――――！！！」

本日、何度目か分からない行使。

本音を言うならばリスクの大きいその行為は避けて欲しかったが、それを除いて何一つとして可能性はないと俺も理解出来てしまった。

だから、受け入れるしかなかった。

喜色満面の笑みを浮かべながら、当たり前のように己の命を〝賭け〟、運に全てを委ねられる〝賭け狂い《ガネーシャ》〟の選択を。

転瞬、彼女ら二人の足下に、魔法陣が出現。

程なくガネーシャらを、目に優しい薄緑の膜が包み込んでゆく。

それは紛れもなく、〝転移魔法〟の前兆だった。

「……なんつぅ、ツキしてんだアイツは……‼」

ここにきて、最善にして完璧とも言える結果を掴み取ってしまった。

その結果に俺は安堵したのも束の間、ロンの意識をこちらに向ける為に取った隙だらけの肉薄のツケが回ってくる。

「……予定は変更だ。キサマらには、聞かねばならない事が出来た」

「ぃッ、づっ」

焼けるような痛みが腹を中心に全身を駆け抜ける。だが、それはまだマシな痛みであったと次の瞬間に理解する。

続け様に、骨や筋肉が纏めて引き千切られるような最悪の痛みが襲い来る。

他の事など何も考えられないような強烈過ぎる「痛み」「痛み」「痛み」「痛み」「痛み」「痛み」「痛み」「痛み」――――。

あまりの痛さに視界が霞《かす》むも、それでもと現実を直視する。

気づいた時、俺の横っ腹をロンが手にしていた槍がごっそりと抉っていた。

頭の中は「痛み」に支配され、思考が止まりかけるも、飛びそうになる意識を思い切り口腔《こうこう》すらも食いちぎる勢いで食いしばる事でどうにか繋《つな》ぎ止《と》める。

「油断、してんじゃねえよッ！！！」

割って入るように外套の男の怒声が聞こえた。

「油断、は、してながった」

「…………あ？」

油断はしてなかった。

元より、多少の傷を負う覚悟はしてたのだ。

もっとも、ここまでの痛みという代償を払う予定は全くもってなかったのだが。


――――〝雷縛《動くな》〟――――。


ものの一瞬で、既に用意していた魔法を俺は行使。

己の腹を貫く槍を手で掴んで固定しながら、その間に雷による糸がロンの身体の拘束を始める。

複雑に、徹底的に絡みついてゆく。

槍を手放し、俺との距離を取ろうと試みたが、ロンの判断は一歩遅かった。

使用者の手が離れた事で、本来の腕輪の形状に戻ってゆく槍の落下する音を聞きながら、俺は告げる。

「これ、が、俺の考える最善、だから。だから、『奥の手』を使ってくれ、よ。これなら、お、い、い、誂え向きだろ」

打ち合わせなどした覚えもない。

お互いの手札を知っているはずもない。

だが、それは彼にのみ言える言葉だ。

俺は知っている。

外套の男が未だ尚、出し惜しんでいる事を。

とっておきの『奥の手』がある事を。

そういう性格《本質》をしている事を。

この目で見たから、既に理解している。

それが、今ならばお誂え向きである事を。

「お前……、ッ、チ、そうかよ。そういう事かよ……!!」

苛立ちめいた様子で返事がやってくる。

だが、言葉に反してそれが了承の意であった事は直後の彼の行動によって証明された。

「なら、対処法も知ってると仮定させて貰うからなァ！！！　これはさっきのとは格がちげえぜ⁉」

死んでも恨むなよ、という意味を言外に含ませながら彼は懐から小瓶を取り出す。

〝毒王〟と呼ばれる『大陸十強』タソガレを除き、唯一彼だけが持ち得ている『仙毒』。

毒のスペシャリストである彼をして、『神』をも殺し得る最高にして最悪の毒と呼ばしめる程。


付けられた名を、『仙毒《ギフォリア》』。

それを、外套の男は遠慮なくぶち撒けた。


その毒は、人体に留まらず、事象を。

魔法そのものすらをも、狂わせる――――故に、最高にして最悪の毒。

だが、ここまでしなければロンは倒せない。

こんな自滅行為すれすれの事さえをも受け入れなければ、ロンを止められやしない。

「こんなもの――――」

『夢』で掻き消そうとしたのだろう。

しかし、言葉が止まる。

何故ならば、掻き消す為に撃ち放たれた『夢』が、あらぬ方向へと発動したから。

何かの間違いであると、もう一度。もう一度と発動を繰り返しても、何も変わらない。

ひたすら、全く別の場所へと発動される事の繰り返し。分かっているのに、変えられない。

理解しているのに、修正が利かない。

「こんなもの、じゃない。腐っても『大陸十強』。そもそもあいつらは、人間をやめてやがる。普通と捉えるもんじゃねーよ」

ぐにゃりと視界が大きく曲がっていた。

眼球が歪んだのではと錯覚してしまう程で、平衡感覚も、聞こえてくる声の強弱も、何もかもが一瞬にして狂った。

『仙毒』への対処方法は、たった一つ。

……否、これは本来、対処方法とも言えない粗末なものでしかない。

なにせ、タソガレの毒は完全無欠に近い完璧な毒であるから。

ただ唯一、欠点があった。

それは、既に発動している魔法を狂わせる事は出来ないという事。

つまり、『仙毒』の効果が表れてから発動するものはたった一つの例外なく狂わされる。

だが、その前に発動したものであるならば。

〝雷縛〟を使用した事で注意がそちらに向いた。俺が、頭上に新たな魔法陣を展開しているとも知らずに。

その場から距離を取るべく、己と、外套の男を引き寄せる為に、自分達を引っ張る〝雷縛〟を別に用意していたことも。

既に感覚の全ては狂っている。

『夢』で掻き消す以前に、掻き消すための感覚すら尋常とは程遠い。

だから、対処は無理だ。

だから、これで終わりだ。

「────〝天蓋星《ステラカー》……ッ」

「……否。こんなものだ。こんなものなのだよ。『大陸十強』、それがどうした」

「お、前……ッ、なんで見えてやがる……!!」

俺やロンとは異なり、事前の準備が可能であった外套の男だけ、唯一『仙毒』への対抗策を持ち得ていた。

故に、彼の感覚器官だけは正常だった。

その彼が、タソガレの毒がロンに効いていないと判断を下した。

しかしおかしい。

ならば何故、先ほど、ロンは『夢』の行使を誤った？

何故、『仙毒』をかき消せなかった？

答えは、あまりに単純なものだった。

「なにも、代償なしに『夢《カ》』を得た訳ではない。生死を彷徨《さまよ》う中で、ワタシはこの力を手に入れた。瀕死だったワタシの身体は、その殆どが使い物にならなかった。目もそうだ。かつての同僚《仲間》から斬られた目は、光を宿せなかった」

という事は本来持ち得ていた自前の目ではないという事。ならばそれは──義眼か。

加えて、この状況下で狂わない前提は、既に発動済みである事。

つまり、彼の義眼は魔法と同等以上の効果を宿した魔道具である可能性が極めて高い──!!

続け様に、声が聞こえる。

感覚器官が狂っているせいで、聞こえ方が歪《いびつ》であったが、確かにその声は俺の耳に届いた。

〝魔眼《レジエレ》〟を用いながら何故、気付けなかったのか。

気付けないように何らかの仕掛けが施されていたのか。

それとも、〝魔眼《レジエレ》〟の効果が薄れているのか。

……いや、今はもう、どうでもいい。

どれだけ後悔したところで、現実は変わらないのだから。

「……あの時からずっと、後悔だらけだった。理不尽な不幸は人生に付きものだとも。こんな世の中には、腐る程転がっているとも。だが。だが、ワタシはそれでも認める訳にはいかなかった！！それでも納得する訳にはいかなかった！！！……ワタシが認めてしまえば。その瞬間、メアの死を肯定した事になる。あの運命を、他でもないワタシが認めてしまう事になる！！！」

辺りを包み込んでいた紫の靄が、突として噴き出す。天井知らずに、溢《あふ》れ出《だ》す。

「……だからって、お前の都合で大勢を殺す事が正義なのか。それで、罪のない人間が死ぬ事が正義なのか。その自己満足一つの為に、てめえは『獄』の扉を開くってのか……!!」

「正義だとも。どれだけ狂って歪んでいようが、これがワタシの正義だ。なればこそ、言おう。たかが、『大陸十強』に止められるワタシではないのだよ」


――〝夢幻の楽園〟最大出力――


声なき言葉。

しかし、ロンの口の動きは、歪む視界の中で確かにそう形作っていた。

恐らくは、この空間を創り上げた魔法。

その名前であったのだろう。

「コイ、ツ…………ッ‼　タソガレの毒を上書きする気か……！！！」

『夢』は己が願望を好きに思い描けるもの。

ならば、不可能な話ではない。

毒によって狂った感覚を、更に『夢』を用いて狂わせてしまえばいい。

痴れさせてしまえばいい。

その考えは決して間違いではない。

ただし、彼の『夢』がタソガレに打ち勝つという前提が必須条件であるという壁が立ち塞がるのみで。

「……確かに、今のワタシはまともとは言えないだろう。それは、肯定するとも。だがそれでも、譲れなかった。理屈じゃない。そもそも、そんなまともな感性を持ち得ていたならば、『大陸十強《化物共》』を相手にしようとすら思わなかっただろう。しかしだ」

誓いを立てるように、ロンは声を響かせる。

それは確固たる意志を感じさせる、淀みのない声で。

「言っただろう？　譲れないと」

雁字搦めに巻き付けられた鎖の中、強引に身体を動かすブリキ人形のように。

不自然極まりない動きで、ロンは見えない鎖に抗う。

その間にも、俺が頭上に展開した〝天蓋星降《ステラカーテン》〟は降り注いでいる。

思うように身体を動かせないロンは、それを殆どモロに喰《く》らっている。

なのに、止まらない。

揺るがぬ意志を湛えたその瞳は。その足は、確実に俺達を捉え、前へと進んでいた。

「……ふざけてやがる。なんで、それで平然と出来んだよ……ッ」

「傷というものは、気構えに負うものだ。ワタシはまだ戦える。ワタシはまだ抗える。ワタシの願いは、まだ潰《つい》えていない。そう思えているならば、どんな傷であっても障害であってもワタシの足を止める理由足り得ない」

——後悔は、二十余年前のあの時に嫌という程に味わった……！！

だから、止まる気はないのだと口にするロンの言葉を聞いた直後だった。

ぴしり、と何かがひび割れる音が聞こえた。

それは、〝星屑の祈杖《ステラティオ》〟の限界を示す壊音であった。

刹那、展開していた〝天蓋星降《ステラカーテン》〟が薄れ、掻き消える。

「————」

タソガレの毒すらも力技で強引に克服しつつあるロンに対し、対抗する術であった武器が失われた。

それは、俺達の『死』を明確に示していた。

————否。

対抗策が失われたならば、今ここで、この瞬間に、新たな対抗策を編み出すしかない。

出来るか出来ないかじゃない。

これは、やるかやらないかの話だ。
不出来なものでもいい。
完璧とは程遠く、粗悪で、偶然の産物でも構わない。たった一度。
たった一撃。
それだけ成功すれば、それでいい。
代償だって、構わない。

だか、ら。
編み上げろ。編み上げろ。編み上げろ。編み上げろ、編み上げろ――――――!!!
刹那とも言えるこの時間を使い、編み上げてしまえ。そうしなければ、勝ち目はない。
「……あんたが超えてくるのなら、」
『大陸十強』をロンが超えてくるのなら。
ならば、俺にだって超えられない道理などない筈だ。
ここでは、運が良いと言うべきなのだろう。

俺は、世界最高峰。
人類最強とも言える魔法師と出会っていた。
名を、カルラ・アンナベル。
彼女の魔法を、目にした事があった。

俺の誇れるものはただ一つ。

剣の技量でも、魔法の技量でも、魔力量の限界でもない。

習得の速さ。その一点だ。

故にこそ、この一瞬で模倣してみせよう。

もちろん、完全には無理だ。

俺に合った、俺に出来る最大限を引き出せるアレンジを加え、全てを捨てて補完するしかない。

「俺も超えるしかないだろ──────ッ！！！」

ひび割れ、砕けた〝星屑の祈杖《ステラティオ》〟を力強く握る。

武器としては壊れたが、その性能全てが失われた訳ではない。

本来、形見をこのように扱うのは褒められたものではないが、それでも力の足りない俺は何であれ、他から力を借りてくるしかない。


一年に一度の魔法学院の入学式。

そこで、学院長であるカルラは一度だけ、己の魔法を披露する。

それは、魔法師の卵達に魔法師の頂を見せる為。いつか、ここに至れと指し示す為。

超えてみろと、伝える為。

その為に、彼女は魔法を見せる。

術式すらもまともに理解出来ていない卵達に、何故そんなパフォーマンスを行うのか。

未だにその真意は判然とはしない。

だが、その行為があったお陰で、今、俺は助けられている。

「……どこにそんな力を残してたよ……!?」

俺の力じゃない。

これは、〝星屑の祈杖《ダンジョン》〟の力だ。

でも、教える時間すら惜しい。

そして刹那、俺の世界が緩慢になった。

これは技術の模倣。

かつては諦めた技術の投影。

ダンジョンの力を借り受けた今だからこそ、劣化とはいえ辛うじて形に出来ている模倣。

恐るべきは、この絶技をカルラ・アンナベルは息を吐くようにやってのけていたという事。

何の代償も払う事なく、彼女は形に出来ていたという事実。

『大陸十強』が人間をやめているという事に関して、最早納得しかない。

同じ人間であると、思いたくない。

そして、眩い特大の魔法陣が顕現した。


「────〝星降る夜に《ステラ・マレ》〟────!!!」

「────〝悪夢の具現《トラウマレプロ》〟────ッ!!!!」

眼前で、光と闇が弾け飛ぶ。

極光と、闇の衝突。

蠢く闇が、生まれると同時に相殺されてゆく。そこに小細工が入り込む余地などなく、文字通り全力のぶつかり合いだった。

互角だ。

限りなくそれは、互角だった。

だが対等であったのは、「技」に限った話であった。

使用者の力量は、あまりに対等とは程遠かった。


「……っ、ぐ」


身体が明確に壊れてゆく。

身の丈に合わない魔法だ。

行使の際に、それ相応の代償という名の負荷がかかることは最早避けられない。

タソガレの毒でさえも、俺はロンと異なって完全に克服出来ている訳ではない。

痛覚が狂ってくれているという利点こそあれど、その差があまりに、ことこの状況下では大き過ぎた。

「強かった。強かったとも。だが、それでも足りない」

絶望を突き付けるように、ロンは告げる。

身体の変化。細部の動き。

何でもいい。

何でもいいから、隙を見つけろ。

打開する何かを見つけ出せ。

「……許してくれとは言わないとも。寧ろ、恨んでくれていい。呪いあれと、祈ってくれていい。いや、そう願ってくれ。死後の世界があるのかは知らないが……そこで幾らでも償ってやるとも。故にこそ――――」

一瞬でいい。

真正面から打ち倒せないならば、たった一瞬でも気を引ければ。

否、気を引かなくては勝機はない。

だが。だが、どうする。

どうやればいい。

アテがない。

方法がない。

どうにも、ならない。

そうこう考えている間に、時間が。

「――――死ね」

『いいや、ある』

その瞬間だった。

頭の中で、俺ではない誰かが言葉を紡いだ。

俺ではないその声に、覚えがあった。

厳密には、続けられた言葉のお陰で、それに気付く事が出来た。

『この時の為の、私のおまじないだったから』

眼前に、見た事もない魔法陣が映し出される。魔法陣の中心部に、時計の針のようなものがあり、それが一定間隔で何かを刻んでいた。

よく分からない。

よく分からないが、目の前のロンだけはそれの意味する事を何故か理解していた。

「――――っ!!　そ、れは、アリア・ユグレットの……!!!」

飛び退く。

この優位極まりない状況にあって、彼は飛び退いた。

だが、その即座の判断すら嘲笑うように、ソレは容赦なく俺の意思とは無関係に発動した。

――――〝差し込まれた時栞《ロストメモリア》〟――――。

『私の能力は、「時間の固定」。だから、やろうと思えば本来存在しなかった固定された時間を、強制的に割り込ませる事だって出来る』

理解した。

ロンが真っ先に俺から距離を取った理由も、その言葉が意味することも。

そして、この全ての時間が停止した世界に俺がいる事も。

『猶予は、5秒。でも、それだけあれば十分でしょ』

ロンが飛び退いたことで、勢いは弱まった。

加えて5秒という時間の強制的な割り込み。

言ってしまえば、極限の不意打ちとでも称すべきか。

……あぁ、問題ない。

問題ないどころか、十分過ぎる。

「悪いが、大火傷《おおやけど》くらいは勘弁してくれよ」

メアは止めて欲しいと願っていた。

実力差を考えれば、無謀極まりない。

殺す気で挑まねば、俺が殺される。

実際に相対したからこそ、よく分かる。

それだけの実力差があったのだから、大火傷くらいは勘弁してくれとメアに向けて告げながら、
俺は馴染みのある魔法を紡ぐ。

5秒という短い時間でロンの動きを封殺出来るとすれば。

明確な傷を与えられるとすれば。

防ぐという思考の余裕すらも与えずに済む魔法は、たった一つ。

見慣れた金色の魔法陣が、〝星降る夜に《ステラ・マレ》〟に重なるように展開。

その間、僅か1秒。

これは、本来存在し得ない時間を無理矢理に差し込むという事が出来るからこその活路。

「あんたの負けだ、ロン・ウェイゼン」

そして5秒の時が過ぎ、本来の時間軸へと引き戻される。

「落ちろ――――〝雷鳴轟く《サンダーボルト》〟――――――――！！！！」

二十四話　『獄』への扉

……力という力を絞り出した。

お陰で、立っている事すらままならない。

だが、ふらつく身体を意志でどうにか捻じ伏せて、歩み寄る。

未だ帯電の余波が見受けられる爆心地。

ロンがいた場所へと、向かおうとして。

しかし、重心を前に倒した瞬間にバランスが崩れる。

「全く、無茶をする」

ぐらり、と揺れる視界。

頭から地面へ倒れ込む事を覚悟するも、その瞬間がやってくる事はなく、代わりに呆れ交じりの声が聞こえた。

支えるように目の前に現れたのは、氷の壁。

ガネーシャの仕業であったソレに、俺はもたれかかった。

「……手伝ってくれても良かったんだけどな」

「生憎、子守りで手一杯だ」

あの時のように無茶をさせる訳にはいかない。そう判断をしたガネーシャが行ったのかは不明だが、メアは意識を失っているのか、彼女に抱えられていた。

「それも、そうか」

何処か曖昧な感覚ながら、未だに手にしていた〝星屑の祈杖《ステラティオ》〟に視線を向ける。

既にその力の殆どを失っている上、残骸のような状態にあった。

……親父に何と言い訳をすればいいか。

そんな事を思いながらも、俺は無くさないようにと、その残骸を握り締めた。

「……成る程な。そいつが、『夢』を連発出来ていた絡繰《からくり》って訳だ。凡そまともなもんじゃないと予想は出来ていたが……」

比較的マシな状態にある外套の男が、歩みを進められなくなった俺の代わりに、ロンの下へと向かう。

そして、地に伏せる彼を見下ろしながら、襤褸《ぼろ》と化した衣服の隙間から覗く異様極まりない紋様に視線を落としていた。

間違いなく、それは〝呪術刻印〟。

先程まで余裕染みた態度を貫いていた筈のロンは、何故か急に疲弊を濃く表情に滲ませる。

限界が来たのだろう。

余裕があるならば、『夢』で回復させているだろうし、その予想は的外れでない筈。

〝魔眼《レジエレ》〟の効果が切れたのか。

使えなくなったのかは厳密には分からなかったが、俺はそう仮定した。

「代償は……寿命ってとこか。そうまでして、おれらと戦う必要はあったのか」

顰《しか》めっ面《つら》で彼は言う。

あまりにそれは、重い代償であった。

その問いに対して、ロンからの返事はない。

意識はある癖に、すぐの返事はなかった。

どころか、此方を侮蔑するような表情を向けてくる。まるでそれは、分かりきった問いを投げ掛けるなと責めるかのように。

だが、身体が動かないのか。

これ以上の抵抗をする様子は見受けられなかった。

「……それが、約束だったのだよ」

「約束、だ？」

「ワタシがすべき事は……カルラ・アンナベルをこの先へ向かわせない事。そして、今回、この一件に介入している第三者の存在を見つけ出す事。それが、ワタシの役目であり、交わした約束であった」

この空間は、ロンが創り上げたもの。

道の造りも、彼のみが知っている。

ここにいるという事は、先に進む為にはこの道を通らざるを得ないのだろう。

だから、ロンは此処にいた。

「さすれば、メアを生き返らせる事が出来るのだと。そう、言っていた。だから、従ってやったのだよ……結果は、このザマだが。カルラ・アンナベルでもない人間にここまで追い詰められるとは思ってもみなかった」

「それは、おかしい」

「おか、しい？」

外套の男が、否定する。

ロンが嘘をついている可能性も十分にあったが、メアに敵意を振りまいていたあの行動から、その可能性は極めて低いものだった。

「メア・ウェイゼンは確かに生き返ってる。お前らが用意した〝賢者の石〟で、確かに生き返った！　おれがその瞬間を目にしている。研究者共が集《すだ》くその光景を、おれはヴァネッサと共に見た。だから、それはおかしいんだよ……！」

「……ワタシの目が、ソレがメアじゃないと告げているのだよ。メアではない何かであると。故に、その言葉は信じるに値しない」

ぐぐ、と震える身体をどうにか両の手で支えながらロンは身体を起こそうと試みる。

そんな光景を前に、底尽きた力を振り絞り、彼を止める――――という選択をせず、俺は言葉を投げかけた。

「ならなんで、あの時、確実に殺さなかった？　百歩譲って選択を間違ったとしても、殺せる機会はあった筈だ」

〝寂魔の灰鉄《アーティファクト》〟を使った直後に生まれた一瞬の隙の間に、殺せば良かった。

なのに、何故それをしなかった。

メアじゃないという絶対的な確証があったならば、何故、殺さなかった。

「…………」

俺の問いに対して、ロンは口籠る。

自覚がある上での選択だったのか。

違うのか。

俺には分からない。

ただ、この沈黙こそが何よりの証明であり、他でもない答えだと思った。

「……正直、メアを生き返らせたいと願うあんたの気持ちは分からないでもない」

擁護する気はないが、これは本音だった。

譲れない理由があったのだ。

その過程はともあれ、己の寿命どころか、全てを差し出してでも叶えたい願いだったのだろう。

そうまでする事に、理解がない訳ではない。

「だけど。だけど、だ」

妻を亡くし、その忘れ形見であるメアと共に何一つとして間違った道を歩んでこなかったロン・ウェイゼンに振り掛かった不幸。

敵ながら、同情を禁じ得ない上、もし俺が彼のような立場にあったならば、ロンのように生きていたかもしれない。

もしくは、リクのように、こんな世界は無くなってしまえばいい。

そう、願っていたかもしれない。

「……ロン・ウェイゼン。気付いてくれ。いい加減に、気付いてくれ。どうして、あんたは〝テオ《闇》

ドール《ギルド》〟を信じるんだ。あんたの願いが、叶えられる保証がどこにある」

何があってもメアを蘇生すると、誓書でも交わしたのだろうか。

魔法で縛ってでもいるのだろうか。

そうなる未来でも視たのだろうか。

誰か、信頼出来る人間が、間違いはないと太鼓判でも押してくれたのだろうか。

ならば、良いのだ――――と、本来ならば思うべきなのだろう。

本人が納得した上での行為であるならば、俺が何かを言える余地はない。

ないのだが、テオドールが。

〝闇ギルド〟が、馬鹿正直に約束を守るような連中とは、とてもじゃないが思えない。

利用されるだけ利用され、使い潰されるのがオチだ。

だからこそ、リクは何も信用していなかった。全てを疑い、全てを使い潰す前提で動いていた。

リクよりも長く身を置いているロンであるならば、尚更《なおさら》それが分からない訳がない。

「…………では、逆に聞こう。キミは、たとえ間違いだらけの道だと知っていたとしても、そこに微かな光があると知ったならば、差し伸ばされた手を握り返そうとは思わないのかね」

瞳の奥に、仄暗い感情を湛えながらロンは言う。

……思う。思うとも。

思うからこそ、彼の気持ちが分からないでもないと告げたのだから。

一縷の希望に縋る気持ちは、よく分かる。

一人ではどうにも出来ず、途方に暮れ、何もかもを失ったロンに手を差し伸べたのが〝闇ギルド〟であった。

だからこそ、そう説明を受けた上で声高に否定出来る筈もなかった。

敵意は……ある。

瞳の奥に湛えられた敵意は未だ健在だ。

しかし、ロンは言葉を続けた。

「……メアが死んだ最たる理由は、先天性の〝迷宮病〟を患っていたからだよ。それも、生まれてすぐ身体に現れない、限りなく後天性に近い〝迷宮病〟だった」

「それ、は」

――――〝魔人化〟。

思わず、その言葉が頭に浮かんだ。

〝迷宮病〟を患った人間は、人間として扱うべからず。そんな決まりがある事を、冒険者である俺は勿論知っていた。

でも疑問が残る。

何故、ロンはこのタイミングで関係ないとも取れる話題を口にしたのだろうか。

「メアの母親は、冒険者だった。ワタシが騎士であった頃に、とある依頼の件で、彼女と出会った。〝寂魔の灰鉄《これ》〟は、その時に見つけたものだ。ワタシはいらないと固辞したのだが、彼女もいらないと固辞をしてな。ワタシの中では彼女の物であったから、終《つい》ぞ、使う事はなかった。だから、そもそもワタシが持っている事を知っているのは、ワタシと彼女を除き、メア一人だけなのだよ」

事前にその事を知るのは不可能。

だから、俺がメアに教えるという事も不可能であり、

「だから、なのかもしれない。本当にメアならば、傷がつく事すらないからと使ったのやもしれない」

現実に、傷を負わなかったどころか、メアはその効果を確かに知っていた。

「恐らく、彼女はメアなのだろう。だが、ワタシにはメアでない誰かに映る。……ワタシの義眼は、職人の国アルサスにて造られた特別製。ワタシの目には、未だにメアとはまるきり別の人間だろう、波長が視える」

「……それは、あの棺が関係してるんだろうよ」

「ひつぎ？」

「この子は、〝賢者の石〟で蘇生される直前まで、『ワイズマン』と刻まれた棺の中に、安置されていた」

外套の男がそれを口にした瞬間、ロンの様子が一変した。

活気が戻った。

そう錯覚してしまう程に、濃密な殺意が突如として膨らんだ。

「そう、か。そういう事かね。元より、そういう腹積もりであったのかね。ワタシどころか、メアまで利用する気か、〝嫉妬《ブックメーカー》〟……テオドール……ッ」

「――――そうして、事情を知った者同士で力を合わせ、この計画を見事、阻止しましたとさ。めでたしめでたし。ってか？　いや、無理だわなぁ？　親の仇であるロンとおめーさんが同じ天を仰

げる訳がない。だから、まあ、正直なところ放置でも良かった。良かったんだが、ここまでの番狂わせが起きてくるとそうも言ってらんねーわな？」

　何処からともなく、声が聞こえる。

　呟きのような、消え入りそうな声。

　続け様、殊更に大きく、足音も聞こえる。

　しかもそれは、俺達がやって来たところからではなく、オーネスト達が向かった場所から。

「……チェスターさん？」

　近づいて来た人物を、俺は知っていた。

　だが、次第に見えてきた人物は、口をついて出てきた人物の名とは異なる人間。

　見慣れたマッシュ頭の男性、ロキだった。

「やあやあ、みんなお揃《そろ》いで」

「……なんだ、ロキか」

　確かに、先程チェスターの声が聞こえたと思ったのだが。

　一瞬、疑問に思うが、ロキはチェスターに会いに向かっていた筈。

　もしかすると、一緒にここまで駆け付けてくれたのやもしれない。

　そう思ってしまったから、俺は警戒心を解いた。

　ガネーシャも、いつも通りの気安い態度でロキの名を呼ぶ。

「随分と手こずったみたいだねえ？　本当は僕も手助けしたかったんだけど、色々と手間取っちゃってさ。でも、ま、君達ならなんとかするって信じてたよ」

「実は、後ろで隠れてたとかいうオチじゃないだろうな。お前、そういう姑息《こそく》なところあるからな」

ロキならば、やりそう。

などと思ってしまうあたり、俺の中でもロキに対する信用がないんだなあと苦笑いを浮かべてしまう。

ただ――――なんだろうか。

この、言葉に出来ない違和感は。

「……流石に、そんな真似はしないって。ま、まあ？　オーネストくん相手になら考えるかもしれないけど」

言動に不自然なところはない。

目の前の人間は紛れもなく、ロキ・シルベリアだろう。

だが、何かが引っ掛かる。

筆舌に尽くしがたい違和感に襲われて――――俺は一歩、下がってしまう。

「……アレクくん？」

気の所為であるならばいい。

気の所為であるならば、何も問題はない。

だが、彼が本当にロキであるならば。

「どうして、そいつを守ろうとしたのさ？」

俺は、限界を迎えている身体に鞭《むち》を打ち、倒れ伏すロンの下に駆け寄って身体を引《ひ》き摺《ず》りながら距離を取った。

側には外套の男もいる。

彼も同じ意見だったのだろう。

「……お前、今何をしようとした？」

「何って、息の根を止めようとしただけだけど」

「ロンは大事な情報源でもある。もうほとんど力尽きてる。抵抗らしい抵抗も出来ない筈だ」

確かに、彼を生捕りにする事は危険極まりない。

だが、それに見合っただけのリターンもある。ロンから情報を引き出す事が出来れば。

「いやいや、危険だよ。アレクくん。だって彼は――」

直後、瀕死の重傷を負っていた筈のロンの声と共に、もう一つの声が轟いた。

「――彼の死は、この計画に欠かせないものだから。彼の死で以て、『獄』の扉をこじ開ける条件が整うのだから」

「ッ、〝嫉妬《ブックメーカー》〟ッ！！！」

「そこから離れろッ、後輩！！！　そいつはロキ・シルベリアじゃ、ねえ！！！」

背後から轟くその声に覚えがあった。

それは、レッドローグで別れた筈の知人。

レガス・ノルンの怒声であった。

直後、身体に激痛が齎される。

認識した時には既に、身体を何かが貫いていた。

「こい、つは、ロン・ウェイゼンの……‼」

身体を貫いた正体である影色の刃を睨め付けながら、外套の男が言葉を吐き捨てる。

なんでお前が使えるよ……‼　という彼の疑問に対し、不敵な笑みが返ってくる。

「……〝嫉妬《ブックメーカー》〟の能力は単純明快。〝嫉妬〟の一定条件下に置かれた他者の能力を、完全に模倣するもの。魔法、の、適性すら関係なく、あいつは模倣出来てしまうのだよ」

ロンが暴露する。

しかしその間にも、彼もまたロキの顔をしたナニカから攻撃を受けており、苦悶に表情を歪めていた。

「惜しかったなぁ？　あと少し、すれ違いがなきゃ、ハッピーエンドに辿り着けたかもしれなかったってのに。だが、まあ、こういうもんだ。世の中ってのはこういうもんだ。理不尽な不幸ってやつは、そこら中に転がってる。だから今更でしかねー。そうだろ、ロン」

「……チェスター……ッ‼　あんたか……‼」

がらりと変わった話し方。

そして、違和感の正体。

ロキの顔が剥がされ、その中から見慣れない灰が混ざったような色合いの白髪の男の顔が出てきた。

相貌こそ異なっているが、彼は紛れもなくチェスター・アルベルトであった。

「怒るなよ。俺チャンは、嘘は言ってねーだろ？　俺チャンが、こっち側じゃねーとは一言も言ってねえ筈だぜ？」

どうしてここにレガス達がいるのかは分からない。

だが、事態の様子からしてロンをここで殺す事が悪手である事は理解した。

そして、疲弊した身体で〝嫉妬《ブックメーカー》〟と呼ばれるチェスターの足止めが難しい事も。

チェスターが此処にいる。

……という事は、彼に会いに向かったロキ本人が、無事でない可能性が極めて高い。

何より彼は、どうしてオーネスト達が向かった場所からやって来た……？

考えれば考えるほど、悪い予感が巡る。

気付けば、動悸が聞こえる程に動揺していて、最早、冷静に物事を考えるだけの余裕はなかった。

身体の限界がある――――それがどうした。

今は。

今は確かめなくちゃいけない。

もし俺の考える最悪が現実ならば、助けに向かわなくちゃいけない。

だから。だから。だからだからだから。

「――――〝リミットブレイク〟――――ッ！！！」

あと少しだけ、保ってくれよ、この身体。

「脅威はカルラ・アンナベルだけだと思ってたんだが……まさか、ロンを倒した上で更に奥の手を隠し持ってるとは流石の俺チャンも思わねーよ。身体が万全だったなら、届いたかもしれねーな」

それは、遠回しに俺の敗北を予期する言葉であった。

「だが、てめーの刃は届かねーし、そもそも、まともに相手をしてやる気もねえ」

技量も何もない、大魔法の発動。

後方から放たれるレガスの援護。

けれどあまりに呆気なく、透明の壁によって防がれる。

それは、外套の男が使っていた筈の〝古代魔法《ロストマジック》〟――――。

続けて、ガネーシャの足下に魔法陣が浮かぶ。

ロキが好んで使っていた転移の――――。

「ガネーシャッ！！　メアを渡すな！！！」

「もうおせーよ」

次の瞬間、メアの姿がチェスターの側に転移。

「扉を開ける条件も、器も、全てが揃った。後は、最後の役者を起こすだけ。とはいえ、魂を封じられていても既に意識はあるんだろうが」

チェスターは、懐から小瓶を取り出す。

その中身は、鮮血にとてもよく似ていた。

「世紀の大天才である『ワイズマン』を制御するにゃ、ただ〝賢者の石〟で生き返らせるだけじゃ到底足りなかった。『大陸十強』タソガレのように、隷属の魔法を自力で解かれるのがオチだ。とはいえ、『ワイズマン』を出し抜く事なんざ、土台不可能な話だ。この分野で勝てる人間がいたならそもそも、手間を掛けて『ワイズマン』を蘇生させる必要もなかった」

語る。

酒でも飲んでいるのかと思うほどに、チェスターの口はあまりに軽く、ぺらぺら回る。

「だから俺チャン達は、考えた。他の人間の魂と一つの身体に同居させた上で蘇生をさせれば、思うように『ワイズマン』を制御出来るんじゃねーのか……ってな」

要するに、能力の制限。弱体化。

それに選ばれたのが――メアだったという事か。

「〝魔人化〟が進行していたメア・ウェイゼンの魔力量は、常人のソレとかけ離れてる。だから、都合が良かったんだ。悪く思うなよ。てめえの都合で他人を巻き込み、どん底へ落とす。そりゃ、てめーもやってた事なんだからよ。なあ？　ロン・ウェイゼン」

盛大に、煽る。

ここで馬鹿正直に立ち向かってくるならば、意気揚々と殺すのだろう。

本当に、悪辣に過ぎる。

それを分かっているからこそ、今にも飛び出しそうなロンを外套の男が抑え付けていた。

だが、相手が悪かった。

あまりに、悪過ぎた。

ロンとの戦闘で疲弊を重ねた俺達が、チェスターと対等に戦うには分が悪かった。

「さぁて。最高に楽しい宴《うたげ》といこうじゃねーか。『ワ、イ、ズ、マ、ン』」

メアの手の甲に埋め込まれた〝賢者の石〟に、小瓶の中身が溢《こぼ》されると同時に、眩い光が迸《ほとばし》り
――狙い過たずそれは、ロンの腹を貫き大きな穴を空けた。

それも、メアが意識を取り戻した最悪の瞬間に。

「――――……お父、さん？」

Kラノベブックス

味《み》方《かた》が弱《よわ》すぎて補《ほ》助《じょ》魔《ま》法《ほう》に徹《てっ》していた宮《きゅう》廷《てい》魔《ま》法《ほう》師《し》、追《つい》放《ほう》されて最《さい》強《きょう》を目《め》指《ざ》す4

アルト

2023年6月28日第1刷発行

発行者	森田浩章
発行所	株式会社 講談社 〒112-8001　東京都文京区音羽2-12-21
電　話	出版　(03)5395-3715 販売　(03)5395-3608 業務　(03)5395-3603
デザイン	アオキテツヤ（ムシカゴグラフィクス）
本文データ制作	講談社デジタル製作
印刷所	株式会社KPSプロダクツ
製本所	株式会社フォーネット社

KODANSHA

ISBN978-4-06-531813-3　N.D.C.913　354p　19cm
定価はカバーに表示してあります

ファンレター、
作品のご感想を
お待ちしています。

あて先
〒112-8001　東京都文京区音羽2-12-21
(株) 講談社　ラノベ文庫編集部 気付
「アルト先生」係
「夕薙先生」係

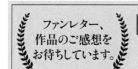

アプリ「マガポケ」にて
https://pocket.shonenmagazine.com/
コミカライズ大好評連載中!
コミック
1～7巻
好評
発売中!!
味方が弱すぎて補助魔法に徹していた宮廷魔法師、
追放されて最強を目指す
漫画 門司雪
原作 アルト
キャラクター原案 夕薙